북간도
北間島

북간도 제2권

초판 1쇄 발행 2013년 2월 12일

지 은 이 안수길
펴 낸 이 최종숙
펴 낸 곳 글누림출판사

책임편집 이태곤 | **편집** 임애정 | **디자인** 안혜진 | **마케팅** 이상만 | **관리** 이덕성
주   소 서울시 서초구 반포4동 577-25번지 문창빌딩 2층
전   화 02-3409-2055(대표), 2058(마케팅), 2060(편집)
팩   스 02-3409-2059
등   록 제303-2005-000038호(2005.10.5)
전자메일 nurim3888@hanmail.net | **홈페이지** www.geulnurim.co.kr

정가 12,000원
ISBN 978-89-6327-205-4 04810
     978-89-6327-203-0(전3권)

출력 · 안문화사 **인쇄** · 바른글인쇄 **제책** · 동신제책사 **용지** · 에스에이치페이퍼

* 이 책의 판권은 저작권자와 글누림출판사에 있습니다. 서면 동의 없는 무단 전재 및 무단 복제를 금합니다.
* 잘못된 책은 바꿔드립니다.

북간도

안수길 대하소설

②

글누림

북간도 집필 중(50년대 후반)

차례

제 3 부

우리도 값이 오른 셈
11

그래도 떠나는 사람들
60

울화는 공을 차고
111

제 4 부

발등을 밟았다
165

걸음을 멈추고
211

두 장례
256

산과 땅 속으로
293

거금 15만 원
317

낱말 풀이 _ 347

제1권

제1부
사잇섬 농사
감자의 사연
성난 불꽃
앞으로 갓!

제2부
어둠 속의 꼬망등
당신네와 우리는 같다
노랑 수건 김 서방
잊지 못할 이 땅에서

제3권

제5부
보리 팰 무렵의 개가(凱歌)
가을의 연극
청산리와 샛노루바우
자치도 안 돼
제 발로 걸어서
낮과 밤
어둠이 짙어 가고
그 뒤에 올 것
작품 해설 _ 한수영(동아대 교수)

일러두기

1. 작품 출전은 처음 발표된 지면과 본 대하소설이 정본으로 삼은 판본의 출전이다. 1부는 〈사상계〉, 1959. 4(1부) /『북간도』, 삼중당, 1967, 2부는 〈사상계〉, 1960. 4(2부) /『북간도』, 삼중당, 1967, 3부는 〈사상계〉, 1963. 1(3부) /『북간도』, 삼중당, 1967, 4부와 5부는 『북간도』, 삼중당, 1967임을 명시해둔다.

2. 독자의 이해를 돕기 위해 각 권의 말미에 낱말 풀이를 달았으며, 작품 해설은 3권에 수록하였다.

3. 맞춤법과 띄어쓰기는 현행 규정에 따라 고쳤다. 외래어 표기도 이에 따랐으며, 장음 표시는 삭제했다. 그러나 대화에 나오는 구어체나 사투리는 그대로 살렸다.

4. 한글 표기를 원칙으로 하여 원본의 한자는 모두 한글로 고쳤다. 필요한 경우에는 ( ) 안에 넣어 표기하였다.

5. 대화는 " "로, 독백은 ' '로, 작품의 제목은 「 」로, 장편소설과 책의 제목은 『 』로, 정기 간행물 명은 〈 〉로 표시하였다.

제 3 부

우리도 값이 오른 셈

1

비가 내리고 있었다. 가랑비보다 좀 굵은 빗발. 바람도 약간 불고 있었다.

주르륵, 주르륵.

우수수수수…….

잎이 떨어지는 나무도 있었다. 가을을 재촉하는 밤비였다. 빗물은 동복산 송덕비 비가 기와도 씻어 내리고 있었다 캄캄한 주위, 음산한 비 각 주변이 한층 더 음산했다. 그 뒤편에서 검은 것이 움직이고 있었다. 사람이었다. 하나만이 아니었다. 둘. 두 사람이 부둥켜안고 있었다. 정다운 부둥킴이 아니었다. 그와는 반대, 싸우고 있었다.

씨익, 씨익,

숨결만이 높을 뿐, 말이 없었다. 굉장히 지친 모양이었다. 맞붙었다가 떨어지고 있었다. 그랬다가 다시 맞붙은 순간 둘은 땅에 쓰러졌다. 뒹굴었다.

주르륵, 우수수……. 비바람은 여전하였다.

맞붙어 뒹구는 두 사람. 어느 편이 우세인지 분간할 수 없었다. 어떻게 생겼는지도 모른다. 얼굴이 터져 피투성이였고 옷이 흙과 빗물에 걸레가 된 까닭이었다. 어느 나라 사람인지도 알 수 없었다. 청국사람일까? 모를 일이었다. 청국사람 대 조선사람? 알 수 없었다. 조선사람끼리인지도 모른다. 둘 다 옷은 검은 것이나 검은 옷을 입은 조선사람도 있기 때문이었다.

싸움의 원인은 더욱 모를 일이었다. 치정 관계? 원한인지도 알 수 없었다. 강도? 그러나 강도라기엔 단둘만의 싸움이고 힘이 너무 비등했다. 의문의 싸움!

둘은 뒹굴었다. 위에 덮쳤다가 밑에 깔리고 밑에 깔렸다가 위에 덮치고…….

그러나 마침내 승부가 있었다. 으악 소리와 함께 밑에 눌렸던 사람이 늘어졌기 때문이었다. 위에 덮쳤던 사람이 비틀거리면서 일어났다. 좌우를 살펴보았다. 진 사람의 최후의 가냘픈 몸부림과 숨결 외엔 인기척이라고는 없었다.

살인자는 뛰었다. 가죽나무숲을 향해……. 남은 힘을 다하는 모양이었다. 이윽고 살인자의 모습이 숲속으로 사라지고 말았다. 피살자의 최후의 몸부림도 숨결도 끊기고야 말았다.

주르륵, 주르륵.

우수수수수…….

비바람은 그냥이었다.

이래서 한 사람의 목숨이 끊어지고 만 것이었다.

가을비 내리는 한밤중의 살인극!

2

하늘이 몇 갑절 높다. 산이 가까이 다가와 있었다.

지난밤 비가 말끔히 개었기 때문이었다.

밭이 젖어 있기는 하리라. 그러나 추수에 큰 지장은 없을 것이었다.

창윤이는 예정대로 고량(高粱) 추수를 하기로 했다. 군삼이와 진식이, 동규의 힘을 빌려…….

그제는 진식이네 피 가을을 했고 어제는 군삼이네 조 가을을 했다. 오늘은 창윤이네 수수. 내일도 역시 동규네 수수를 베기로 되어 있었다. 이렇게 돌려 가면서 하루 동안에 마치기로 되어 있는 추수의 오늘이 셋째 날이었다.

창윤이는 일찍부터 서둘렀다. 가을해가 짧기 때문이었다. 군삼이, 진식이, 동규네 집에 차례로 들렀다. 뒤를 따라 얼른 나와 달라고 당부하기 위해서였다. 창윤이는 먼저 밭을 향해 걸음을 다그쳤다. 허리띠 꽁무니에 비스듬히 낫을 찔러 끼우고…….

아들 정수가 따라 나섰다. 벌써 일곱 살, 아버지를 따르는 것이 아니라, 앞으로 조르르 내달음 친다. 장난이 심하지만 그런대로 아버지의 일을 돕겠다고 앞장을 서 가는 정수가 창윤이는 대견했다.

밭은 가죽나무숲 등성이 너머에 있었다. 동복산 송덕비각 옆을 지나야 한다. 악몽 같은 추억의 비각이었다. 그러나 지금은 덤덤히 옆을 지날 수 있게 되었다. 비각 옆을 지날 때였다. 여남은 걸음 앞장을 서 가던 정수가 깜짝 놀라,

"지애바, 사램이 죽었다!"

걸음을 멈추고 돌아서서 겁에 질린 소리를 질렀다.

"무시기야?"

창윤이는 아들에게 다가가서 가리키는 데를 보았다. 비각 뒷전이었다. 시체가 쓰러져 있었다.

목이 찢기고 얼굴이 깨지고……. 끔찍스러운 모양으로 주검은 번듯이 놓여 있었다. 솜을 넣은 검정 위 아랫도리, 때가 반들반들한 청복이 흙투성이로 수세미가 되어 있었지만 한눈에 청국사람임을 짐작케 했다.

"끔찍스럽구나."

창윤이는 얼굴을 찡그렸다. 구역이 치밀었다. 아버지에게 바싹 달라붙는 정수.

그냥 못 본 체하고 지나칠까? 밭에 가는 일이 바쁘기 때문이었다. 그러나 그럴 수 없었다.

"정수야!"

창윤이는 아들을 불렀다.

"양앙."

"니 얼피덩 향장 아방이 집에 가서 이르구 오너라."

"사램이 죽었다구?"

"그래."

"애비는 밭에 가겠음둥?"

"으응, 바빠서……."

"내 저 굽이를 돌아간 담에 갑소꼬망."

무서운 생각이 나는 모양이었다. 제가 비각이 보이지 않는 굽잇길에 나설 때까지 아버지가 그 자리에 서 있으라고 했다.

"서나지 새끼가 무시기 그렇기 무섭니?"

창윤이는 정수의 담보 약한 것을 책했으나 이내 웃으면서 말하지 않을 수 없었다.

"서 있을게 얼피덩 가거라."

정수는 쫓기듯이 길로 뛰어 내려갔다. 정수가 보이지 않을 때 창윤이도 걸음을 가죽나무숲 등성이로 옮겨 놓았다.

3

"어째 상기두 오재앤을까?"

창윤이는 혼자 수수를 베고 있었다. 거의 반 이랑은 나갔는데도 군삼이나 지식이나 동규 셋 중 누구 하나도 오지 않았다.

"어떻게 된 깅가?"

허리를 펴 가죽나무숲 등성이를 바라보았다. 그러나 넘어오는 사람의 모습은 통 보이질 않았다. 군삼이들의 어른뿐만 아니었다. 향장 댁에 보낸 정수 놈도 오지 않는다.

"어떻기 된 길까?"

다시 한 번 뇌고 창윤이는 허리를 꾸부려 다시 수수를 베기 시작했다.
"이러다가는 오늘 해궁그 막지 못하겠는데……."
창윤이는 손을 부지런히 놀렸다. 수숫대 밑동이 잘 드는 낫에 여지없이 잘라진다. 수숫대 끝엔 잘 익은 이삭이 거멓게 달려 있다. 왼손 한 줌에 드는 수숫대를 잘라지는 대로 이랑에 차곡차곡 간쳐 놓으려니 일에 신명이 났다.

아주까리 동배야 열지 마라
북데기 속에서 신갈보 나안다.

입 속에서 노래도 저절로 나왔다.
"이 사람, 팔재에 없이 호상도감으 뗐네."
창윤이가 머리를 드니 어느 결에 군삼이들 셋이 와 있었다. 웃으면서 말하는 것은 동규였다.
"호상도감?"
창윤이 허리를 펴고 묻지 않을 수 없었다. 창윤이의 물음에는 대답이 없이,
"그놈이 찔기워 죽겠으문 산속에서나 죽을 기지 해필 거기서 뒈질 것이 무시깅가?"
군삼이가 투덜댔다.
'오올치, 비각 뒤 송장을 치웠구나.'
창윤이는 웃지 않을 수 없었다.
"웃기는?"
군삼이의 부르튼 심정이 아직도 풀리지 않았다.

그럴밖에 없었다. 뛰어간 정수에게서 비각 뒤에 피살 시체가 있다는 말을 들은 향장은 곧 계사처에 알렸다. 계사처 순경이 향장과 함께 현장에 나왔다. 순경은 둘이었다. 향장을 돌아보고 시체를 들춰 보고 있었다. 그러는데 군삼이가 거기를 지나치게 되었다. 순경이 와서는 처음으로 지나가는 사람이었다.

"나얼취(어디 가나)?"

순경 하나가 물었다. 서슬이 퍼래서……. 청국사람인 것이 확인된 피살 시체를 보고 흥분한 모양이었다.

"쉬이 가슬하라 가오."

"쉬이 가슬?"

군삼이 머리를 끄덕였다. 머리만 끄덕이는 태도가 순경의 비위를 거슬린 듯했다.

"셴 머디(뭐 어째)?"

순경이 군삼이를 노려보았다. 군삼이도 아니꼽게 순경을 쳐다보았다. 노려보던 순경이 한 걸음 다가서면서 말했다.

"네가 죽인 거 아니야?"

"무시기라구?"

어처구니없었다. 지나가는 사람을 보고 죽였다니? 농담도 이만저만이 아니었다. 군삼이는 웃지 않을 수 없다.

"허, 허, 허."

"허, 허, 허."

순경도 웃었다. 역시 어처구니없는 말이라고 스스로 생각한 때문일 것이다.

그러나 군삼이는 농담으로나마 살인자라고 불린 것이 꺼림칙했다. 더욱이 청국 순경한테서……. 노랑 수건 김 서방 사건이 흐지부지된 뒤 아직도 계사처 순경에 대한 감정이 가시지 않고 있었다.

"니 여기서 무실 하능가?"

개운치 못한 마음인데 진식이가 왔다. 그리고 뒤를 이어 동규도…….

순경은 세 사람에게 우선 시체를 치우도록 했다.

뜻하지 않은 상두꾼 노릇! 셋은 모두 내킬 까닭이 없었다. 그러나 현장에 있던 향장 최삼봉이 아들 동규에게 말했다.

"보기 싫은 거 얼피덩 치워 버리려무나."

딴은 그렇다. 아버지의 말씀이 아니라도 얼른 치워 버리는 것이 나을 성싶었다.

동규가 먼저 대들었다. 다른 사람도 동규를 거들지 않을 수 없었다.

시체는 가죽나무숲 속을 대강 파고 흙을 덮어 놓았다. 그러느라고 밭에 늦게 온 것이었다. 동규가 스스로 호상도감이라고 말한 것은 이 때문이었다.

군삼이 투덜댄 것은 순경의 '네가 죽였지'가 창윤이를 보자 되살아났기 때문이었다.

"잘했지비."

군삼이 부르튼 얼굴이었으나 창윤이는 말을 이었다.

"그러기다 내 무시기라구 했니? 얼피덩 나오라구."

"얼피덩 나오누라능기 그랬구나."

"어떻든 재수가 터졌네."

창윤이의 농담은 계속되었다.

"재수?"

군삼이 받았다.

"걸찍한 송장으 주물렀응이······."

"예이키······."

군삼이도 풀렸다. 셋은 낭비한 시간을 메우기 위해 일손을 쉬지 않고 수수 가을에 열중했다.

"새완이들(젊은이들) 욕으 봄메."

창윤이의 어머니가 이고 나온 점심도 유난히 맛있었다.

"햄새(반찬)가 맛이 있어서 잘 먹었소꼬망."

"무시기 맛이 있겠음."

"수울두 좋구."

"술은 너무 하지 마압세."

"이 어망이, 일으 자리르 내지 못할까 봐서······."

"그렁 기 앙임메."

그러던 창윤이의 어머니도 들어간 다음 넷은 다시 일에 달라붙었다. 한편으로는 낫으로 베고 한편으로는 단을 묶고······. 가려지는 노적가리들.

해가 서편에 기울어지고 있었다. 일은 거의 끝나고 있었으나 어둡기 전에 마쳐야 했다. 넷은 숨 돌릴 겨를도 없었다.

"아아애비."

아까 나왔던 어머니가 당황한 모습으로 앞장서고 계사처 순경 셋이 밭에 온 것이 아닌가.

"어떻기 된 김둥?"

창윤이 뜨끔해 물었다. 그러나 어머니가 대답하기 전에,

"계사처루 가자."

순경 중의 뚱뚱한 사람이 나서면서 말했다.

"계사처에?"

노적을 가리던 동규와 진식이가 창윤이의 옆에 왔다. 창윤이와 군삼이는 한군데서 단을 묶고 있던 중이었다.

"얼른 가!"

"무시래?"

"계사처에 정수르 데려갔습메."

어머니의 말을 순경이 가로막았다.

"물을 말이 있어서……."

"물을 말이?"

순경이 대답하기 전에,

"정수르 데리구 가구 나르 위격다짐으루 여기 끌고 왔습메."

어머니가 얼른 말했다.

"아무 말도 말아!"

그러나 어머니는 주춤하다가,

"아아애비를 데려와야 정수르 내보내겠다구……."

"말을 말라니까."

채 마치기도 전에 뚱뚱한 순경이 창윤 어머니에게 눈을 부라렸다.

"알겠소꼬망."

창윤이 어머니를 보면서 머리를 끄덕였다. 비각 뒤의 주검 때문이구나, 짐작한 까닭이었다. 주검 때문이라면 별일이 없을 것이다. 주검을 보자 이내 정수를 향장집에 보내 알렸기 때문이었다. 그래서 험상궂은 시체를 군삼이랑 치웠다고 하지 않았는가? 그런데 정수는 왜 데려갔어?

'어쨌든 가봐야지.'

창윤이는 이내 뚱뚱한 순경에게 말했다.

"가지."

그리고 벗어 놓았던 저고리를 털어 입었다.

"정말 가겠능가?"

군삼이가 걱정스럽게 물었다.

"으응, 벨일이 앙일 길세."

"벨일이 앙이라구?"

"그래. 자네들으는 상뒤군 노릇으 했지마내두 나두 그놈우 송장 때문에 걷는 걸음일세."

"무시기라구?"

군삼이는 문득 생각나는 것이 있었다. 아침에 비각 뒤에서 순경이 하던 말이었다.

'네가 죽인 거 아니야?'

"그 일이라문 섣불리 따라가서는 앙이 되네."

군삼이가 저고리 고름을 매는 창윤이의 옆에 다가서면서 말했다.

"벨일이 없을 걸세. 송장으 봤다구 알려 줬는데 무슨……"

"그래두, 가아들이 우뭉해서……"

군삼이도 창윤이도 노랑 수건 김 서방의 사건을 함께 생각한 것이었다.

"하여튼 간에 정수 놈 아가 어찌 됐는지 알아봐야 할 기 앙잉가?"

창윤이는 순경을 따라 나섰다. 어머니도 뒤따랐다.

"대강 거두게."

잠자코 있던 동규가 갑자기 군삼이와 진식이를 보고 말했다. 그리고 창윤이의 뒤에 나섰다.

"나두 가보겠네."

군삼이도 좀이 쑤셔 견딜 수 없는 모양이었다. 일행의 뒤를 쫓았다.

4

계사처 대장은 사십 가까운 사람이었다. 여느 군경(軍警)과 마찬가지로 솜을 둔 제복을 입었으나 그것이 깨끗했다. 견장(肩章)도 가장자리에 노랑 실이 수놓아져 있는 것이었다. 의자에 기대어 앉았다가 창윤이가 들어오는 것을 보자 윗몸을 일으켰다.

창윤이는 밭에 나왔던 순경 한 사람에게 인도되어 그 앞에 갔다.

"앉소."

창윤이는 덩즈(등받이 없는 걸상)에 앉았다.

"이창윤인가?"

"옛."

"오늘 아침에 일찍 송덕비각 앞을 지나갔다지?"

'짐작한 대루구나.'

창윤이는 마음이 퍽 놓였다.

"옛꼬망."

"무슨 까닭에?"

"고량 추수르 하러 가는 길이었습메다."

"누구하구 갔소?"

"아들아아하구."

"가다가 무얼 보았소?"

"주검으르 봤습메다."

"주검을?"

"예."

대장의 얼굴이 굳어졌다. 헛기침을 하고 묻는다. 해라로였다.

"아이도 봤나?"

"그랬습메다."

"그래?"

"옛꼬망."

"봤을 때 어떻게 놓여 있던가?"

창윤이는 본 대로 대답했다. 끔찍스러운 대로 비교적 자세히 이야기했다. 그러나 대장은 시체의 상태가 관심거리가 아닌 모양이었다.

"알겠는데……."

하더니 대장은 창윤이를 쏘아보면서 물었다.

"시체를 누가 먼저 봤나?"

"아이가 먼저……."

"아이가 먼저?"

"그렇습메다."

"이놈, 거짓말 마라!"

대장의 얼굴에 서슬이 퍼래졌다.

'이것 봐라?'

그러나 창윤이는 되물었다.

"거짓말?"

대장은 우묵한 눈으로 창윤이를 쏘아보면서 우겼다. 무엇이 거짓말인지 알 수 없다. 창윤이는 더 할 말이 없었다. 잠자코 있으려니까,

"다 알고 있어, 네가 죽인 줄은."

대장은 언성을 높였다.

"무시기?"

기가 막히지 않을 수 없었다. 군삼이의 말이 생각났다. '가아들이 우뭉해서······.' 창윤이의 표정이 복잡해졌다.

"네 아들놈이 그렇게 말했다."

대장은 또 뜻밖의 말을 했다.

"뭐시라구?"

"네놈이 죽이고 선손을 쓴 거지, 아이를 시켜 향장에게 알린 것은 교묘한 수단이야."

대장은 눈을 부라리면서 발을 탕 굴렀다.

"김 서방 때 일을 앙갚음한 건 줄 알구 있다, 이놈!"

그러나 창윤이는 이상하게도 정신이 또렷해졌다. 마음에 여유가 생겼다. 너무도 속이 들여다보이는 일이기 때문이었다. 이렇게 되면 당장 변명이 소용없는 일이기도 했다.

"허, 허."

창윤이는 웃었다. 그리고 대장을 노려보면서 물었다.

"그런 말으 우리 정수가 했다는 기요?"

"그래."

"갸가?"

어린것을 데려다 어지간히 위협을 한 것이라고 창윤이는 가슴이 섬뜩했다.

'때리지는 않앴으까?'

"아이를 데려 나와!"

대장이 부하에게 말했다. 창윤이는 마침 잘됐다 싶었다. 부하 순경이 삐걱, 잘 열리지 않는 판자문을 힘들게 열고 옆방으로 들어갔다.

"지애바아."

한참 있다가 나오는 순경의 뒤에서 울먹이는 목소리가 들리더니 정수가 아버지에게 뛰어왔다. 풀이 죽은 얼굴이 아버지를 보자 갑자기 생기가 돌면서 뛰어오는 모습에 창윤이의 머릿속엔 자신의 어릴 때 일이 떠올랐다. 동복산의 수하 사람들에게 청국 소년의 차림을 당하고 돌려보냄을 받던 일. 그때 아버지를 보았을 순간의 광경과 심정이 한꺼번에 되살아났다.

"와앙―."

아버지에게 뛰어오자 다리에 매달리면서 정수는 울음을 터뜨렸다. 창윤이도 눈이 뜨거워지면서 아들을 어루만졌다. '흑, 흑…….' 울음이 쉽게 그쳐지지 않는 정수는 몹시 억울했던 모양이었다.

"이놈아, 울긴."

감자 사건 때 아버지는 못나게 청국 소년의 차림을 당한 아들을 나무랐다. 그리고 할아버지는 그 일 때문에 손자의 머리를 자르는 순간 쓰러져 운명하고 말았다. 20년 전의 일이다. 그러나 지금이 그때와 무엇이 달라졌는가?

위협에 못 이겨 대장이 묻는 대로 대답했기로 정수를 나무랄 수 없었다.

"물을 말이 있으문 나르 데려다 물을 거지 얼라르 데리다가 이기 무시기요?"

창윤이 정수를 어루만지면서 대장에게 대들었다.

"도망갈까 봐 그랬어."

대장의 대답이었다.

"도망으 가요?"

"도망질 잘하지 않는가?"

이번엔 대장이 좀 부드럽게 말했다.

'도망질으 잘해?'

지금의 대장이 여기 온 것은 노랑 수건 사건 전후해서였다. 그런데 비각을 불 놓았을 때의 일까지 알고 있는 것이다.

"죄 없이 도망으 갈 사람이 어디메 있겠다구 그럼둥?"

그러나 대장은 창윤이의 말에 응수하지 않았다. 그리고 정수에게,

"너의 아버지가 사람을 죽였지?"

눈을 부릅뜨면서 물었다. 울음을 그쳤던 정수가 다시,

"와앙—."

하면서 아버지에게 매달렸다.

"얼라르 그렇기 윽박지르 기 앙이라 야는 내보내구 나한테 물으문 될 기 앙이오……."

정수의 등을 어루만지면서 대장에게 말했다. 대장은 한참 말이 없었

다. 그러다가 머리를 끄덕이더니,

"아이는 돌려보내도록 해."

부하에게 명령했다.

휴우- 창윤이는 숨이 나왔다. 아이를 그 이상 괴롭혀 주면 어쩌랴 싶었기 때문이었다.

5

"무시기야? 창윤이르 살인범으루 문초르 해?"

"그런 법이 어디메 있능가?"

"노랑 수건의 앙갚음을 한 기라구 말한다지마내두 앙갚음으 하는 거는 저어들이 아잉가?"

"그렇지비. 노랑 수건 때에 우리가 떠들었거덩. 그렁이까 이번에는 가 아들이 한 일에다가 뒤집어씌워 죄선사람에게 앙갚음으 하는 기지 벨기 겠능가?"

창윤이 구금된 뒤에도 계사처에서는 군삼이, 동규, 진식이들, 비각 뒤의 시체를 다룬 사람들을 불러 갔다. 창윤이를 제외한 다른 사람들은 당일로 나왔으나 한번 문초의 내용이 알려지자 농네는 뒤숭숭하시 않을 수 없었다.

간도협약으로 영토권이 청국에 귀속된 직후였다. 그리고 비봉촌은 일본 영사관 관할 밖에 있는 곳이다. 비봉촌의 조선사람은 청국법에 좇아야 된다. 전에도 그래야 되는 것으로 청국 관헌이나 토호들이 믿고 있었으나 이번 협약으로 그 사실이 국제 열국 앞에 재확인된 셈이었다. 제아무리 드센 조선 농민인들 국제협약 앞에야 어쩔 수 없지 않을까?

노랑 수건 때에 애를 먹던 계사처장이었다. 그 복수심도 있을 것이었다. 거기에 이제 자국의 법으로 다스림을 받아야 할 조선사람의 기를 꺾어 놓자는 생각도 없지 않을 것이었다. 추수가 한창인 들에서는 이렇게들 이번 사건을 추측하고 화제에 올리고 있었다.

"그렁이, 살인당한 시체르 보구서리 그거르 관청에 알린 사람으 살인범이라고 문초르 한대서야 어떻기 마음 놓구 살 쉬 있단 말이."

"그러기 말입꼬망."

그러나 계사처장이 창윤이를 문초하는 것은 떠도는 추측대로 계사처장의 개인적인 복수나 조선사람의 기를 꺾기 위한 처사만은 아니었다.

피살자는 동복산의 수하였다. 노름을 좋아하는 사람이었다. 노름빚 때문에 일어난 살인인지도 모를 일이었다. 그러나 범인은 당장 알 수 없는 일이다. 우선 처음의 목격자를 불러 묻지 않을 수 없었다. 그 사람이 바로 창윤인 것이다. 비각 방화사건 때의 장본인이고 노랑 수건 사건 때의 주동자다.

계사처장이 창윤이를 죄인처럼 다룬 것은 꼭 그가 범인이라는 심증(心證)을 얻어서가 아니었다. 최초의 목격자가 문제의 이창윤이었다는 데 부쩍 의심이 생겼고 좀 지나쳐 처음부터 죄인 다루듯 했던 것이 아닐까? 더구나 창윤이는 아들을 내보낸 뒤에는 대장에게 고분고분 대하지 않았기 때문이었다.

그러나 살인하지 않은 것이 사실인 창윤이를 살인자로 몰수는 없었다. 거기에 동규와 군삼이가 나서서 향장의 힘을 빌렸다. 향장 최삼봉이가 몇 번 계사처장을 찾았다. 그뿐이 아니었다. 계사처에도 피살자와 창윤이와는 통 알지도 못하는 사이인 것이 알려졌다. 그리고 진범인도 어렴풋이 짐작이 갔다. 같은 청국사람인 노름꾼이었다는 것……. 그러나 진범인은 잡을 수 없었다. 어디로인지 자취를 감췄기 때문이었다.

그래서 창윤이는 닷새 만에 아무 혐의도 없이 놓여나왔다.

"그러문 그렇겠지."

"아무리 억지공산들 그럴 쉬야 없겠지."

밭에서는 또 이렇게들 이야기했다.

"억지공사래두 그럴 쉬가 없어?"

창윤이의 석방은 조건부였다는 것을 알고 있는 사람은 입을 비쭉했다. 비봉촌 전 주민이 책임을 지고 살인범을 잡아야 된다는 조건인 까닭이었다.

"공째루 닷새씩이나 고생으 하구 나왔기 때문에?"

"앙이오. 우리 동네에 살인 죄인으 잡아 바치라는 책임으 메웠다오."

"무시기라구?"

"이 넓은 땅에 어디메 가서 백예 있는지두 모르는 죄인으 여기 앉아서 어떻기 잡으라능 긴지……. 그래두 억지공새가 앙이라구 하겠음둥?"

"기아들이 못 해보는 말이 없당이……."

"그러기 때문에 여기서는 못 산다구 하잽데."

"못 살문 어쩌겠음?"

"어디메 다른 데루 떠나얍지."

"뜨자문 대처(도회지)루 가얍지. 산골이야 어디메가 다르겠관디?"

"그렇지비. 용정 같은 대처에……."

"……."

그리고들 묵묵히 곡초를 베고 묶고 가리는 일을 바삐 서둘렀다. 그것이 큰 위로나 되는 듯이……

땅은 여전히 기름졌다. 나락은 터질 듯이 맺히고 있었다. 산과 냇물은 이미 정이 들 대로 들었다. 그러나 그들은 이 고장을 뜰 생각을 가지고 있었다.

6

……국수 영업으 하는 집 딸인데 모친님과 성님이 직접 와서 체에딸으 봐주었으문 좋겠습메다. 어망이나 성이 마음에 들문 혼인이 될 것 같응이까 부데 와주시기 바랍메다. 용정두 전보다는 여간 벤하지 않았습메다. 구경도 하구 바람도 쐴 겸해서 모친님을 뫼시구 꼭 와주시기르 바랍메다. 그러문 기다리겠습메다. 여불비 상서…….

창윤이가 계사처에서 나온 후 나머지 추수도 대강 끝날 무렵이었다. 용정에 갔다 온 동네 사람이 편지를 갖고 왔다. 창덕이 보낸 것이었다. 설 쇠러 왔다가 최삼봉이와 싸우고 비봉촌을 떠난 창덕은 용정에 돌아간 뒤 현도 밑에서 장사에 충실했다. 이젠 한몫으로 점방을 펼 수 있게 된 창덕이에게 혼처가 생겼다는 것이었다. 현도의 중신으로 창윤이는 반가운 목소리로 읽었다.

"국쉿집 딸이랍메?"

마침 몸살로 누워 있던 어머니가 자리에서 몸을 일으켰다.

"옛꼬망."

"음전했으문 좋겠지마는……."

"현도 그 사램이 나선 자리 앙임둥. 조련하겠다구 걱정으 하겠음둥."

"그러문 얼피덩 가봐얍지."

이튿날 아침에 떠나기로 준비를 서둘렀다. 그러나 어머니의 열은 내리지를 않았다. 아쉬웠으나 늦으면 아들의 혼사가 깨질 듯한 조급한 마음에서인지 모를 일이었다.

"아아에미를 데리구 갑세."

어머니는 대신 며느리를 보내고 싶은 모양이었다. 창윤이도 이 기회에 아내에게 용정 구경을 시키고 싶었다.

"가기루 합지."

그러나 장본인이 내켜하지 않았다.

"어마임이 누워 계신데 내가 어떻기……."

"내 걱정으 말구 가압게나."

시어머니가 다시 권했으나 쌍가매는 끝내 움직이지 않았다.

"앙이 가겠습메?"

창윤이는 짜증 섞인 소리를 지르고 혼자 떠나고 말았다.

비봉촌을 벗어나니 숨이 나오는 듯했다. 거뜬한 마음과 몸. 더욱 이번 걸음엔 동생의 혼사를 정하는 즐거움이 앞을 서고 있었다. 그리고 용정은 사포대 때에 정이 들고 추억도 많은 고장이 아닌가? 오랜만에 현도와 동생을 만나는 기쁨도 가슴을 부풀게 했다.

이런 심정으로 거리에 들어서니 용정은 몹시도 변화해졌다. 사포대 때보다 길이 더욱 정돈되었다. 길가의 점포들이 흥성하고 기름기가 있었다. 조선사람이 많아진 것이 눈에 띄었다. 그 사람들이 활기를 띠고 있었다. 그러나 그것은 사포대 때와는 성질이 다른 것임을 창윤이는 재빨리 느낄 수 있었다. 사포대 때의 활기를 밖으로 넘치는 힘이라고 한다면 지금의 것은 가라앉은 심정에서 풍겨지는 것이라고 할 수 있을까?

용정에 일본 총영사관이 개관된 지 반 달밖에 되지 않았을 무렵이었다. 보름 전인 11월 2일에 일본 외무성은 용정에 총영사관, 국자가, 두도구, 백초구 등지에 영사관 출장소를 설치했다. 1909년 9월 4일에 북경에서 청·일 두 대표가 조인한 간도협약은 나흘 뒤인 9월 8일에 그 전문이 공포되었다. 그 조항에 따라 두 달 안에 통감부 파출소를 철수하고 영사관을 설치하도록 되어 있었다. 그것을 실천한 것이었다.

그 간도협약은 비봉촌 주민들에겐 살인범을 잡아들이라는 무리를 강요하는 일로 찾아왔으나 용정의 거리에는 가라앉은 활기를 가져왔다고 할 수 있을까? 그럴밖에 없는 일이었다.

정미7조약에 따른 군대 해산의 뒤를 잇는 이번 처사로 비탄에 잠긴 것은 현지의 조선사람들만이 아니었다. 국내의 뜻있는 사람들도 의분에 몸 둘 곳을 몰랐다.

그나마도 지금까지 조선 정부가 간도 귀속 문제로 싸워 내려온 내력을 알고 있는 사람들은 더욱 분개했다.

"목이 달아나도 국토는 촌토(寸土)도 양보할 수 없다."

일찍이 감계사(勘界使)였던 안변부사(安邊府使) 이중하(李重夏)가 청국 대표에게 던졌던 말을 되생각해 내면서 한숨을 쉬는 사람도 있었다.

그러나 조선사람뿐이 아니었다. 간도협약은 일본사람들도 성공한 외교라고는 보지 않았다.

안봉선(安奉線)의 개설권과 간도를 바꾼다는 것은 노일전쟁에서의 승리에 자신만만한 일부 일본사람들에게는 굴욕이라고 생각되었다. 상대가 청국인 까닭에 더욱 그랬다. 계태랑(桂太郞) 내각에 대한 비난의 소리가 높았다.

그러나 일본 정부의 배짱은 반드시 약한 것만은 아니었다.

일개 철도의 개설 같은 것은 작은 문제인지도 모른다. 그러나 문제의 핵심은 남만주의 권익을 반석 위에 올려놓는 데 있다. 그곳에 뿌리를 깊이 박아 놓게 되면 아직 미개척지나 다름없는 간도 지방의 영토권쯤 후일 얼마든지 다시 문제를 일으킬 수 있는 일이 아닌가? 요컨대 계태랑은 멀리 앞을 내다보았다고 할 것이었다.

그리고 그것을 뒷받침해 주듯이 지금은 한국통감(韓國統監)의 자리를 물러나 추밀원 의장(樞密院議長)으로 있는 이등박문(伊藤博文)이 러시아 재무대신(財務大臣) 꼬꼬흐체프와 회견하러 하얼빈으로 가게 되었다. 한국과 만몽(滿蒙)의 분할 침략에 대해 노·일 두 나라가 협상하기 위해서였다고 했다.

10월 26일 오전 9시 이등은 하얼빈 역 폼에 내렸다. 영접 나온 각국 외교관에게 인사를 하고 그곳에 정렬한 러시아 군대를 사열하려는 순간 이등은 안중근의 권총에 맞아 쓰러졌다. 권총은 육 연발이었다. 이등이 맞은 것이 세 발이었고 나머지 세 발은 모리(森) 비서관, 가와가미(川上) 영사, 다나카(田中) 만철총재(滿鐵總裁)를 맞혔다. 이등은 3분 후 절명했고 나머지 셋은 중상을 입었다. 안중근은 대한제국 만세를 부르면서 현장에서 체포되었다.

창윤이가 용정에 도착했을 때는 안중근의 이등박문 저격 사건이 있은 지 20일이 넘을 무렵이었다. 그동안 충분히 전해질 수 있는 하얼빈 역

현장의 뒤를 잇는 자세한 이야기에 용정 사람들이 흥분과 더불어 한창 꽃을 피우고 있었다.

용정의 일각에 일장기가 휘날리고 있다. 그러나 그런 것을 기정사실로 받아들이면서 이등의 암살 사건을 통렬한 마음으로 화제에 올릴 수 있는 용정! 이것이 창윤이가 느낀 가라앉은 활기라고 할 것이었다. 거기에는 일본의 깃발 밑에 발전하는 이 고장에서 남보다 먼저 자리를 잡아 보겠다는 약삭빠른 장사꾼의 활기도 뒤섞여 있는지 모를 일이기는 했으나…….

"왜순경이다."

창윤이 복잡한 심정으로 거리의 이상한 활기를 느끼면서 현도네 가게를 찾느라고 서성거리는데 모퉁이에서 들리는 소리였다.

머리를 큰길 쪽으로 돌렸다. 눈에 띈 것은 똑같이 검정 제복과 제모로 몸을 단정하게 차린 이열 종대의 행진이었다. 허리에는 칼을 차고 어깨에는 총을 메고 있었다. 십여 명 될까, 많은 수는 아니었다.

"오이찌, 니."

"오이찌, 니."

한 사람이 대열 밖에서 소리를 친다. 발도 잘 맞았으나 청국 순경만 보아 왔던 눈에 차림부터 깨끗했다. 그리고 동작이 민첩하고 서슬이 있었다.

'순경부터 데리구 들어왔능가?'

그렇다. 러시아가 동지철도를 수비하기 위해 군대를 연선(沿線) 지방에 주둔시킨 것은 1896년부터였다. 그것이 의화단폭동의 원인도 되었고, 노일전쟁에 승전한 일본은 1905년의 포츠머스조약에 의해 남만에 있는 러시아의 권익을 차지하는 동시에 '일로 양국은 양국 간에 1킬로[粁]마다 15명을 넘지 못하는 철도수비대를 보유한다'는 권리까지 차지하게 되었다. 군대가 남만의 철도 연선에 출동되었다. 그러나 군대의 출동은 철도 연선에 그친 것이 아니었다. 통감부 파출소 때에도 일본은 용정에 문관 외에 무관이라고 해서 군 관계자를 적지 않게 데리고 왔으나, 이번 총영사관 개설 이후에는 공공연히 경관대를 조직한 것이었다.

"오이찌, 니."

"오이찌, 니."

지금 거리를 행진하는 것은 그 경관대였다. 창윤이는 또 사포대 때의 일이 떠올랐다.

그때 '하나, 둘, 셋, 넷' 하면서 행진하던 거리를 지금은 일본 경관들이 '오이찌 니, 오이찌 니'의 구령으로 높게 누비고 있다.

가슴이 꿈틀했다. 신용팔 대장의 팔자수염이 눈앞에 떠올랐다.

"사포대는 군대 아닌 군대란 말이야."

걸걸한 목소리와 함께. 그러자 문득 조 선생이 하던 말이 생각났다. 주을로 모시러 갔을 때였다. 병석의 조 선생은 비봉촌 사람들이 동복산 일족이 돌아올 것을 걱정하고 있다는 이야기를 듣고 되묻지 않았던가?

"일본사람이 올 것은 걱정하지 않구?"

그 일본 순경이 바로 창윤이의 눈앞에서 행진하고 있는 것이었다. 창윤의 기억은 뒤를 이어 되살아났다. 바로 그날 그 좌석에서의 일이었다. 조 선생은 또 말했다.

"청국사람을 원수로 생각하지 말게."

창윤이는 깜짝 놀랐다.

"옛?"

그리고 창윤이가 물었다고 기억된다.

"그러문 사포대는 헤쳐 버리라는 말임둥?"

조 선생이 허허 웃고 대답했다.

"사포대를 일본을 막기 위해 쓰라는 걸세."

그 사포대 대신에 일본 경관이 눈앞에서 보무당당히 행진하고 있는 것이다. 그때에는 조 선생의 말이 탁 가슴에 안겨 오지 않았다. 눈앞의 일이 아니었기 때문이었다.

'그러문 조 선생은 용정 거리르 왜순경이 누비고 댕길 걸 미리 알았단 말인가?'

감개에 잠겨 있으려니 창윤이의 귀에 다시 쟁쟁한 말이 들렸다.

"한국사람과 청국사람이 손을 잡아야 되지. 정답게 지내야 되지. 서로 도우면서 도적놈을 방비해야지."

옳은 말이다. 그리고 얼마 동안 비봉촌에선 두 나라 사람이 제법 정답게 지내지 않았던가? 단오 씨름판에 동복산 숙질도 구경하러 나오고…….

그러나 통감부 파출소가 노랑 수건 사건을 격화시켰고 이번 간도협약은 살인범을 잡으라는 무리한 강요를 하고 있는 것이다. 살인범 체포도 어처구니없는 일이었지만 눈앞의 일본 경관대의 행진도 메스꺼웠다.

사람들이 멍하니 구경하고 있었다. 창윤이와 같은 심정으로일까? 그렇지 않으면 대견하다는 것인가? 철없는 조무래기들은 그 뒤를 큰 구경거리나 되는 듯이 졸졸 따라다니고 있었다.

7

해란상점(海蘭商店)은 시가 중심지에 있는 것은 아니었으나 그렇다고 아주 뒷골목도 아니었다. 가게 선반에는 물건이 풍성하게 진열되어 있었다. 잡화상으로 손색이 별로 없었다. 큰 거리에서 받은 인상을 저버리지 않을 말쑥한 가게였다.

현도가 장삿길에 나선 지도 이미 5~6년, 장사 수완도 어지간히 능란해진 모양이었다. 먼저 외모가 그대로 장사꾼으로 보였다.

"창윤이 아잉가? 오늘쯤 올 주르 알았네."

손님에게 물건값을 거슬러 주던 현도가 창윤이를 보자 소리를 질렀다.

"……."

창윤이는 동갑이면서도 다섯 살은 젊어 보이는 현도의 얼굴을 보고 그저 웃기만 했다.

"그렇게 꼼짝으 앙이 하는 벱이 어디메 있능가?"

손님을 보낸 현도는 창윤이의 어깨에 두 손을 얹어 쥐고 흔들면서 반가운 심정을 과장해 보였다. 창윤이는 또 웃었다. 그러다가 갑자기 정색을 하고 말했다.

"아버님 상흑(초상) 때두, 소내상(小大祥)에두 오지 못해 사람의 도리가 앙이네."

초상 땐 연길 감옥에 갇혀 있을 무렵이었고 소대상 땐 공교롭게도 노랑 수건 김 서방의 사건으로 두서를 차릴 수 없을 무렵이었다. 그러나 창윤이는 이게 마음에 걸려 내려가지 않았다. 더욱이 동생의 혼사에는 별로 지체 없이 뛰어온 자신이 아닌가? 창윤이의 말은 그저 인사치레만이 아니었다.

"모친께서 오시기루 했지마는 그때그때 소식으 들어서야 어디메 꼼짝할 수 있겠능가? 그런 고생, 저런 고생으 겐데 내당이 자네두 어지강히 악지가 세네."

"닥치는 일으 어찌겠능가?"

잠깐 둘 사이에 침묵이 흐른 뒤,

"그래 댁내는 무고들 한가?"

현도의 말이었다.

"별고는 없으나 어망이 몸살루 누워 계신 걸 보고 왔네."

"그래서 혼자 온 모앵이구만……. 그러문 아지미나 데리구 오지. 동부인으 해서……."

"동부인으?"

창윤이는 또 싱긋이 웃었다. 동부인해 오고 싶어했던 자신의 심중을 현도가 찔렀기 때문이었다.

"아아들이나 데리구서리……. 튼튼하게 자라능가?"

"튼튼하네마는……."

계사처장 앞에서의 정수의 모습이 떠올랐으나 창윤이는 일체 그 사건은 입 밖에 내지 않았기 때문이었다.

"몇 살이지?"

현도가 물었다.

"어저(이제)는 일곱 살이 되잲능가?"

"그렇게 됐겠지. 우리 놈우 새끼가 다슷 살이잉까……."

"탈이 없는가?"

"탈은 없네마는……. 자라서 무시기 되겠는지 모르겠네."

"어째? 장난이 심한가?"

"장난두 이만저만이 앙이네. 거뜩하문 동리 아아들으하구 싸와 머리가 터지구……."

"아아들이랑 기 다아 그렇지."

창윤이는 또 계사처장 앞에서의 정수를 떠올리고 있는데,

"애비야, 왜놈우 순경이 총으 메구 가드라."

두 줄로 흘러내리는 누런 코를 후룩 들이켜면서 서 있는 것은 현도의 아들이었다.

"이놈우 종재, 코를 풀래두."

들이켰던 코가 다시 나오는 걸 아이는 소매로 쓱 닦고 나서도 역시 일본 순경의 행진 이야기였다.

"야아, 귀경스럽드라."

'자아두 그 뒤르 따라댕긴 모앵이구나.'

창윤이는 속으로 중얼거리고 나서,

"이놈이 장난이 심하구나."

꺼멓게 그을고 볼이 튼 얼굴을 보고 웃으면서 말했다.

"맏아배께 절으 해라."

현도가 말했다.

아이가,

"야앙."

주눅이 잡히는 일도 없이 절을 하려는데,

"성님이 왔음둥?"

어디 심부름을 갔다 오는 모양이었다. 설 쇠러 왔을 때보다 더 의젓한 모습으로 창덕이 가게에 들어섰다.

"으응."

"어망이는?"

"편찮애서……."

"옛?"

"앙이다. 몸살루 좀 누웠을 뿡이다."

"그래예?"

그러나 창덕이는 어머니가 오지 않아 몹시 서운한 모양이었다. 그런 표정을 감추지 못하면서 마침 세수수건을 사러 온 손님에게 물건을 보여주었다.

"세수수건으 사겠소?"

8

창덕이의 혼처인 국숫집 딸은 예쁘다고 할 수 없으나 둥그스름 보기 좋은 얼굴에 귀염성이 있었다. 무엇보다 건강했다. 새침하니 얌전하지는 못하나 서방과 두 손을 맞잡으면 어떤 경우에든 밥을 굶지는 않을 생활력이 엿보였다.

창윤이의 눈에 들었다. 더구나 당자들끼리 좋아한다고 했다.

혼사는 거침없이 맺어졌다. 혼약의 절차도 간략하게나마 끝났다. 초례는 겨울을 지나 봄에나 하자고 대강 말이 되었다.

사주의 교환이 끝나고 집에 돌아온 신랑 창덕이는 벙싯벙싯 기뻐 어쩔 바를 몰라 했다.

"자아가 좋아하능 거 보랑이."

현도는 자신이 나선 혼사가 문제없이 맺어진 게 대견스러운 모양이었다. 들떠 있는 창덕이를 가리키면서 역시 흐뭇한 마음으로 얼굴이 부드러운 창윤이에게 말했다.

둘은 가게 안방에서 술상을 대하고 앉아 있었다.

"허, 허."

창윤이는 그저 웃었다.

"들랑이."

현도는 창윤이에게 술을 권하면서,

"어저는 용정두 자꾸 발전할 게구······. 창덕이두 제 집으 차리게 될 게구, 어떵가? 자네두 거기서 시끄럽게 고생할 기 없이 여기 나와 살문······."

은근히 말했다. 창윤이도 비봉촌민들과 더불어 밝고 시달림이 없는 곳이 동경되지 않는 게 아니었다. 그래서 되물었다.

"여기 나오라구?"

"그렇네."

창윤이 술잔을 들어 반쯤 마시고 상에 놓았다.

"여기가 발전으 해?"

"그렇구말구······."

"발전할 길세마는······."

"메칠 전 일본 아아들이 영사관 개관식으 하쟎앴능가? 어저부텀은 개방지(開放地)에 사는 죄선사람으 되놈 아아들이 함부루 건드리지 못한다네."

창윤이의 머리에 단편적으로 얻어들은 간도협약의 조항이 새삼스럽게 떠올랐다. 오던 날 거리에서 본 영사관 경관들의 행렬도……. 그러나 그 행렬 때문에 개방지 용정에 향하는 마음에 금이 간 창윤이었다.

"그런 줄으 아네마는……."

말하고 창윤이는 생각했다. 영사관이 설치되는 지역의 조선사람이 청국 토호나 군경 관헌에게 시달림을 받지 않는 대신 일본 법률을 따라야 된다. 그렇게 되면 개방지 밖의 조선사람이 청국 법률 밑에 다스림을 받는 것과 더불어 조선사람의 처지는 어떻게 되는 것인가?

'디디고 있는 땅은 청국 것이 돼버리고 그 위에 숨으 쉬고 있는 사람의 한쪽은 일본, 한쪽은 청국 것이 돼버리고…….'

그러나 창윤이의 심각한 심중은 아랑곳도 없이 현도는 신부집에서의 약간의 전작도 있는지라 그저 명랑하기만 한 어조로 말해 치운다.

"그런데 어쨌다는 말잉가?"

"개방지라구 해서 별루 편안할 것두 없을 길세."

"그거는 어째서?"

"일본 법률으느 남우 법률이 아잉가? 남우 법률으 따라 살장이 조련하겠능가?"

"하하하."

현도는 소리 높여 웃고 말을 이었다.

"그렇기 나올 줄으 알았네. 자네 말이 조금두 틀리지 않네. 그렇지마는 어저는 이렇게 된 바에 어쩌겠능가? 더구나 우리 백성들이 무슨 심이 있는가? 결국으는 살아야 될 기 아잉가 말이네. 호랭이한테 물레가두 정신만 차리문 된다구 했거덩. 국운이 기울어져 남우 나라 법에 살 바에야 되놈우 법보다두 왜놈의 법이 훨씬 나을 기 아잉가구 생각해."

"네, 뭐시라구?"

창윤이의 단순한 마음이 순간 욱하고 치밀었다. 이것이 월산촌에서 변발을 하라는 청국 관헌의 엄명에 항거하기 위해 문제의 머리인 상투를 먼저 잘라 버린 장치덕 영감의 손자의 말인가 싶었기 때문이었다. 더욱이 감자 사건 때 창윤이가 동복산이네 사람들에게 청국 소년의 모습으로 변모(變貌)당한 장면을 똑똑히 본 현도인가? 사포대에서 함께 훈련을 받은 일도 있는……. 창윤이의 술기운으로 빛나는 눈이 더욱 강렬하게 현도를 쏘아보았다. 현도는 또 웃었다.

"하, 하, 하."

그리고 천천히 말을 이었다.

"자네 성미에 욱 치밀 줄으 알았네. 그러나 내 말으 듣게. 나두 되놈 아아들이라문 치가 떨리네. 자네 앞에서 이런 말으 하는 거는 좀 우스울지 모르네마는 얼아아 때의 일이네. 월산촌으 되놈우 관청에서 머리르 따아 드리우구 청복으 입으라구 했을 때 우리 큰아배(할아버지)가 우리 사람들이 어른은 상투르 꼭지고 아아들으는 머리태르 드리우구 있기 때문에 청국 관청에서 저희들 머리처럼 앞은 멘도루 새파랗게 밀구 꼬랑지르 뒤으르 드리우라고 하는 게 아닌가구 당신이 먼저 상투르 잘라 버리지 않았덩가, 그리구 내 머리두 큰아배가 깎아 주셨단 말이네. 그때의 일이 어린 내 뼈에 사무친 모애앵이네. 그 후에 자네 집에 놀라갔다가 감쥐 때문에 자네가 당하던 일도 눈에 생생하네. 그래서……."

'그때으 일으 잊쟎구 있구나.'

창윤이는 번쩍이던 눈이 흐려지면서 콧마루가 찌잉함을 깨닫지 않을 수 없었다. 현도가 그때의 일을 잊지 않고 있다는 데서 오는 감동만이 아니었다. 현도의 말을 듣는 순간 자신의 할아버지 이한복 영감의 임종하던 장면이 짙은 채색으로 머릿속에 떠올랐기 때문이었다. 뒤통수에 금속성의 차가움이 느껴지는 듯했다. 그와 동시에 싹둑 소리가 들리는 듯도 했다. 창윤이의 머리채가 떨어지는 것 같은 순간 가위를 손에 쥔 할아버지가 모로 시드드 쓰러지는 광경도 눈에 선했다.

창윤이는 얼굴이 부드러워지면서 머리를 끄덕이었다.

현도는 말을 이었다.

"……그래서 같은 남으 법으 따를 바에야 청국법으는 앙이 따르겠다는 말일세."

마치 결론이나 되는 듯이 얼른 끝을 맺어 버렸다.

"자네 말두 일리는 있네마는……."

현도가 그냥 일본법에 따르겠다는 심정이 아님은 알 수 있었다. 그러나 그 말이 그대로 수긍되지 않았다. 그렇다고 달리 현도의 생각을 그른 것이라고 비판할 말을 찾아낼 수도 없었다. 사포대 때나 노랑 수건 사건 때의 창윤이라면 청국 토호와 관헌은 물론 싫다. 그리고 일본은 더욱 싫다. 한마디로 단언했을 것이다. 그게 무슨 쓸개 빠진 수작이냐고 현도를 나무랐을 것이었다. 그러나 지금의 창윤이는 그때의 패기가 가셔진 것일까? 나이를 먹어 가는 탓일까? 그렇지 않으면 실제로 청국의 토호나 관헌들과 옥신각신을 겪는 사이에 현실을 보는 눈이 침착해진 탓일지도 모른다. 생각이 퍽으나 유순해졌다. 벌써 삼십객이었다.

"일리는 있지만에두 일본법으 따르는 거는 옳지 않다 그겡가?"

같은 삼십객인 현도는 더욱 여유가 있었다. 현실적이었다. 장사하는 동안에 그렇게 되었는지 모를 일이었다.

"글쎄……."

"글쎄 할 줄으 알았네. 난들 좋아서 일본법으 따르자구 하겠능가? 국권이 절반 이상이나 일본에 넘어가구 있는 이 마당에서 말이네. 그러나 그래두 숨으 쉴 수 있는 데가 여기네. 일본 아아들이 영사관이라구 해서 저어 나라 깃발으 높이 달구 있지마는 그기 무슨 상관이 있능가? 가아들이 우리르 보호해 준다문, 그러라구 해두잔 말이네. 그거르 되비(도리어) 이용해 보자능 길세."

"되비 이용으 해?"

"자네 옹졸하게 생각할 기 없네. 여기 사람들의 생각이 태반이 그러하네. 그래두 여기가 숨으 쉴 수 있다구 요지음 얼매나 내지(內地)에서 넘어오는 사램이 많은 줄으 아능가?"

번창해진 거리를 생각해 냈을 뿐 그리고 거리를 걷고 있는 사람들의 가라앉은 활기를 되생각했을 따름, 창윤이는 아무 말도 하지 않았다.

"그렁이까 자네두 여기 나오란 말이네."

그래도 창윤이는 얼른 현도의 말에 좇을 생각이 없었다. 잠자코 있으려니 현도는 술잔을 비우고 그 잔을 창윤이에게 건네면서,

"앞으루는 아아들으 신학문으 시켜야 되네. 요새 내지에서 신학문으 가르치는 선생들두 얼매나 많이 들어오는지 아능가? 오늘 정혼한 체에 딸(아가씨)의 일가 되는 어른두 신학문으 한 선생이라네."

"그렁가?"

창윤이 관심을 표하는 게 대견한 모양이었다. 현도는 거나한 기분 그대로 말을 이었다.

"먼 일가인 듯하네마는……. 어떻든 국내에서 뜻있는 분들이 수태 강으 넘어오구 있네. 와서는 학당(學堂) 같은 거르 세우구 아이들에게 신학문으 가르쳐 준다구 하네."

사실이었다. 을사, 정유 두 조약이 뒤를 이어 맺어진 뒤 국권이 전부 일본의 손에 넘어가자 뜻있는 사람들 중 표연히 두만강을 건너 간도 지방에 망명하는 사람이 적지 않았다.

아는 것이 힘, 배워야 산다. 그들은 청소년들에게 신학문을 가르쳐 줌으로 해서 힘을 기르려고 생각하고 있었다.

"신학문?"

창윤이는 문득 황 선생의 서당에서 천자문을 읽기 시작했으나 장난이 심해 공부엔 통 취미를 붙이지 못하고 있는 아들이 생각났다. 총명이 모자라는 아이라고는 보고 있지 않았다. 그런데 글엔 마음을 붙이지 않는다. 무슨 까닭일까? 자신이 할아버지가 마련해 준 서당에서 끝까지 공부를 못 한 것이 뉘우쳐지는 창윤이는 아들 정수(正洙) 놈에겐 제 몫까지 글을 읽히려고 마음먹고 있었다. 그런 아버지의 뜻을 모르는 정수였다. 그 정수를 여기 데리고 와서 신학문을 시켜 볼까? 현도가 말을 이었다.

"그렇네. 여기서도 학당을 세운다고 하지마는 대교동(大教洞)이나 명동(明東) 같은 데서도 세울 모애앵이데……."

"그래?"

대교동과 명동은 회령(會寧)에서 요정으로 들어오는 길목에 있는 조선 사람들만의 큰 동네였다.

"그렁이까 어떻든 나오게."

 현도는 끝까지 창윤이를 용정에 데려올 작정을 하고 있었다. 그러나 창윤이는 가볍게 그의 말에 응할 수 없었다. 할아버지와 아버지가 묻힌 선산을 떠날 수 없다는 생각에서가 아니었다. 정세룡이의 식구에 어울려 조모와 어머니까지 노인들을 모신 대가족을 쉽게 옮길 수 없는 까닭도 있었다. 옮긴들 당장 생계가 마련되는 일도 아니었다. 거기에 또 오던 날의 거리에서의 나쁜 인상도 작용했다.

"생각해 보기루 함세."

 미타하게 대답하지 않을 수 없었다.

"그렁가?"

 현도는 창윤이의 열적은 대답에 불만을 표시하면서 말했다.

"잘 생각해 보랑이."

"그럼세."

9

 창덕이의 혼사가 맺어진 이튿날 낮이었다.

"추수는?"

"끝이 났네마는……."

"그러문 메칠 푹 놀구 가랑이."

"그래두 낼은 떠나야겠네."

"어째서?"

"어망이 병환도 걱정이 되구……."

"몸살이라문서리?"

"노인의 병이라……."

창윤이 현도와 함께 가게에서 이야기하고 있을 때였다. 무심코 내다본 둘의 눈에 띈 것은 영사관 순사가 포승 지운 죄인을 끌고 오는 광경이었다. 그들은 골목으로 꺾어 가게 앞길로 다가오고 있었다. 순사는 오던 날 거리에서 본 경관대와 같은 차림이었으나 죄인을 포승 지워 가는 장면을 직접 보니 창윤의 가슴은 꿈틀하지 않을 수 없었다.

그러나 현도는 그저 재미있는 구경거리인 듯한 표정이었다.

"저것 봐라."

그리고 얼른 자리에서 일어나 밖으로 나갔다. 창윤이도 그 뒤를 따라 슬그머니 밖으로 나섰다.

죄인은 머리가 텁수룩하고 얼굴은 언제 세수를 했더냐 싶게 어지러웠다. 한눈으로 조선사람임을 알 수 있었다. 그러나 입은 옷은 낡아 빠진 청복 다부쇤즈였다. 태연한 태도로 포승에 묶인 채 걷고 있었다. 포승을 한 손에 쥐고 그 옆에서 의연한 태도로 걷는 일본 경관!

아무 말 없이 그들은 가게 앞을 지났다. 그들의 뒷모습을 보다가 창윤이는 먼저 가게로 들어오고 말았다. 앉으려는데 가게 앞길이 부산스럽더니 청국 순경 3~4명이 일본 순사와 죄인이 가던 쪽을 향해 뛰어가는 모양이 보였다. 다시 밖으로 나갔다. 길에는 아무것도 보이지 않았다.

'무슨 일일까?'

이슥해서였다.

"땅, 땅."

두어 방 총소리가 들려 왔다. 그러자 아까 포승을 지웠던 다부쇤즈의 죄인이 가게 앞을 아까와는 반대 방향으로 뛰고 있었다. 필사의 도망이었다. 그 뒤를 청국 순경 둘이 쫓아간다. 그러나 죄인은 잡히지 않은 채 좁은 골목으로 사라지고 말았다. 청국 순경도 죄인의 뒤를 그 골목으로 쫓아갔다.

총소리는 다시 나지 않았다. 그러나 총소리의 여운으로 가게 앞길에 긴장된 분위기가 서려 있었다.

그러고 나서 좀 지나서다. 창윤이 가게에 들어와 있는데 현도가 긴장된 얼굴로 들어왔다. 현도는 죄인을 끌고 가는 일본 순사의 뒤를 청국 순경이 쫓아가자 그 뒤를 따라 큰길까지 갔다. 거기서 죄인이 도망쳐 뛰어오고 청국 순경이 쫓는 뒤를 따라 가게로 되돌아온 것이었다.

들어오자 현도는 흥분된 어조로 물었다.

"죄인이 붙들리지 않았지?"

"그래, 좁은 골목으로 들어갔네."

"그랬능가?"

그리고 현도는 마음이 놓인다는 듯이 말을 다시 이었다.

"재미있는 구경으 했네."

"어떻기?"

"아하참, 백줴 죄인으 하나 가지구 서루 니 해다 내 해다 하구 싸우능기 아잉가?"

창윤이는 얼른 짐작이 갔으나 자세한 사연이 듣고 싶었다.

"어떻기 하든가?"

"청국 순사 아이들 뒤으 쫓아갔을 때는 일본 순사는 벌써 큰길에 나섰네."

 큰길에 나선 일본 경관에게 뒤를 쫓던 청국 순경이 대들었다. 한 사람은 포승을 나꿔챘다. 둘은 죄인을 끌어안았다. 일본 경관이 반항했다. 옥신각신 마침내 일본 경관이 허리에서 권총을 뽑아 들었다. 공중을 향해 쐈다.

 무기가 약한 청국 순경이 물러설 수밖에 없었다. 그 틈에 죄인은 뛰었다. 그 뒤를 쫓는 청국 순경……. 현도는 그가 본 대로 이야기하고,

 "양쪽 순사가 싸우는 바람에 덕으 본 거는 죄선사람뿐이지……."

 무엇보다도 이 사실이 재미있다는 듯이 껄껄껄 웃기까지 했다.

 "그렇지."

 그러나 창윤이는 이 조그만 사건을 그저 재미있다고만 보고 싶지 않았다. 그럴밖에 없었다.

 남만의 철도를 수비한다는 구실로 군대를 상주(常駐)시킨 일본은 이번 새로 여는 간도 총영사관에는 통감부 파출소의 뒤를 이어 슬그머니 경관대를 조직해 데리고 왔다.

 일본 거류민의 생명 재산을 보호하고 협약에 있는 대로 일본 법률로 개방지 내의 조선사람들을 재판하려면 그들을 단속할 경찰이 있어야 될 것이 아니냐는 배짱이었다.

 그러나 이것은 일본의 국제적인 상례에 어긋나는 억지에 지나지 않았고 간도 침략의 노골적인 시작이었다. 더구나 청국 정부를 얕잡아 보고 그 군대를 업신여기는 결과에서 나온 일이었다. 그것은 또 일본 정부가 간도협약을 연약 외교라고 비난하는 자국민에게 힘을 보여주는 것인지도 모르는 일이었다.

청국 측의 행정기관은 국자가의 연길청이었고 동지(同志)가 관할하고 있었다. 그리고 군사는 역시 연길에 있는 길강군(吉强軍)의 호통령(胡統領)의 휘하에 들어 있었다. 통령은 40영(營), 2만의 병사를 지휘할 지위에 있었다. 그러나 간도에 있는 병력은 1천명도 되지 못했다. 그뿐이 아니었다. 길강 군영(軍營)에는 대포가 겨우 2문(門), 청룡도(青龍刀)가 여섯 자루, 삼첨창(三尖槍)이 네 개, 대고(大鼓) 한 개가 있을 뿐이었다. 그나마도 통령이 군영을 비우고 길림으로 가는 일이 잦았으므로 무기는 녹이 슬도록 버려둘 뿐, 병사의 훈련을 게을리 하기가 일쑤였다.

이런 간도 지방의 청국 측 실력을 무시하고 든 것이었다. 처음부터 경관대를 진주시킴으로 해서 그것을 기정사실화하자는 심보였음에 틀림없는 일이었다.

그러나 아무리 약질인 청국 측도 협약에 일언반구도 없는 경찰권 행사에는 분격하지 않을 수 없었다. 더구나 청국 정부는 간도협약 후 청국법을 따르게 된 개방지 외의 조선 농민들에게 보호책을 쓰기로 했다. 역시 일본에 대항해서였다. 딸라즈[大磖子]의 화룡국(和龍局)에 월간국(越墾局)을 두고 이주 조선인의 편의를 보아 주도록 했다. 그러나 말단 관헌들은 중앙 정부의 정책이나 뜻을 이해하지 못했다. 그리고 횡포가 심했다. 비봉촌 살인범 체포 명령 같은……. 그러나 용정은 연길청이 있는 국자가에서 산을 넘어 서남으로 30리의 지점에 있었다. 딸라즈에서는 북으로 30리의 지점에 있었다. 정부의 정책이 어느 정도 통하고 있는 곳이었다.

청복을 입은 조선 죄인을 일본 경관은 옷이야 무얼 입었건 조선사람이니 잡았고 청국 측은 자기대로 청복을 입었을 뿐 아니라 경찰권은 우리에게 있으므로 우리 죄인이라고 빼앗으려고 기를 썼을 것이었다.

"재미있능가?"

아직도 양쪽 경관의 싸움에서 덕을 본 결박 지운 사람의 일이 재미나는 듯 벙글거리는 현도에게 창윤이가 말했다.

"재미있다뿐인가?"

현도가 대답했다.

"또 있능가?"

"어저는 우리 사람들두 값이 오르는 셈이 아잉가?"

"값이 올라?"

"아잉가? 일본 아이들이 모셔 가자구 하면 되놈우 아아들이, 앙이오 우리가 모셔 가겠습메다, 이렇게 나오는 기 아잉가? 값이 오르지 않구 무시긴가?"

"이 사람……."

현도다운 농담이라고 생각하면서 창윤이 입을 다물고 있는데,

"투전판으 뒤진 모애앵입데."

창덕이 들어오면서 가게에서의 화제에 끼어들었다.

"투전꾼이라등야?"

현도가 되물었다.

"야앙."

그리고 창덕이는 말을 이었다.

"되놈우 순사 아아들이 잔뜩 노리구 있었던 모양잉데 그 기미르 알구서리 도망으 치다가 마침 지나가는 영사관 순사르 만났던 모앵입두구만……."

"그래서?"

현도는 더욱 호기심이 났다.

"그런데 영사관 순사가 죄선사램이었거덩……."

"무시기?"

창윤이 눈을 크게 뜨면서 물었다.

"아매 가지 들어가서 아무기나 공으 하나 세우자구 했는지 모르지."

어떻게 된 일이냐고 물었다. 투전꾼은 다급한 김에 그리고 영사관의 조선 경관이라 믿는 마음에서 투전판에서 청국 순경에게 쫓기는 중이라고 말했던 모양이었다. 그래? 그리고 조선사람인 영사관 순사는 우선 투전꾼을 포승으로 묶은 것이라고 창덕이는 바깥에서 들은 대로 전했다.

"그래애?"

창윤이는 머리를 끄덕였으나, 현도는,

"간대루(아무려면) 죄선사램이라구 믿구서리 투전판에서 쬐끼운다구 말한 사람으 잡았겠능가?"

창덕이의 말을 곧이듣지 않았다.

"앙이, 그렇답데."

"요즘, 영사관이라문 거저 나쁘게 말하는 사람들이 많니라. 그런 사람들이 져낸 말이겠지비, 그럴 쉬 있니?"

현도의 말이 맞을지 모를 일이었다. 조선사람인 영사관 경관이 투전꾼을 잡아 가지고 가는 경로는 반드시 창덕이가 전하는 대로가 아닌지 모를 일이다.

그러나 비봉촌에서 최삼봉, 노덕심, 박 첨지……. 이런 사람들을 보아 온 창윤이로서는 창덕이가 전하는 말에 아귀가 맞지 않은 점도 있으나 노상 허황한 것은 아닐 것이라고 생각했다.

10

신개방지 용정의 뒷골목은 흥성했다. 장구에 맞춰 노랫소리가 울려 나오는 집도 있었다. 색시를 상대로 희희덕거리는 소리도 밖에서 들렸다. 주정꾼의 비틀거리는 걸음걸이, 널판장에 오줌을 갈기는 사람도 있었다. 색시의 손목을 잡고 어둠 속에서 힐난하는 젊은이……. 일본 영사관은 일장기나 순경뿐 아니라 뒷골목 경기까지 가지고 온 모양이었다.
"흐흥! 여기는 어쩌자구 이렇게 흥성한 기야?"
현도의 뒤를 따라 골목을 걷던 창윤이의 입에서 나온 말이었다.
"하아, 오늘 밤에는 모든 거 잊어버리구서리 한바탕 놀아 보장이까……."
현도는 창윤이의 무거운 태도가 못마땅했다. 낮에 죄인 쟁탈의 한 도막 활극을 보고 난 창윤이는 그 조그만 사건이 얼른 머리에서 사라지지 않았다. 침울한 표정으로 내일은 떠난다고 했다.
그러나 현도는 창윤이를 하루라도 더 붙들어 두고 싶었다. 어릴 때부터의 정이 시킨 바였다. 더구나 그동안 창윤이는 촌에서 무진 고초를 겪지 않았던가? 오늘 밤엔 용정의 뒷골목도 구경시킬 겸 창윤이를 즐겁게 해주고 싶었다. 그러나 창윤이의 무거운 마음은 들뜬 분위기인 뒷골목에 들어와서도 얼른 가시지 않는 모양이었다.
현도는 안타까운 듯이 앞에 서서 무산집 대문을 서슴지 않고 밀치고 들어갔다. 무산집은 현도가 혹 손님을 모시고 가는 단골이기도 하지마는 그 집은 일용 잡화를 현도네 가게에서 쓰고 있었다. 그래서 서로 잘 아는 사이였다.

마당에 들어가자,

"장 주사 오시네."

색시가 맞이해 마침 기역자로 된 동쪽 채의 빈방에 인도했다.

"잘 있었능야? 귀한 손님으 모시구 왔단 말이야. 얼피덩 술 한상 잘 채레 오구 색시두 디레보내구."

방에 들어서자 현도는 낮은 코에 분을 더께더께 바른 색시에게 말했다. 색시는 힐끔 창윤이를 보고 나서,

"예에엣!"

그리고 부엌간으로 가버렸다. 좁고 쓸쓸한 방에는 벽에 노랑저고리와 남치마가 댕그라니 걸려 있고 구석 낡아 찌그러진 고리짝 위에 접어 올려놓은 알따란 이부자리가 창윤이의 눈을 끌었다. 자리가 얇은데……. 그것이 까닭 없이 마음에 걸렸다. 경기에 따라 어디서 떠온 색시의 방이냐 싶었기 때문이었다. 창윤이 역시 무겁게 입을 다물고 앉아 있으려니 어느덧 납작코의 색시가 술상을 들고 들어왔다. 현도는 이 색시는 마음에 들지 않는 모양이었다.

"또 색시는 없능가?"

"나는 싫어요?"

술을 부으려던 납작코가 새침해졌다.

"싫어서 그러능 기 앙이야. 손님이 둘이 앙인가? 색시두 둘이래야지."

"어디 그렇게 색시가 많아요?"

납작코는 힐끔 또 한 번 창윤이를 보고,

"이 손님 몹시 점잖으시네."

그리고 술을 창윤이의 잔에서부터 부었다. 현도의 잔까지 따른 색시는,

"잠깐 기다리세요, 다른 색시와 바꿔 드릴게. 이 방 주인하구……."

현도와 창윤이를 번갈아 보고 나가 버렸다.

이윽고 다른 색시가 들어왔다. 후리후리한 키가 말랐다는 인상인 색시! 광대뼈가 유난히 나왔으나 창윤이의 눈에 몹시 익어 보이는 얼굴이었다.

"이기 뉘기요?"

가슴이 꿈틀하면서 창윤이는 불쑥 소리를 질렀다. 복동예였기 때문이었다.

"애구!"

복동예도 창윤이를 보자 놀랐다. 입에서 말이 튀어나오자 두 손으로 얼굴을 가리더니 그대로 방 밖으로 뛰어나갔다.

창윤이의 머릿속에는 느티나무 뒤에 숨었다가 실개천 징검다리를 건너 길로 올라오는 복동예 앞에 나섰던 때의 장면이 떠올랐다. 그 장면에 상상날 밤 어둠 속에서 창윤이를 부르던 복동예의 소복한 모습이 뒤덮였다. 아내가 까닭 없이 질투하던 일. 연길 감방에서는 꿈까지 꾸지 않았던가? 이런 것이 한꺼번에 창윤이의 머리에 떠올랐다.

"복동예!"

저도 모르게 창윤이는 문 밖을 향해 불렀다.

그러나 복동예는 벌써 사라지고 없었다.

"자네 그 색시를 아능가?"

창윤이와 복동예라는 색시와의 언동을 역시 놀라는 눈으로 보고 있던 현도가 물었다.

"으응."

"이거 재미있구나. 그런데 어떻기?"

"차차 이얘기하지."

"차차?"

현도는 거래처인 이 집 다른 사람과 함께 도망간 색시도 알고 있다. 그래서 호기심과 의심이 가득 찬 표정을 지닌 채 주전자를 들어 창윤이의 잔에 부었다.

둘이 다시 술을 마시는데 납작코가 들어왔다.

"장 주사에게는 미안하지마는 명화 언니가 바꿔 달라구 해서 또 들어왔지요."

현도를 향해 비꼬는 한마디를 던지면서 상머리에 앉았다. 그리고,

"아는 사이세요, 명화 언니하구?"

호기심이 가득 찬 눈으로 창윤이를 보았다.

"그래, 여기서는 명화라구 부르능가?"

"예, 징든 님이세요?"

'정든 님?'

속으로 웃고 창윤이는 물었다.

"언지부텀 와 있소?"

"달포 될까요."

"한 달?"

"그러나 곧 가게 될 거예요"

"그거는 어째서?"

창윤이 또 물었다.

잠깐 망설이더니 납작코는,

"모르겠어요"

비밀이나 되는 듯이 머리를 가로저었다. 현도가 뜻있는 시선을 색시에게 던지면서 말했다.

"그 버릇 때문에 그러는 게지?"

"버릇?"

창윤이 현도와 납작코를 번갈아 보았다. 아무 말이 없는 현도와 납작코! 주전자가 비어졌다.

현도가 색시에게 말했다.

"한 순배 더."

"그만 하지."

했으나 창윤이는 빈 주전자를 들고 나가는 색시를 말리지는 않았다. 뜻하지 않은 곳에서 복동예를 만났다는 사실이 그의 마음을 풀리게 만들었기 때문이었다.

"그 버릇이라능 기 무시긴가?"

납작코 색시가 나가자 궁금증에, 창윤이는 현도에게 물었다. 거기엔 대답이 없이 현도는 되물었다.

"자네하구는 어떻기 되는 사잉가?"

"이 사람, 사이는 무슨 사이겠능가? 노 서방이라구 죽었지마는 우리게서 얼되놈 노릇으 하던 사람의 예펜네였지."

창윤이 모호하게 웃으면서 대답했다.

"얼되놈의 예펜네야?"

"그래."

"그렇구나."

그리고 현도는,

"그래서 그런 버릇이 붙었군……"

머리를 끄덕였다. 창윤이는 문득 깨달아지는 것이 있었다.

"약담바(아편)르 먹능 기 앙이야?"

"그런 모애앵이네. 그래서 이 집에서 애르 먹구 있다구 그러데……"

현도가 안주를 집으면서 말했다.

"……"

창윤이는 입이 얼어붙고 말았다.

그래도 떠나는 사람들

1

 장날이었다. 주변의 농민들이 용정에 모여든다. 사포대 때에도 장이 서기는 했다. 그러나 그 후 통감부를 거쳐 최근 영사관이 설치되는 전후해서는 용정의 장은 더욱 커져 가고 있었다. 그래서 지금은 용정의 명물 중의 하나가 되어 있었다. 한 달에 여섯 번 서는 육장(六場)이었다.
 "어디에 그렇게 백여 사는지 끔찍스러울 지겡이까 한 달에 여슷 번씩 웅성거리는 거 보문 이게 되놈우 땅인가 하는 생각이 든당이까. 귀경이나 하구 가랑이."
 현도는 역시 과장이 섞인 말로 창윤이를 붙잡았다.
 "그럽소꽝이."
 창덕이도 형을 더 붙잡아 두고 싶어 했으나 창윤이는 내켜지지 않았다.
 "가야겠네."

창덕이의 혼사가 맺어지고 보니 그 이상 더 머물러 현도에게 폐를 끼치고 싶지 않기 때문이었다. 거기에 뜻밖에도 아편쟁이로 전락한 복동예를 매소부의 차림으로 색주가에서 만났다는 사실이 죄인 쟁탈전의 희비극과 더불어 까닭 없이 창윤이의 마음을 무겁게 만들었다. 갑자기 용정에 정이 떨어지는 심정이었다.

"기어이 가겠능가?"

"가봐야겠네. 모친님 병환두 걱정스럽구······."

"그러문 갔다가 이내 다시 나오랑이. 천천히 놀다 가두룩······. 어저부터야 농새두 없을 기구."

창덕이는 집에 보내는 선물을 꾸려 주었다. 비봉촌에서 그리운 것 몇 가지. 그 중에서도 창윤이는 소금이 대견했다. 소금은 청국 정부의 전매품이었다. 사사롭게 매매를 할 수 없었다. 관염(官鹽)이라고 했다. 관염을 사려면 소금표[鹽票]를 주는 제도로 되어 있었다. 값이 엄청나게 비싼 것은 국고 수입을 늘리기 위한 조치인 것이다. 그러나 도회지는 몰라도 벽지에서는 비싼 값으로나마도 살 수 없었다. 제때제때에 현물이 돌아오지 못했기 때문이었다. 비봉촌에서도 소금이 귀하지 않을 수 없었다. 창덕이가 꾸려준 보따리 속의 소금은 5홉들이 한 됫박 정도밖에 되지 않았으나 창윤이는 그것이 무엇보나 대견했다.

소금도 들어 있는 선물 꾸러미를 가지고 창덕이는 형을 나루터까지 배웅했다. 이른 아침이었으나 벌써 건너오는 나룻배에 장꾼 5~6명이 타고 있었다. 목판 한 되쯤 될까, 팥인지 차좁쌀인지를 베자루에 넣어 자루목을 틀어 졸라맨 것을 머리에 이고 내리는 아낙네도 있었다. 달걀인 모양 소쿠리에 담아 헌 보자기로 덮은 것을 조심스럽게 들고 내리는 할머니. 머리에 흰 수건을 막 싸 동여맨 농부가 진 지게에는 돼지 새끼 두 마리가 묶여 있었다. 쾌액쾌액 소리를 지르면서 몸부림치는 돼지 새끼. 그럴 때마다 그 옆에서 푸륵푸륵 하는 것은 다리와 날갯죽지를 동여맨 닭 세 마리였다. 뭍에 내리자 돼지 새끼가 똥을 싼 모양이었다. 무른 것이 지게 밑으로 뚝뚝 흘러내렸다. 한 아낙네가 함지에 담아 인 불룩한 자루 속에는 마른 통고추가 들어 있는 모양이었다. 배에서 내려 옆으로 휩싸고 지나갈 때 창윤이는 코가 매워 재채기를 하지 않을 수 없었다.

창덕이가 재채기를 하는 형을 보고 싱긋이 웃고 나서 말했다.

"어망이르 이내 나오두룩 해줍소."

약혼한 아가씨를 어머니에게 얼른 보여드리고 싶은 마음에서였다.

"그러마."

그리고 창윤이는 덧붙였다.

"너두 한번 왔다 가구."

"옛꼬망."

나룻배로 건너 언덕에 닿으니 거기에도 장꾼들이 서성거리면서 기다리고 있었다. 깨끗지는 못했으나 아까 건너편에서 내린 사람들과 같이 모두 흰 옷을 입고 있는 것이 창윤이는 대견스러웠다.

비봉촌은 연길을 거쳐서 이틀의 여정이었다. 연길까지는 청차(淸車) 편이 있으나 그 다음은 걸어야 한다. 대개 연길령(嶺)을 해지기 전에 넘어 촌집에서 자고 또 하루를 걸어야 되었다.

연길로 가는 청차는 여기서 떠나는 것이다. 네 바퀴가 달린 딱딱한 널판자 차를 말 네 필이 끈다. 조선사람들은 청차라고 했으나 청국사람들은 따처[大車]라고 했다. 네모진 차체의 네 귀에 막대기를 세우고 흰 천을 쳐서 해를 가린다. 포장마차라고도 불리었다. 유일한 교통기관이었다. 차부(車夫)는 청국사람. 아직 대낮에는 햇볕이 등을 포근히 쬐어 주고 있었으나 낡아서 누렇고 거멓게 된 양털 받친 윗도리를 무겁게 걸치고 역시 휘양 같은 양털 모자를 눌러쓰고 있었다.

따악!

손님은 일곱 명이었다. 아직 서너 사람 더 탈 여지가 있었으나 차부는 긴 회초리를 공중에 휘둘러 말을 갈겼다. 차가 움직였다. 길이 나빴다.

털털털털, 엉덩이가 아파 견딜 수 없었다.

손님들은 모두 조선사람이었다.

"여섯 방에 한 방두 헛방이 없었당이 그거 여간한 솜씨가 아잉데……."

"상해와 노령에서 닦은 솜씬데 더 이를 데 있겠소"

이야기는 여기서도 안중근의 이등박문 저격 사건이었다. 그러다가,

"용정보다두 앞으로는 국자가가 더 발전할 것 같은데."

이런 것으로 번지기도 했다. 창윤이는 엉덩이의 아픔을 참고 손님들의 이야기에 귀를 기울이면서도 머릿속에서 사라지지 않는 것은 복동예의 일이었다. 광대뼈가 유난히 높아진 말라빠진 얼굴이 눈앞에 어른거린다. 그것이 누추한 감방에서 꿈에까지 나타나도록 그립던 사람의 얼굴일까? 복동예에게 장가를 들지는 못했다. 그러나 복동예는 창윤이에게 아름다운 추억을 남겨 놓은 여자가 아니었던가? 그 여자가 그런 꼴로 나타났다. 허무하기 이를 데 없는 일이었다. 허무한 마음으로 창윤이는 생각했다. 만일 복동예가 나한테 시집을 왔다면…….

'그런 꼴은 되지 않았을 기다.'

그러나 무슨 까닭에 복동예는 창윤이에게 시집을 오지 않았던가? 당

장 코앞의 권세에 눈이 어두운 아버지 박 첨지 때문이었다. 그 노 서방의 권세는 어떻게 해서 얻어진 것인가? 동족을 배반한 값에 지나지 않는다. 죽을 때에는 뉘우치는 표적을 보인 노 서방이었으나…….

빤한 얘기였다. 그러나 이 빤한 일이 새삼스럽게 창윤이의 머릿속에서 새로운 발견인 것처럼 심각하게 맴돌았다. 아름다운 추억이랄 것뿐 창윤이는 일찍 복동예와 결혼하지 않은 사실을 후회한 일은 없었다. 그러나 어젯밤의 복동예를 보고는 만일 그랬더면 하고 지난 일이 아쉬워졌던 것이다.

'어째서 복동예는 뻔히 그런 줄으 알문서리 아버지의 말에 끝끝내 거역도 못 했을까?'

그렇게 할 수 없었던 것이 그때 처녀들의 어쩔 수 없는 처지였다. 그러나 그렇더라도 복동예는 너무도 약했다고 생각했다. 약했으므로 마침내 약담배를 먹도록 굴러 떨어지는 것을 스스로 가누어 잡지 못한 것이 아닐까?

'그 버릇으 붙이당이.'

창윤이는 저도 모르게 복동예를 욕했다. 그러나 이내 뉘우치고 말았다. 복동예도 노 서방과 같이 고래 싸움에 등이 터진 작디작은 한 마리의 새우에 지나지 않는다고 생각했기 때문이었다. 그렇게 생각하니 복동예가 가여워졌다. 더욱 불쌍한 것은 복동예에게는 아직도 부끄러움을 아는 마음이 있다고 보았기 때문이었다.

지난밤 창윤이는 납작코 색시더러 복동예를 불러오라고 했다. 그러나 한번 방에서 뛰어나간 복동예는 어디에 가 박혔는지 그 집을 나올 때까지 얼씬도 하지 않았다.

'부끄러워서 그럴 기야.'

생각하고 창윤이는 그 이상 복동예에 대해서는 아무 말도 하지 않고 현도네 가겟방으로 돌아왔던 것이다.

청차는 모자(帽子) 형상인 산 옆의 고갯길을 오르고 있었다. 차부가 양털을 받친 다부쇤즈를 벗어 놓고 입에서 이상한 소리를 내면서 말에 기를 쓰고 채찍질을 했다.

따악, 따악, 채찍 소리가 찢어지게 들렸다.

2

창윤이가 용정으로 떠나기 전부터 앓아누운 쌍가매의 시어머니 뒷방예는 그냥 일어나지 못하고 있었다. 누운 지 벌써 열흘이나 되었다.

몸살이거니 했으나 그저 몸살이 아니라고 쌍가매는 생각했다. 원체 강단이 있는 시어머니는 일찍이 이처럼 몸져누워 본 일이 없었다. 누웠기로 고작 몸살이었다. 팔다리가 쑤신다, 허리가 물러난다 소리를 치면서 앓다가도 한 이틀 지나면 툭툭 털고 일어나 아들과 함께 농사일에 극성맞게 부지런을 피우곤 해왔었다. 그러던 시어머니가 이번엔 열흘이나 일어나지 못하고 있다. 머리가 절절 끓고 운신을 할 수 없고 오죽하면 둘째아들의 혼사에도 용정에 나가지 못했을라고

창윤이가 용정에 간 뒤에도 뒷방예, 아망이(노파)는 머리를 들지 못하고 누워만 있었다.

시어머니를 끔찍이 위하는 쌍가매라고는 할 수 없었다. 오히려 극성

스러운 시어머니 밑에 기를 펴지 못하는 쌍가매였다. 망령을 피우고 있는 시할머니는 있으나마나 했지만…….

쌍가매는 몸져누워 앓는 시어머니가 걱정스럽지 않을 수 없었다. 어쩐지 처음 드러누울 때부터 심상치 않은 생각이 들었다. 남편이 용정에 함께 가자고 짜증을 냈을 때에도 내켜하지 않은 것은 이 때문이었다. 더구나 과수인 시어머니는 입으로는 서방을 따라갔다 오라고 했으나 막상 그렇게 하고 나면 은근스럽게 마음을 할퀼 것이 빤한 일이었다. 쌍가매는 이래서 굳이 남편을 따라나서지 않은 것이었다. 그랬는데 시어머니는 얼른 일어나질 못한다. 몸살이라고 등한히 버려두기에는 벌써 시일이 지나고 병이 너무 중했다. 잠자코 있을 수 없었다. 혹 이대로 일어나지 못한다면? 겁이 나지 않을 수 없었다. 얼마 후에 일어난다고 하더라도 시어머니는 어디 가서 물어보지도 않고…… 하고 노염을 낼 것이 빤한 일이었다.

거기에 남편이 없어진 뒤 창윤이네 집에서 함께 살고 있는 정세룡댁은,

"펠스럽당이(이상하다), 귀싱이 준 벵이지……."

역시 걱정이었다. 쌍가매도 귀신의 병이라고 생각하고 있었다.

"꿈자리두 시원챦구."

"방울이한테 가볼까?"

방울이란 은방울을 흔들면서 점을 치는 아낙네 무당이었다. 범바위골에 있었다.

"방울이야 그 소리가 그 소립지. 알아얍지."

방울 무당은 서른예닐곱의 수다스럽고 능글맞은 여인이었다. 희멀건

얼굴에 기생처럼 언변은 좋았으나 실속 있는 말은 적었다. 쌍가매는 방울 무당보다도 서당 황 선생에게 물었으면 싶었다. 황 선생은 물론 점쟁이는 아니었다. 그러나 동네의 길흉(吉凶)의 택일(擇日)을 해주고 때로는 딱한 일이 생겨 찾아가면 문갑 위의 낡은 책을 뒤적여 괘(卦)를 풀어 주는 일도 있었다. 그것이 곧잘 맞는 경우도 있었다. 꼭 들어맞지 않더라도 방울 무당처럼 닭을 잡아 지신제를 지내라, 개를 잡아 조상을 위해라, 굿을 해야 된다는 둥 돈 드는 일은 애초부터 시키지 않았다.

그러나 정세룡댁은 남편의 안부 때문에 방울 무당에게 자주 드나들었다. 방울 무당은 정세룡댁의 심중을 잘 아는지라 그 좋은 언변과 능구렁이 같은 수작으로 남편 그리는 아내의 마음에 희망을 북돋아 주었다가는 낙망의 그림자가 스치게도 하고……. 그래서 정세룡의 아내는 끌려다니는 것이었다.

지금도 정세룡댁은 방울 무당집에 가고 싶었다.

"그래두 방울이 씨원한 소리르 하지비."

"또 조상 탈이라구 하잴 것 같음둥?"

창윤이의 머리를 깎다가 쓰러져 임종한 이한복 영감은 귀박(귀신의 살)을 맞아 죽었다고 방울 무당은 말하고 있었다. 그 귀신이 창윤이네 집을 떠나지 않고 있어 갖가지 재앙을 주는 것이라고 말끝마다 뇌었다. 몇 번 조상(조상을 위하는 고사)도 지냈다. 그러나 말끝마다 뇌는 데는 쌍가매도 시어머니도 질색이었다. 거기에 방울이 시키는 대로 음식을 갖추고 필목을 마련할 재력이 없었다. 오히려 듣지 않느니만 같지 못했다. 그래서 쌍가매는 방울 무당집엔 발을 끊어 버렸다.

그러나 정세룡댁은 거기에 가야 그런대로 위로를 받았다. 그리고 요

즈음은 바싹 남편의 안부가 궁금해졌다.

"그렇다구 이렇기 맥못추는 늙은이르 가만 내뿌레 두겠음메?"

"뉘기 내뿌리 둔다구 했음둥?"

창윤이의 어머니는 정세룡댁에겐 시누가 되지 않는가? 그런 사람이 한집에 있다. 쌍가매보다 댓살밖에 위가 아니지마는 시어머니에 못지않은 존재였다.

쌍가매는 궤 속에서 엽전 열 닢을 아까운 듯이 꺼내 주었다.

"갔다 옵소꼬망."

정세룡댁 수돌 어머니가 범바위골 무당집에 들어서니 또 남편의 안부 때문에 온 것으로 짐작하는 모양이었다. 방울은 능란한 가운데 쓸쓸하게 맞아 주었다. 그 점이라면 할 말 다 했고 또 요즘에 와서는 변변히 복채도 가지고 오지 않기 때문이었다.

그러나 수돌 어머니는 방에 들어가 앉자,

"병점으 한 장 쳐줍소"

복채가 있어서 그런 것일까, 자신 있게 말했다.

"병점으?"

방울은 되뇌더니 주머니 끈을 풀었다. 그 속에서 끄집어낸 것은 큰 방울 작은 방울 여남은 개가 달린 뭉치였다. 붉은색, 푸른색, 노랑과 흰 수실도 달려 있고……. 은방울 뭉치였다.

"병점이라?"

방울 무당은 입 속에서 알지 못할 주문을 외더니 방울을 흔들기 시작했다. 주문이 끝나자 함께 휙 방울 뭉치를 던졌다. 달랑돌롱, 큰 방울 작은 방울이 소리를 내면서 방바닥에 던져졌다. 그 중에서 방울 한 개가

뭉치에서 떨어져서 때구루루 따로 굴러갔다. 그걸 보자,

"급살 맞은 귀신이구나."

방울 무당의 입에서 튀어나온 말이었다.

'어찌잔 말이, 아버지가 비친당이…….'

조상 탈이라구 하겠지비 하던 쌍가매의 말이 생각났기 때문이었다. 그러나 방울 무당은 방바닥의 방울 뭉치를 다시 주워 흔들면서,

"대국 사람이냐 소국 사람이냐, 남정이냐 계집이냐?"

하더니,

"대국 남정이구나. 참욱(참혹)하게 죽은 귀신이구나."

스스로 대답했다.

"대국 남정네 귀신이랍메. 엄참하기 죽은 귀싱이 떠돌다 접했답메."

수돌 어머니는 돌아와서 쌍가매에게 말했다.

"그 되놈이?"

아들 정수가 잡혀가고 남편도 잡혀간 그 주검이 시어머니를 못 견디게 한다? 쌍가매는 소름이 끼치지 않을 수 없었다. 섬뜩해지면서 물었다.

"그래 어쩌랍디까?"

귀신을 쫓는 방법이었다.

"기리대감제르 지내야 된다잼메."

"거리대감제? 그기야 당장에 어떻기 지내겠음둥?"

"나두 우리 헹펜에 그거는 앙이 된다구 했습메. 그랬둥이 방울이 하는 말이 그러문 잔밥이나 멕에서 오솜소리(조용히) 내보내라구 합두구만……."

"잔밥으루 될까?"

"그러재문 어쩌겠음? 정수 애비 오문 의논으 할 셈하구 얼른 잔밥으 멕입세."

쌍가매는 부엌간 구석에 있는 쌀독 뚜껑을 열었다. 허리를 굽혀 쪽박으로 쌀을 퍼냈다. 노오란 좁쌀이었다. 그리고 흰 종이에 쌀을 부었다. 역수리와 가지런히, 쌀 담은 종지를 헝겊으로 쌌다. 누워 있는 시어머니 옆으로 갔다. 열에 거의 혼수상태였다. 쌀 담은 종지 아구리 쪽을 바싹 시어머니의 이마에 대고 문지르면서 속으로 말했다.

"참욱하게 죽은 대국 귀시잉이거덩 마않이 잡숫구 가압소꼬망. 미련한 사램이 그런 줄으 몰랐응이 마않이 잡숫구 가압소꼬망……."

이윽고 종지를 시어머니의 이마에서 떼었다. 아구리를 싼 헝겊을 벗겼다. 반달 형국으로 먹어 들어간 쌀.

'많이 먹었구나.'

그나마도 대견한 생각으로 쌍가매는 쌀이 든 종지와 키와 빗자루를 가지고 밖으로 나갔다.

해가 넘어가고 있었다. 바람이 쌀쌀했다. 그러나 아직 어둡지는 않았다. 쌍가매는 삽짝문을 열어 놓았다. 문 밖을 향해 앉았다. 그리고 종지의 잔밥 먹은 쌀을 키에 부었다. 천천히 까불렀다.

'참욱하게 죽은 귀신 고이 나갑소꼬망. 오솜소리 나갑소꼬망. 미련한 사램이 그런 줄으 몰랐응이 싹 쓸어 가지고 나갑소꼬망. 고이고이 나갑소꼬망. 다시 들어오지 맙소꼬망.'

이윽고 키에 남은 쌀알을 빗자루로 쓸었다. 그리고 그 빗자루를 삽짝 밖으로 던졌다. 빗길이 밖으로 향해야 되는 것이었다. 그러나 안으로 향하고 있었다. 쌍가매는 빗자루를 다시 집었다.

'싹 쓸어 가지구 갑소꼬망.'

다시 던지는데,

"무실 하구 있음메?"

창윤이가 열어 놓은 삽짝 안으로 들어오고 있었다.

3

노독이 풀리지 않았으나 창윤이는 친구들을 만나고 싶어 저녁을 먹자 얼른 군삼이네 마을방으로 갔다. 문을 여니 호롱불 그을음과 엽초 연기 자욱한 속에서 5, 6명 친구들의 얼굴을 찾아낼 수 있었다.

벽에 기대 비스듬히 다리를 뻗고 앉아 있던 진식이가 창윤이를 보자 바로 앉으면서 말했다.

"자네 언제 왔능가?"

"으응, 조금 아께 왔네."

"혼사는 잘 됐능가?"

"으응, 정혼해 버리구 말았네."

"새각시 음전하던가?"

"으응……."

창윤이는 대답하면서 신을 삼고 있는 군삼이 옆에 가 앉았다. 신 삼기에 여념이 없던 군삼이가,

"메칠 놀다 올 줄 알았는데 벌써 왔능가?"

신코를 꿰던 손을 멈추고 창윤이를 보았다.

"더 놀 것두 없네."

"용정이 많이 변했다든데……."

"변하기는 변했드라, 그러나 뭐……."

창윤이는 용정 거리에서 보고 듣고 느낀 것을 생각해 내면서 말끝을 흐려 버리고 말았다. 그러나 여럿은 용정 이야기가 듣고 싶어 견딜 수 없는 모양이었다.

"일본 영사관이 들어왔다는 이야기든데 그기는 어떻든가?"

진식이의 물음이었다.

"영사관뿐이 앙이라 왜순경두 들어왔네."

"왜순경?"

"그래, 죄인으 하나 가주구서리 왜순경과 되순경이 서루 제 해라구 싸우는 것두 봤네."

"무시기라구?"

호기심이 동하지 않을 수 없는 이야기였다. 목침을 베고 누웠던 쩡낭쇠 아버지가 벌떡 일어나면서 창윤이 앞에 다가앉았다.

"청복으 한 죄인으 청국 순경으는 제 죄인이라구 하구 일본 순경으는 제 죄인이라구 하구 총질으 해가면서 서루 싸우는 거르 봤다는 말이네."

"청복으 한 죄선사람으?"

"그래."

"그래서 죄인은 어느 쪽에서 잡아갔능가?"

군삼이도 재미있다는 듯이 물었다.

"잡아가기는? 두 순경이 싸우는 통에 죄인이 도망치구 말았네."

"죄인이 뺑손이르 쳤어? 하하, 그거 잘했구나."

쩡낭쇠 아버지의 통쾌한 웃음. '하하하.' 다른 사람들도 웃지 않을 수 없었다.

"그거 잘했지비. 잘했구말구."

창윤이가 심각하게 느꼈던 일을 그의 친구들은 웃음거리로 받아들이고 있었다. 거리감에서 오는 것일까? 꼭 남의 이야기같이 말하고 있는 것이었다. 창윤이가 입가에 쓴웃음을 머금고 있다가,

"이 사람들, 웃을 일이 아니네."

나지막하게 말했다.

"하기는 웃을 일이 아닌 줄으 아네마는……."

군삼이 이내 창윤이의 심중을 알고 말했다. 그리고 다시 신코를 꿰는 일을 계속했다. 그러나 다른 사람들은 역시 두 순경이 싸우는 동안 도망친 죄인의 일이 재미나는 모양이었다. 한참들 웃고 있었다. 그리고 그들이 달리 얻어들은 용정 이야기를 주고받고 하는데,

"이 사람들 큰일 났네."

들어선 사람은 동규였다.

"무슨 일인가?"

모두 동규의 심각한 얼굴을 보았다.

그러나 동규는 창윤이가 그 자리에 있는 것을 보고는,

"자네 언제 왔능가? 마침 잘 왔네."

그리고,

"다른 기 앙이라 계사처에서 꼬량 열 커우대[麻袋]를 바쳐야 된다구 하네."

무겁게 말했다.

"꼬량 열 커우대르 바치라구?"

"무시래?"

"……."

동규가 앉으면서 대답했다.

"향청에 들러서 안 일인데 비각 뒤 살인범으 잡지 못했응이 그 책임으루 동네에서 꼬량 열 커우대르 바치라는 길세."

"무시기라구?"

뜻밖의 말에 모두들 놀라지 않을 수 없었다.

한 죄인의 두 편 순경 쟁탈전보다 코앞에 다가와 있는 절실한 문제이기 때문이었다.

살인범을 잡아 바치라는 조건으로 창윤이가 석방된 후 도망친 살인범을 추수에 바쁜 농민들이 잡아 낼 까닭이 없었다. 원체 농담같이 무리한 명령이라 동네 사람들은 웃으면서 넘겨 버리고 말았다. 그리고 계사처에서도 그 후 별로 그 무리한 명령의 실행을 독촉하지도 않았다. 그랬는데 갑자기 고량 열 자루를 상납하라는 것이 아닌가?

"그런 뱁이 어디메 있는가?"

잠깐 말문들이 막혔다가 진식이가 비로소 입을 열었다.

"가아들이 무스거 뱁이 있는 줄으 아능가?"

군삼이의 기막힌 어조였다.

"그렇드래두 맞아 죽은 주검으 보구 아문에 알린 사람으 살인범이라구 달과치질으 않나, 너어 동네에서 살인이 났응이 그 살인범으 잡아 바치라 쨌나, 이번에는 또 무시기야?"

진식이의 목소리에는 울분이 섞여 있었다. 그러나 창윤이는 웃기만 했다. 비각 뒤의 피살 시체가 이처럼 말썽을 일으키는 장본이 되었다는 사실이 어처구니없기 때문이었다. 고량 열 마대의 상납이라는 새로운 요구도 어처구니없었으나 어머니의 병이 그 귀신의 조작이라고 아내가 잔밥을 먹인 쌀을 뿌리던 장면을 본 일이 새삼스럽게 떠오른 까닭이기도 했다.

"무실 합메?"

삽짝으로 들어오면서 창윤이가 물었을 때 쌍가매는 집어던지려던 빗자루를 쥔 채 여행에서 돌아온 남편을 반갑게 맞이했다. 그리고 쌍가매는 어머니의 병이 비각 뒤의 귀신이 접한 것이라는 방울의 말을 전했다.

"허, 허, 허."

아내의 말을 듣고 창윤이는 웃었다.

미신을 반대하는 마음이 남보다 강해서가 아니었다. 방울 무당마저 그 비각 뒤의 피살 시체를 팔아먹고 있다는 사실이 우스웠기 때문이었다. 그렇게 웃은 웃음이 지금 고량을 상납하라는 무리한 명령을 듣는 순간에 생각난 것이다. 그래서 웃어진 웃음이었다.

"이 사람아, 웃기만 하문 어쩔 세엠인가?"

창윤이의 허탈한 웃음이 신경에 걸리는 모양이었다. 군삼이가 핀잔을 주듯이 말했다.

"웃지 않으문 어쩔 테잉가? 가아들뿐인 줄 아는가? 방울 무당두 그 주검으 팔아먹는 판인데……."

"방울 무당이 그 주검으 팔다니?"

진식이의 물음이었다. 창윤이 대답을 하지 않고 입가에 흐리멍덩한 웃음만 머금고 있었다.

"그래 자네는 가아들이 하라는 대로 할 작쟁잉가?"

역시 성미 급한 군삼이가 오금 박듯 했다.

"군삼이 자네는 어쩔 생각잉가?"

창윤이 되물었다.

"따제야지비."

군삼이 대뜸 대답했다.

"따제서 될 거 같응가?"

"……."

군삼이는 얼른 대답을 하지 못했다. 노랑 수건 사건을 고비로 계사처에 대항해 이겨본 일이 없었던 사실이 군삼이의 머리에 떠오른 까닭이었다. 더구나 노랑 수건 때에는 그나마도 의논이 되던 통감부 파출소에 진정(陳情)해 볼 길도 지금은 막히고 만 것이 아닌가? 여기는 개방지 밖이기 때문이다. 억울해도 할 수 없는 일이었다. 잠깐 아무 말들이 없었다. 창윤이와 더불어 그의 친구들도 이젠 패기를 잃고 있는 것인가? 연륜과 함께 역시 토호와 청국 관헌들과의 옥신각신에서 사리의 판단을 침착하게 하고 있음에 틀림이 없었다.

"하여튼 간에……."

침묵을 깬 것은 창윤이었다. 모두 창윤이를 보았다. 창윤이는 무거운 목소리로 말을 이었다.

"……밝은 낮에 자세히 알아보기루 하세. 그럭하구서 우리 다시 의논들으 하세."

"그러문 꼬량으 바치자는 말잉가?"

용정 이야기에는 누구보다도 호기심을 표했으나 고량 상납에 대해서는 심각하게 입을 다물고 있던 쩡낭쇠 아버지의 기성이었다.

"바치자는 말잉 기 앙이라······."

창윤이 쩡낭쇠 아버지에게 시선을 던지면서 부드럽게 말했다.

"그러문 무시깅가?"

하더니 쩡낭쇠 아버지는 벌떡 일어났다.

"으음."

입이 쓰다는 태도이다.

"가겠능가?"

"만지 가겠네. 와난이(천천히)들 얘기르 하게······."

쩡낭쇠 아버지가 나간 뒤 방 안은 또 무거워진다. 창윤이는 골통대에 엽초를 다져 방구석에 놓여 있는 토기 화로의 재를 들추고 불을 붙였다. 방 안이 호롱불 그을음과 엽초 연기로 자욱했다.

4

"니 그 봉앵(팽이) 어디메서 났니?"

정수는 팽이 돌리기에 한창 신명이 나 있는 수돌이 옆에 다가가면서 말했다.

탁, 타악! 두어 번 팽이채로 쓰러지려는 팽이를 후려치려던 수돌이는 주춤하고 정수를 돌아보았다.

"얻어봤다."

그리고 얼른 수돌이는 정수를 무시하듯 다시 한 번 팽이를 마음껏 후

려쳤다. 쓰러지려던 팽이가 기운을 차려 잘 돌고 있었다. 파랑과 빨강 물감으로 칠한 팽이였다. 돌기도 잘했으나 빛이 곱기도 했다.

수돌이 흐뭇한 마음으로 또 한 번 치려는데,

"얻어봤어? 어디메서?"

정수가 대들었다.

"뒷고방 농 밑에서."

수돌이가 솔직하게 대답했다.

"뒷고방 농 밑에서? 내 봉애다."

"무시기라구?"

"내 잃어버렸던 봉애다."

"니가 잃어버렸던 기래두 내가 얻어봤응이 내 해다."

"그기 말이 되니?"

"어째 앙이 되니?"

아버지 정세룡이 자취를 감춘 뒤에 정수네 집에 와 지내면서 수돌이는 곧잘 정수와 싸웠다. 우락부락한 수돌이는 하는 일에 억지가 많았다. 그러나 정수도 만만치 않았다. 더구나 수돌이가 저의 집에 와서 신세를 지고 있다는 사실에 늘 우월감을 가지고 있었다. 수돌이는 수돌이대로 정수네 집에서 신세를 지고 있는 열등감이 정수와의 싸움에서도 조금도 양보를 하려 들지 않았다.

지금도 둘은 그런 심정들이었다. 더구나 정수는 제 팽이가 뻔한 걸 수돌이가 얻었다고 제 것이라고 하는 데 욱 치밀지 않을 수 없었다.

"이 새끼!"

정수는 돌고 있는 팽이를 밟아 버렸다. 쓰러져 신발 밑에 밟히는 팽이, 그 순간이었다. 탁ㅡ. 수돌이의 팽이채가 정수의 얼굴을 휘감아 쳤다. 아찔해지는 정수, 얼굴을 손으로 감싸 쥐었다. 씩씩거리면서 노려만 보고 있는 수돌이! 얼굴에서 손을 떼자 정수의 입에서 말이 튀어나왔다.

"남우 집에서 얻어먹는 새끼가!"

"무시기야?"

수돌이의 팽이채가 다시 정수의 몸에 휘둘러졌다.

"봉애채루 사람으 때리는 기야?"

정수가 획 팽이채를 나꿔채 뒤로 던지고 수돌이에게 달려들었다. 둘은 맞붙었다.

"머저리 새끼!"

수돌이의 입에서 나온 말이었다.

"어째 머저리야?"

"너어 지애비두 머저리다."

"무시기야?"

"너하구 너어 지애비하구 떼메 동네 사람들이 얼매나 혼빽(곤경)에 빠지구 있는지 아니?"

"어째서?"

둘은 뒹굴었다. 수돌이 힘이 세다. 정수를 깔고 앉았다. 함께 팽이를 돌리던 아이들이 둘러서서 구경거리인 양 보고만 있다.

"동네서 곡식으 바치는 기 뉘 때뭉인 줄으 아니?"

"뉘 때뭉이야?"

"너의 지애비 때뭉이야."

"무시기야?"

정수는 분통이 터져 견딜 수 없었다. 깔린 대로 수돌이의 얼굴을 올려쳤으나 몸을 빼 상대를 깔고 앉을 수는 없었다.
"너하구 너어 지애비는 머저리다."
"이 간나 새끼!"

5

수돌이가 정수 부자 때문에 동네가 궁지에 빠지고 있다는 말에는 근거가 있었다. 더구나 창윤이 때문에 동네에서 곡식을 바치게 됐다는 말도 까닭이 있는 것이었다.
"밝은 날에 알아보기루 하세."
군삼이네 마을방에서 창윤이랑 의논한 이튿날 알아보았으나 동규의 말에 어김이 없었다.
다른 것이 있다면 오직 고량에 한한 것이 아니라 콩이면 더 좋고 좁쌀이라도 무방하다는 것이었다. 그것도 현물을 바쳐도 좋지만 그 대가만큼 현금으로 환산해 주면 더욱 좋겠다는 것이었다.
고량 한 가지만인 것같이 알려진 것은 현금으로 환산할 때의 표준을 고량에 두라고 했기 때문이었다. 계사처의 요구는 열 마대의 곱절이 되었다고 했다. 그러나 향장이 앙탈을 해서 절반으로 낙착을 보았다고 최삼봉 영감이 스스로 자랑삼아 이야기했다.
젊었을 때 남이 싫어하는 변발흑복을 아버지의 명령에 따라 했던 최삼봉이었다. 그랬을 처음에는 부끄럽다고 앙탈을 하지 않았던가? 그러나 차츰 최삼봉은 스스로 부피가 생기는 권세에 도취해 주민들의 이익보다도 청국 관헌을 두둔하게 되었다. 차림과 언동도 청국 토호를 닮아가기를 원했고……. 그래서 주민들의 미움도 받고 욕을 먹기도 했다.

그러나 최근에 와서는 미운 대로 최삼봉 향장이 아니고는 청국 관헌들과 부드럽게 접촉할 사람이 없었다. 비단 마괄과 도토리 깍정이 같은 모자의 의관이 뒤에 드리운 변발과 함께 이젠 판에 박은 청국사람이었다. 아직도 그 모습에서 불쾌했던 과거를 연상하는 사람들이 많았으나 이제 새삼스럽게 그것을 들추어 꼬치꼬치 캐는 사람은 없었다. 하도 오래 보아 오는 동안, 시들해진 탓일 게다.

그러나 그것보다도 최삼봉이 주민들에게 젊었을 때에 비겨 그다지 비난을 받지 않게 된 것은 아들 때문이었다.

아버지와는 처음부터 생각을 달리하고 있는 동규는 세간 난 뒤에는 더욱 아버지와 다른 생활을 해왔다. 그게 최삼봉의 아들이면서 창윤이나 군삼이와 친교를 유지하고 있는 까닭이었다. 동규는 아버지가 처음의 주민들의 뜻대로 주민들을 위해 일하도록 설복했다. 이미 오십이 넘는 최삼봉이었다. 아들의 말에 귀를 기울였다. 그래서 곧잘 청국 토호와 관헌들과 맞서기도 했다. 노랑 수건 때부터의 일이었다.

그리고 이번 사건에도 최삼봉은 그동안 청국사람을 사귀는 중에 얻은 능란한 솜씨로 스무 마대의 곡식 상납을 절반으로 하기로 타결 지었다는 것이었다.

스무 마대를 절반으로 탕감했다고 하나 살인 죄인을 잡지 못한 대가로 바치라는 곡식이고 보니 주민들이 얼른 응할 마음이 생길 까닭이 없었다.

"열 커우대가 앙이라 한 커우대두 못 바치겠다."

"그기 말이 돼얍지."

욱하는 주민들의 입에서는 혹 이런 말도 튀어나왔다.

"창윤이 그 사람으는 무시래 송장으 봤으문 봤겠지 아들으 시켜 쌔앵 가아들에게 알겠관디?"

"애비 아들이 붙들려 가둥이 일으 이렇기 크게 벌여 났당이."

창윤이 부자를 원망하는 뜻에서가 아니었다. 하도 이치에 맞지 않는 계사처의 처사에 뇌어지는 푸념이었다.

그러나 어린 수돌이에게는 그것이 동네 사람들이 창윤이 부자에게 가지는 원망으로 들렸다. ─'남의 집에서 얻어먹는 자식'을 듣고 열등감의 자극을 받은 수돌이는 잘못 들은 그대로를 뱉어 버린 데 지나지 않은 것이었다.

더구나 '동네에서 곡식을 바치게 된 것이 너의 부자 때문'이라는 수돌이의 말은 다음 같은 데서 오는 것임에 틀림이 없을 것이었다.

─'한 커우대두 못 바치겠다.' 주민들의 여론은 이런 방향으로 기울어지지 않을 수 없었다. 당연한 일이었다. 그러나 계사처가 말을 들을 까닭이 없었다. 이유가 없어 주민들에게서 긁어 들이지 못하는 청국 현지 일선의 관헌이다. 모처럼의 재료인 동복산 송덕비각 뒤의 살인 사건을 주민들의 반대쯤으로 포기할 약질(弱質)이 아니었다.

"그렇다면 살인범을 잡아내라. 못 잡겠느냐? 못 잡겠다는 걸 보면 너희들이 한 일이다. 창윤이를 치죄할밖에 없다."

그리고 창윤이를 잡아가려고 서둘렀다. 이렇게 되면 손을 들 수밖에 없는 일이었다. 마침내 주민들은 곡식을 바치기로 했다.

아낙네들이 수군거렸다.
"우리가 곡식으 바치지 않으문 정수 애비르 잡아간다구 했다잽."
"글쎄, 그렇답메."
"그렁이까 정수 애비르 위해서 바치는 겝지."
이 '정수 애비를 위해서'가 어린 수돌이의 귀에는 '정수 애비 때문에'로 들렸다. 그리고 지금 정수한테서 분통을 터뜨린 수돌이의 입에서 역시 잘못 들은 대로 발음되었을 것이었다.

6

그 창윤이를 위한 울며 겨자 먹기의 곡식을 향청 마당에서 받아들이고 있었다.
쓴 얼굴로 함지박에 좁쌀을 담아 이고 온 아낙네들, 더께더께 기운 자루 모가지를 틀어 맨 것을 머리 위에 덩그러니 올려놓아 온 할머니. 나무하러 가는 길이리라, 지게에 곡식 자루를 놓아 지고 온 총각도 있었다.
풍기고 보니 한 집에 얼마 되지는 않았다. 그것도 살림에 따라 분량에 차가 있었으므로 지나친 부담도 아니었다. 그러나 아끼는 나락이었다. 입이 쓰지 않을 수 없었다. 입이 쓴 대로 말들이 없이 가지고 온 나락을 마대에 넣고 돌아들 갔다.
"아주망이, 그거는 콩이 앙이오?"
"옛꼬망."
"콩으는 여기다가 옇구 가오."

콩은 콩대로 좁쌀은 좁쌀대로 각각 다른 마대가 마련되어 있었다.

"쉬이는 여기네."

수수를 또 다른 마대에 쏟아 넣는 총각, 말은 없었으나 부르튼 심정이기는 누구나 마찬가지였다.

진식이도 그렇다. 백태(白太)를 가지고 왔다. 팥 마대에 넣으려고 했다.

"앙이오. 그거는 팻끼(팥) 마대요."

향청 서사가 질겁하듯 말했다.

"무시기야?"

부르튼 대로 진식이가 젊은 서사를 힐끔 보고 그대로 팥 마대에 흰 팥을 쏟아 넣기 시작했다.

"백태는 이쪽 젉(자루)에다가 여어야 된다는데……."

서사가 다시 말렸다. 그러나 진식이는,

"가망이 있어라."

소리를 지르고 백태를 팥 마대 속에 그냥 좌르르 부어 놓았다. 빨간 팥 속에 섞여지는 흰 팥! 서사는 이거 시끄럽게 된다고 생각했으나 원체 고집이 센 진식이었다.

"쯧쯧, 저러언, 쯧쯧."

그저 혀만 차고 있는데,

"이 사람 진식이!"

쩡낭쇠 아버지의 목소리였다. 진식이 힐끔 머리를 돌렸다.

"그기 무슨 장난잉가?"

좁쌀 자루를 들고 섰는 쩡낭쇠 아버지의 말.

"장난이랑이?"

"팻기 마대에다가 백태르 쏟아 넣는 기 장난이 앙이란 말잉가?"
"쓸데없는 사설으 작작 하랑이."
"쓸데없는 사설?"
"아잉가? 백태두 팻기지 무시긴가?"
"오옳지."
쩡낭쇠 아버지는 이내 진식이의 속심을 알았다. 살인 난 동네에서 곡식을 걷어 들이라는 명령이 뒤범벅인 데 비하면 색깔은 다르나 팥을 팥끼리 같은 마대에 넣는 게 오히려 이치에 닿는 일이 아니냐는 생각, 진식이다운 생각이요 행동이라고 여겨졌다.
"하, 하."
쩡낭쇠 아버지는 웃고 나서,
"이 사람."
심각한 얼굴로 변했다.
"어째서?"
"마당쇠네 간밤에 지낙으 두 번 한 거 아능가?"
"무시기라구?"
"옆집이 아잉가? 오늘 아침에 일찌가니 그 집 앞으 지내갔덩이 쩨기가 환히 열려 있겠능가? 그러구서리 집 안이 간간하단 말이야. 수상해서 들어가 봤재냈덩가? 부엌에 가매(솥) 걸었던 자리만 퀭하게 남아 있구는 싹 쓸어 가지구 갔데."
"그래?"
"통 그런 기색으 낸 일이 없었기 땜에 여간 놀라지 않앴네."
"그래?"

진식이의 얼굴이 굳어지면서 머리를 끄덕이더니 쓴웃음을 입가에 띠고 말했다.

"나는 자네가 그럴 줄으 알았덩이……."

"내가? 에이 사람."

"군삼이네 말돌이 방에서 너무 팩하게 굴었기 때문에 이 사램이 지낙으 두 번 하자는 생각이 아잉가 했지."

"예이 사람, 내가 무슨 죄르 지었다구……. 떠난다문 청청하게 대낮에 점슴으 싸가지구 떠나지, 야반도주르 하겠능가?"

"그러문 마당쇠네는 죄르 지었는가?"

"죄야 무슨 죄르 졌겠능가?"

"그런데 어째서?"

"어망이 상측(초상)을 치누라구 동개한테 빚으 진 기 죄금 남아 있는 줄으는 알지마는 그 밖에야……."

"그런데다가 이번에 또 살인 값으 치라니까 데럽아서 떠나긴가?"

"살인 값이야 얼매 되지 않지마는 아무래두 여기서 오래 살다가는 페 못 나겠응이 훌쩍 떠난 기겠지."

진식이 또 머리를 끄덕였다. 그리고,

"잘했지비, 오솜소리……."

혼잣말을 중얼거리고,

"어디메루 갔을까?"

큰소리로 물었다.

"그 사람네야 국자가 근방에 연줄이 있잖응가?"

"삼춘네 말잉가?"

"그래."

"글러루 갔을까?"

"그러문 어디메루 갔겠능가?"

진식이 또 한 번,

"잘했지비, 오솜소리……."

그리고,

"갈 데가 있는 사람은 그래두 나은 편이지마는 우리 같은 기야……."

혼자말로 뇌는데,

"거기 창윤이 없능가?"

서당 마루에서의 황 선생의 목소리였다.

서당과 향청은 한집이었으나 방만이 다르다. 자연히 마당은 같이 쓰고 있었다. 소 열한 짝과 신 서방과 노덕심 두 생명을 앗아간 그 겨울밤의 도둑떼가 불 지른 뒤에 새로 지은 집이었다. 그 향청이자 서당인 서당방 마루에 훈장 황 선생이 서 있었다.

"창윤이르 그러오? 여기는 없음메다."

진식이 황 선생에게 머리를 돌리고 대답했다.

"얼른 찾아 보내게, 손님이 왔응이까."

"창윤이 나그넵메까? 가만히 계십시오. 지가 찾아 보내겠음쫭이."

7

쌍가매가 아궁에서 꺼낸 매운재를 거름 무지에 붓고 빈 그릇을 들고 돌아서는데 삽짝 안으로 정수가 들어왔다. 막 수돌이와 싸우고 오는 길이었다. 흙투성이 된 옷, 뜯긴 얼굴, 운 탓일까? 눈이 팅팅 부은 정수의 모습은 그대로 험상궂었다.

"이놈우 종재야, 또 쌈으 했구나."

쌍가매는 딱한 듯이 쇳된 소리를 질렀다.

"어나한테 맞았니?"

정수가 씩씩거리면서 부르튼 목소리로 대답했다.

"수돌이가 내 봉애르 제 해라구 해서……."

"무시기야?"

또 수돌이라 싶으니 쌍가매는 와락 역증이 치밀지 않을 수 없었다. 한집에서 자라면서 번번이 싸우고 저렇게 험상궂게 얼굴을 뜯어 놓다니…….

"그래 수돌이가 니 얼굴으 뜯어 났단 말이니?"

어머니의 어조가 수돌이를 나무라는 투였으므로 정수는 마음 놓고 말하는 모양이었다.

"봉애채루 막 후레갈기구, 깔구 앉아 얼굴으 뜯어 놓구……."

"무시기? 봉애채루 때리구두 모자라서 깔구 앉아 이렇게 면상으 뜯어 놨다구? 무슨 원쉬르 졌다디, 원쉬르……."

쌍가매도 정세룡이네 식구가 지나친 부담이었다. 더구나 세찬 수돌이가 정수를 윽박지르고 때리고 할 때마다 귀찮아 견딜 수 없었다. 그러나 그렇다고 싫다는 내색을 할 수는 없었다. 맞대 놓고 어디 가라고 할 수는 더욱 없는 일. 그러므로 '무슨 원쉬르…….'는 수돌 어머니가 들으라는 말임에 틀림이 없었다.

어머니의 말에 정수는 더욱 마음이 놓이는 듯 씩씩거리는 소리를 한 층 높이고 말했다.

"나하구 애비 때문에 동네서 곡식으 바치게 됐다구 하문서리……."

"무시기야?"

쌍가매도 동네 아낙네들의 뜬소리를 불쾌하게 듣고 있는 터라 화증을 걷잡을 수 없었다.

"그래 그 소리르 듣구두 이렇게 얻어맞았단 말이야?"

"그래서 나두 죽자구 대들었지."

"그랬는데 이 꼬락싱이 됐다는 말이야?"

그리고 재 그릇을 땅에 놓고,

"에이 머저리, 멍청야 썩 나가라. 어디메 가서 썩어져라."

정수의 머리를 끌어 쥐고 마구 때렸다.

"아가가, 아갓, 이잉, 이잉……."

정수는 비명 섞인 울음을 터뜨렸다. 정수의 비명이 울화를 더 북돋운 것인 듯 쌍가매는 아들을 때리는 손을 멈추지 않았다.

"나가라. 멀리 없어져라. 밤낮 뒤딜게 맞구 뜯기구……. 그런 멍충이 짓으 하겠거든 아야 없어져라. 너 같은 거는 집에 있었자 밥으 축으 냈지 아무 소용이 없다. 얼피덩 가거라, 얼피덩……."

쌍가매의 울부짖는 소리.

"아가가, 아갓, 이잉, 이잉."

손아귀에 틀어쥔 아들의 머리를 놓지 않는 쌍가매.

"어째 그럼메?"

정주방 허리문이 열렸다. 얼굴을 내민 건 수돌이 어머니, 수돌이 때문에 맞았다는 사연도 뜨끔했으나 '원쉬르 젰니?'와 '얼피덩 가거라'에 찔린 듯한 얼굴이었다.

"아매, 말겨 줍소 아매, 말겨 줍소"

수돌 어머니를 보자 정수는 구원을 청했다. 그러나 쌍가매는 더욱 기승을 부렸다.

"머저리 새끼야, 이 멍청야."

수돌 어머니가 버선발로 마당에 뛰어나왔다. 쌍가매의 손을 풀려고 했다. 그러나 더 굳게 잡고 때리는 쌍가매.

수돌 어머니도 욱해졌다.

"야를 때릴 기 있음? 나쁜 기야 수돌입지."

쌍가매는 얼굴을 수돌 어머니에게 돌렸다.

"뉘기 수돌이 나쁘다구 했음둥?"

"그만둡세."

쌍가매는 정수의 머리를 놓고 수돌 어머니에게 대들었다.

"아재 오늘으는 펠스럽당이?"

"무시기 펠스럽습메?"

"어째 그리 눈살이 꼿꼿함둥?"

"눈살이 꼿꼿한 거는 정수 에밉지, 낼 택이 있음?"

'무스 거 잘했다구 이러는 기야?'

쌍가매가 꿀꺽 목까지 올라온 말을 삼키는데,

"점슴으 줍세."

정수에 비해선 아무렇지도 않은 모습으로 수돌이가 뛰어 들어오면서 어머니를 보고 밥부터 달라고 했다.

마당의 분위기도 눈치 못 채는 수돌이를 보자 정세룡댁은 와락 화가 치밀었다.

"이 간나 새끼!"

수돌 어머니는 마주 나가 아들을 붙잡았다. 농사일로 어지간히 힘이 센 정세룡댁이었다. 팔을 잡힌 수돌이가 몸부림을 쳤으나 어머니의 힘을 당해낼 수 없었다. 옆에 빨랫방망이가 뒹굴고 있었다. 한 손으로 그걸 집는 정세룡댁. 방망이가 수돌이의 어깨와 등에 마구 내려졌다.

"어째 또 정수르 때랬니? 어째 이렇기 도산이르 피우니? 귀한 아아르 어째 면상으 뜯어 놓구 그랬니?"

악에 치받친데다가 비뚤어진 수돌 어머니의 비틀어진 목소리. 방망이에서 몸을 피하면서 수돌이는 울음 섞인 목소리로 대답했다.

"남우 집에서 얻어먹는 새끼라구 하는데 어떻기 가만히 있어?"

아들의 팔을 거머쥔 정세룡댁의 팔에서 힘이 빠졌다. 수돌이는 획 몸을 채겨 삽짝 밖으로 도망치고 말았다.

수돌 어머니는 몸을 쌍가매에게 돌렸다.

"알았음메."

입에서 튀어나오는 가시 돋친 목소리.

"무스거?"

"우리는 남으 집에서 얻어먹는 비렁뱅이 아입메? 나가겠슴메. 그러잰 애두 어디메든지 가자구 했음메."

"그거는 무슨 소림둥?"

정수를 때릴 때 지른 포악은 못내 수돌 엄마를 들으라는 것이었으나 막상 그 말꼬리를 잡아 가지고 이렇게 대드니 대답이 없었다. 쌍가매가

난처해 있는데,

"창윤이 있소?"

진식이 삽짝 안에 들어섰다. 아낙네들이 대답하기 전에,

"그거 누군가?"

향청에서 곡식 거두는 게 비위에 거슬려 방에 박혀 있던 창윤이 문을 열고 윗몸을 내밀었다.

"마침 집에 있었구나. 서당에 나그네가 왔다구 황 선생님이 얼피덩 오라데."

"그래?"

창윤이 미투리를 발에 걸고 마당에 나섰다. 어색해진 쌍가매와 정세룡댁만 서 있을 뿐 수돌이도 정수도 없었다.

지금까지 벌어진 마당에서의 일을 알고 있는 창윤이는 아내에게 눈을 흘기면서,

"아아들 쌈으 가지구 어째 이렇기 떠들썩하는 기야?"

수돌 어머니에게는,

"아주망이, 아무 말두 하지 맙소꽝이."

부드럽게 말했다. 그리고 진식이와 함께 삽짝 밖으로 나갔다.

"가세."

8

"에헴."

서당에 온 창윤이가 방 밖에서 기척을 냈다.
"얼른 들어오랑이."
진식이와 함께 들어가니 방 안에 창윤이 낫세인 낯선 손님이 황 선생과 군삼이와 쩡낭쇠 아버지와 같이 앉아 있었다. 진식이 창윤이를 데리러 간 사이에 군삼이와 쩡낭쇠 아버지가 훈장방에 들어와 있는 모양이었다.
"어서."
군삼이도 창윤이를 기다린 듯한 표정이었다. 그러나 창윤이는 낯선 나그네에게 주의가 끌리지 않을 수 없었다.
낯이 설어서만이 아니었다. 차림이 여기 사람과 아주 딴판이었다. 허벅지까지 내려오는 검정 덧저고리였으나 섶도 고름도 없는 통으로 된 것을 입고 있었다. 그 덧저고리가 깃과 동정도 없는 대신 목에 흰 단추가 달려 있고 그 단추가 어깨까지 연달아 있었다. 루바시카였다. 앉은키가 훨씬 커보였다. 루바시카, 통으로 된 저고리 때문에 그렇게 보일 것이다.
창윤이 주춤하자 황 선생이 벙글벙글 말했다.
"노령서 자네르 찾아온 손님이네."
"옛?"
창윤이 움찔하는데, 노령서 온 나그네는 힘찬 목소리로,
"첨 뵙습니다. 윤치관이오."
먼저 인사를 청했다.
"그렇습메까? 이창윤이라고 불러 주오."
"세룡 형님한테서 형장 얘기는 늘 들었습니다."

"세룡 아주방이?"

창윤이는 눈시울이 뜨거워짐을 깨닫지 않을 수 없었다. 저도 모르게 나그네 앞에 다가앉았다.

"예."

그러나 진식이가 청하는 인사 때문에 나그네는 말을 끊지 않을 수 없었다. 진식이와의 수인사가 끝나자 나그네는 창윤이를 보고 말했다.

"연추(煙秋) 있을 때는 생사를 같이했고 지금은 해삼위(海參威)에서 한 동네에 살고 있습메다. 형제같이 지내지요."

"형제같이?"

창윤이는 또 움찔했다. 그리고 대뜸 물었다.

"그러문 신용필 대장두 알겠음메다?"

"허허, 그렇게 물을 줄 알았음메다. 알구말구요 그러나 지금은 이 세상에 계시지 않습메다."

"옛? 돌아가셨단 말임둥?"

"예."

그리고 노령서 온 나그네는 천천히 말했다.

"이범윤 관리사와 함께 의병을 일으켰습죠."

"의병으?"

창윤이만이 아니었다. 황 선생을 비롯한 방 안의 사람들이 긴장했다.

"예."

─노일전쟁에서 러시아가 패하자 노령에 망명한 이범윤과 함께 연추에 간 신용팔 대장은 거기에서 동지들과 함께 의병을 기르고 있었다. 국내에서는 정미7조약의 뒤를 잇는 군대 해산과 그 여파로 드높아진 의병

의 봉화가 하늘을 찌를 1908년 8월, 그 무렵이었다.

신용팔 대장은 이범윤과 함께 연추의 의병을 거느리고 국경을 넘어 두만강에 연해 경흥 회령 일대에서 일본 군경과 격렬한 전투를 전개했다. 군경과의 전투뿐이 아니었다. 광무(光武) 8년(1904년)에 송병준(宋秉畯), 윤시병(尹始炳), 이용구(李容九) 등이 한일합방 추진을 목적으로 조직한 일진회(一進會)가 그 무렵엔 일본 군경의 뒷받침으로 더욱 팽창하고 있었다. 신용팔 대장의 의병은 그 일진회원을 잡아 처리하는 일에도 성과를 올렸다.

그러나 애국심만으로는 싸움에 이길 수 없었다. 무기와 군량으로 튼튼히 장비한 일본 군경에게 신용팔 대장 휘하 3백여 명은 눈물과 한을 머금은 채 패전하지 않을 수 없었다. 그 전투에서 신용팔 대장은 행방불명이 되었으나 후에 전사한 것으로 알려졌다.

─노령서 온 나그네가 전하는 이야기는 대강 이런 것이었다.

"전사르 하셨다?"

그 멋진 팔자수염 얼굴이 눈에 선해지면서 창윤이는 슬픔을 막을 길이 없었다. 까닭 없이 용정 거리를 행진하던 일본 경관대가 머릿속에 떠올랐다. 창윤이만이 아니었다. 창윤이의 입을 통해 신 대장을 알고 있는 군삼이, 진식이 들도 끌끌, 못내 혀를 찼다.

"예."

나그네는 엄숙한 얼굴로 변했다. 그런 나그네의 얼굴을 보면서 창윤이는 혼잣말처럼 뇌었다.

"세룡 아주방이 그러문 신 대장으 만나는 봤겠군."

"만나 보다 뿐이오 신대장이 애끼는 의병이었소"

"그랬음메까?"

"회령까지 갔었죠. 왜병 수비대를 치는 데 세룡 형님은 앞장으 서나 다름없었응이까."

"그 아주방이가 앞장으?"

"그러나 지고 말았음메다. 따르르, 따로로 깜장 콩알을 퍼붓는데, 기관총이라는 게죠. 동지들은 쓰러지겠다, 피눈물이 납디다."

"노형두 함께 갔음둥?"

군삼이의 물음이었다.

"물론입죠."

나그네는 루바시카의 긴 허리를 쭉 펴, 앉은키를 더욱 크게 만들었다. 의기양양한 얼굴. 그 얼굴에 날쌘 것이 서려 있는 듯도 했다. 그때를 회상하는 것일까? 눈을 가늘게 뜨고 있는 나그네가 창윤이뿐 아니라 군삼이들에게도 처음 대할 때보다 훨씬 돋보였다. 잠깐 가슴 속에 알지 못할 감회가 내왕하는 걸 느끼면서 창윤이는 나지막하게 물었다.

"그래 세룡 아주방이 고생이나 앙이 하는지?"

"고생? 천만에요. 한때 다소 구차했으나 홀몸이라 고생이라구 할 것두 없었구 의병이 해산된 뒤에 해삼위에 갔는데 거기 가서부터는 한밑천을 쥐게 되었습죠."

"한밑천 쥐게 됐다?"

모두 기대에 찬 표정으로 나그네의 얼굴을 보았다.

나그네는 벙싯거리면서 말을 이었다.

"해삼위에 우리 사람들이 신한촌(新韓村)이라는 동네를 마련하구 있지요."

신한촌의 이야기는 풍문으로 알고 있었으므로 황 선생도 진식이도 군삼이도 창윤이와 함께 솔깃이 나그네의 말을 들었다. 나그네는 목소리를 낮췄다.

"……세룡 형님은 나와 함께 신한촌 주변의 우리 농민들의 콩을 걷어 아라사 사람의 두박 공장(豆粕工場)에 넘겨주는 일을 하고 있습죠."

"장사를 하는군."

황 선생의 말.

"이를테면……, 그런데 그게 아주 순조롭게 돼 나가지요. 그래서 벌써부터 가족을 데려간다, 베르구 있었는데……. 자꾸 미뤄 오다가 이번에 내가 가족을 데리러 나온 길에 여기 들러 창윤 형에게 안부도 전하고 돌아올 때 당신 가족도 데리고 와달라는 부탁이었죠."

그리고 루바시카의 윤치관은,

"모두들 무고하죠?"

정세룡의 가족의 문안이었다.

"옛꼬망."

대답하는 창윤이만이 아니었다. 남편의 소식 때문에 애타하는 수돌 어머니의 심중을 뼈저리게 알고 있는 황 선생은 구원을 받는 듯한 마음이었다. 그런 마음으로 입가에 부드러운 웃음을 머금고,

"그렇습메다."

창윤이의 대답하는 얼굴을 보았다.

마음이 놓인다는 듯, 윤치관은 가볍게 머리를 끄덕이더니 부드럽게 말했다.

"노형의 폐를 끼치고 있다고 말끝마다 외고 있습디다."

"아주방이두, 내가 남인가 무슨……. 괜한 걱정으……."

"그래서 이번에 가족이 들어올 때 창윤 형두 바람을 쐴 겸해서 왔다 갔으면 그럽디다."

"나르?"

"그 형님 생각으루는 이번에 창윤 형네두 한껍에 솔가해 왔으면 좋겠다고 날더러 권해 보라구 합디다마는……."

"솔가해 오라구예?"

창윤이의 눈이 뚱그래졌다. 굳어지는 얼굴, 놀란 표정이었다. 그러나 그 표정이 이내 풀렸다. 어리둥절하는 것임에 틀림이 없었다.

윤치관은 싱긋이 웃었다. 여유 있게 창윤이의 마음을 떠보기 위해서였다. 좀처럼 움직이지 않는 성미다. 그걸 미리 알고 수단껏 권하라고 정세룡이 퉁겨 줬기 때문이었다. 윤치관은 그 예비지식을 생각하면서 능글맞게 말했다.

"그 말을 듣지 않을 게니까, 한번 왔다나 가라구 합디다."

"허, 허."

창윤이는 웃었다. 그러나 창윤이 웃는 건, 문득 현도가 용정으로 이사해 오라던 일이 생각났기 때문이었다.

'나두 값이 있구나. 현도는 용정이구, 세룡 아주방이는 해삼위이구……. 투전꾼 죄인만이나 값이 비싼 셈임이지…….'

까닭 없이 여유가 생겨졌으나, 노령에로 가볍게 움직일 수 없기론 현도의 권유를 받았을 때와 마찬가지였다. 그러나 창윤이는 입가에 웃음을 띤 채 말했다.

"솔가해 못 갈 것두 없지마내두, 숱한 식솔에 가서 먹구 살 수 있겠관디?"

"아니 그게야 세룡 형님 앞으루 그 일을 봐두 될 게구……."

윤치관이 쉽게 말했다.

"우리 같은 농새군이 갑재기 장시르 어떻게 하겠음둥?"

"못 할 게 뭐요? 어디 사람이 배 안에서부터 농부요, 장사꾼으루 딱지를 붙여 가지구 나왔답디까?"

그리고 윤치관은,

"장사가 싫으면 농사두 얼마든지 지을 수 있죠."

의병답게 시원스러운 목소리였다.

"농새두 맘대루 지을 수 있습메까?"

잠자코 손님과 창윤이의 주고받는 말을 듣고 있던 진식이의 얼굴이 긴장되면서 묻는 말이었다.

"예, 예, 있구말구요."

역시 시원스러운 노령서 온 나그네의 대답.

"어떻기?"

이번엔 쩡낭쇠 아버지의 호기심에 넘치는 물음이었다.

"원체 넓은 벌판이오. 농사철에 밭에 나가 볼 지경이면 이쪽 이랑에서 저쪽 이랑이 아물아물해서 보이지 않는다니까요. 산이라군 볼 수 없는 벌판두 적지 않지요. 하, 곡식이 우거질 여름철이 될라치면 가관이지요. 해가 곡식 속에서 떠서 곡식 속으로 넘어간다니까……. 자, 그뿐인 줄 아시오?"

그 넓은 벌판이 눈앞에 펼쳐져 보이는 듯, 진식이와 쩡낭쇠 아버지가 눈을 껌벅껌벅했다.

노령 나그네는 신명이 나는 모양이었다. 말에 더욱 열을 띠었다.

"……땅이 넓은 줄만 아시오? 굉장히 걸단 말이오. 여기 땅두 기름지지마는 여기 비길 게 아니란 말이오. 통 거름을 주는 법이 없어요. 더움 하나 뿌리지 않아두 여기 소출 세 곱절은 날게요. 그뿐인 줄 아시오? 기음두 별로 매주지 않아요. 그 넓은 밭에 일일이 어떻게 기음을 매준단 말이오? 봄에 약간 갈아 제치구서리는 활활 씨를 뿌리는데, 그렇게 해서 팽개쳐 둬두, 여기서 두 벌 기음 매준 것보다 훨씬 낫단 말이오."

'풍이 좀 있구나?'

생각하면서도 황 선생은,

"게으른 농새꾼에게 알맞겠궁."

빙그레 웃었다.

"하, 하, 그러니까 약간만 부지런하면 크게 성공할 수 있다는 말입죠."

노령 나그네의 말이 채 끝나기도 전에,

"대개 무슨 농새로 짓습메까?"

군삼이의 은근스러운 목소리였다. 군삼이를 보고 노령서 온 나그네가 대답했다.

"마우재들은 주로 밀농사를 짓지마는, 콩두 잘 되고 조이도 잘 여물어요."

"우리 농새꾼도 많습메까?"

쩡낭쇠 아버지의 물음이었다.

"많구말구요."

"얼메나?"

"십만이오."

"노령에 있는 우리 사람이 모두 그렇기 된다는 말이겠지비?"

창윤이의 말이었다.

"무울론입죠. 극동(極東)에 살고 있는 한인 동포가 그렇다는 기죠."

―우리 사람의 노령 이주의 선구자는 무산(咸北 茂山) 사람 최운실(崔雲實)과 경흥(咸北 慶興) 사람 양응범(梁應範)이라고 전해지고 있다. 1864년의 봄이라고 한다. 식량이 없어 둘은 풀뿌리를 캐어 먹다가 당시 한참 금단(禁斷)의 흐름이었던 두만강을 목숨을 걸고 건넜다. 처음 머문 곳은 청국 땅인 혼춘(琿春)이었다.

거기서 둘은 다시 노령 연추(煙秋 : 노우키에프스크)로 발을 옮겼다고 했다. 혼춘에서 동으로 노령까지는 30리의 행정(行程)밖에 되지 않는다. 그 노령에서 연추까지는 60리의 거리였다. 두 사람은 연추에서 황무지를 개간해서 발을 붙이게 되었다. 이 소문이 국내의 변경(邊境) 농민들에게 퍼졌다. 노령에의 동경이 간도 지방에의 동경에 못지않게 변경 농민들의 가슴을 들먹이게 만들었다.

그러나 두만강은 의연히 금단의 흐름이었다. 가슴만 부풀었을 뿐, 마음 약한 그들은 어쩔 수 없었다.

그러다가 1870년 무렵의 대기근이 왔다. 어윤중(魚允中)의 장계(狀啓)에 따른 월강(越江)의 해금(解禁). 이한복도 낀 도강 행렬 중에는 처음부터 노령으로 방향을 잡는 사람들도 적지 않았다. 일부는 연추로 향했다.

첫해에 35호였고 다음해에 60여 호라고 문헌에 기록되어 있다. 동경의 땅이었으나 원체 굶주림을 못 이겨 찾아온 사람들이었다. 이럭저럭 엄동설한에 직면하고 있었다. 식량도 집도 없는 그들은 아사와 동사를 기다리는 수밖에 없었다. 겨우 그들은 선주자(先住者)와 러시아 군대의 구휼(救恤)로 연명하면서 추풍(秋風)에 옮겨 황무지를 개간하기 시작했다.

쌍성(雙城) 개척도 이 무렵이었으나 여기엔 슬픈 사연이 얽혀 있다. 추풍으로 가려던 농민 96명이 탄 배가 해삼위 앞바다에서 조난한 일이었다. 22명이 희생되었다. 쌍성의 미간지는 그때 겨우 구출된 나머지 사람들로 파헤쳐졌다.

1871년 4월에 70호, 315명의 손으로 개척된 흑하(黑河) 연안의 사만리(沙曼里), 흑정하(黑頂河)의 나선촌(羅鮮村)은 1875년에, 한로 국경에 가까운 남석촌(南石村)은 1880년에……

여러 촌들은 처음엔 미미했으나 주민들의 분투노력의 결과 점점 발전하게 되었다. 그러나 발전이 순조롭고 빠른 것은 해삼위 신한촌이었다. 1874년 처음 개척했을 땐 불과 다섯 채의 초가에 남녀 25명밖에 되지 않았다. 그러나 일 년이 못 되어 양옥이 즐비하고 학당과 교회까지 서게 되었다. 그리고 지금은 국내에서 망명한 지사들이 모여드는 고장으로, 용정이 북간도의 조선사람의 서울이듯 신한촌은 노령 조선사람의 서울이 되고 있었다.

그 무렵(1907~1908), 극동— 동시베리아에 산재한 조선사람의 수를 5만 정도라고 흑룡강 주총독 참사관 가자노프는 황제에게 보고했다.

그러나 조사에 빠진 사람이 3할 5분은 더 될 거라고 했다. 그뿐이 아니었다. 조사 후 이주해 오는 사람이 뒤를 잇고 있었다. '십만이야'—신한촌 사람들은 주먹구구로 이렇게들 말하고 있었다.

노령 나그네의 십만도 이런 근거에서였다.

"십만이라?"

황 선생은 이렇게 뇌면서 골통이 언저리에 걸려 있는 재떨이를 담뱃대와 함께 끌어당겼다. 그리고 '북간도의 조선사람은 15만이라고 하는데…….' 생각하면서 쌈지 끈을 풀었다.

"참, 이걸 피워 보시오."

노령 나그네는 얼른 루바시카 호주머니에서 궐련갑을 꺼내 황 선생과 창윤이들 방 안 사람에게 골고루 한 대씩 권했다.

"히로가 앙이오?"

국내에서 처음 나온 궐련의 이름 '히로'가 그대로 궐련 전체의 대명사가 되어 있다. 국내에서도 촌에서는 피워 보기 어려운 것, 하물며 두만강 건너 이 두메산골에서랴? 그 히로. 황 선생이 반갑게 받았다.

"우리에게두?"

반갑기로는 창윤이들 젊은 패도 매한가지였으나 황 선생 앞이라 선뜻 받을 수 없었다. 망설이노라니 황 선생이 말했다.

"받을깜……."

젊은이들이 황 선생의 눈치를 살피면서 받았다. 그러나 처음부터 황 선생 앞에서 피우려는 생각이 아니었다. 소중한 물건이나 되는 듯이 조끼 주머니에 넣었다. 황 선생은 물론 피우라는 말을 하지 않았다.

담배를 나누어 준 것이 흐뭇한 모양이었다. 노령 나그네는 벙글벙글하면서 담뱃갑을 호주머니에 넣었다. 그걸 보면서 군삼이가 물었다.

"거기서두 입적으 해라 어째라 그런 일이 있음메까?"

노령 나그네가 움찔했다. 자신의 루바시카 차림을 힐끔 훑어보고 먼저 '허허' 하고 말을 이었다.

"내가 이런 걸 입었다구 해서 그러는 거요? 입적하라는 말이 있기는 있지요. 그리구 입적하는 사람두 간혹 있지요. 그러나 여기서처럼 입적을 하지 않으면 쫓는다 어쩐다 그런 일이 없지요. 입성이나 차림 같은 것두 저희들처럼 차리라구 하는 게 아니죠. 나두 이렇게 마우재 옷을 입었지만 이거는 일하기 편해서 입은 게지, 여기서처럼 꼭 입어야 된다구 해서 그런 건 아니오. 워낙 나는 입적을 하지 않고 있지마는······."

"세금 같은 거는?"

"그것두 법으루는 있는 것 같습디다만 꼬박꼬박 물었다는 말을 들어보지 못했소."

동시베리아의 토착 농민은 카자크족이었다. 그러나 그들의 수효가 그렇게 많지 못했다. 그런데다가 미간지는 엄청나게 많았다. 정부가 조선 농민을 환영하는 것은 그들의 힘으로 무수한 황무지를 개간하기 위해서였다. 이주한 조선 농민은 카자크 농민의 땅을 빌리거나 이주권을 얻어 황무지를 개간하거나 둘 중의 하나를 택하기로 되어 있었다. 그러나 카자크의 토지를 빌리는 농민은 드물었다. 이주권을 얻는 농민도 적었다. 흑하 연안 사만리의 농민은 집단 귀화를 했으므로 정부의 보조금에다 20년간 신분세(身分稅) 면제의 특전을 받았지만 그렇지 않은 곳, 연해주 같은 데서도 이주권을 얻어 납세하는 이주 농민이 전체의 50분의 1밖에 안 된다는 통계였다.

그랬으므로 노령 나그네의 말은 허풍이 아니었다. 적어도 지금(1909년)까지의 실정으로는······.

마당이 어수선했다.

"썩은 기 조금 세꼇지마내두 썩은 콩으는 아입메."

중년 여자의 성난 목소리.

"앙이 된당이까!"

향청 서사의 굵은 목소리.

"앙이 되기는, 생완이 먹을 기기다 그렇게 기르 씁메?"

"그런 기 앵이라, 가아들이 퇴짜르 노올가 바 그러능기 앙이오."

"퇴짜르 노으문 나르 데리갑세."

"아하, 거기다가 쏟아 여치 말라는데두……."

"그러문 송장 값으루 곡식으 바치라구 하는 일 같은 것두 없겠궁?"

쩡낭쇠 아버지가 웃으면서 말했다.

"없습죠. 아까 황 선생한테서 들었음메다마는 이건 내가 아라사에 가기 전보다 훨씬 더 심해졌으니 어떻게들 견디어 내시오?"

"그렇다문 아라사 사람은 모두 성현군자로군."

황 선생은 재떨이에 끝을 비벼 끈 궐련을 마고자 섶을 들고 조끼 호주머니에 조심스럽게 넣으면서 가볍게 말했다.

"하하, 그야 나쁜 사람도 있습죠. 나쁜 놈은 무지스럽게 나쁘죠. 그러나 대체로 우리 사람들을 보호해 줍메다. 나라에서도 그렇지마는 앞서 전쟁에 군인으로 나갔다 온 사람들이 더욱 그렇단 말이오. 그 사람들은 저희들 아라사 군대가 쫓길 때 우리 간도 사람들이 도와준 것을 잊지 않고 있거든요."

"사포대에서 곡식으 걷어간 일으 말임둥?"

쩡낭쇠 아버지는 귀가 솔깃해 물었다.

"그렇죠."

그리고 노령 나그네는 말을 이었다.

"우리가 두박 공장에 콩을 대게 된 것두 시초가 그게란 말이오. 공장

주인의 아들이 소위로 만주에 출정했다는 거요. 봉천 싸움에서 다리를 하나 잃고 돌아왔는데 이 친구 술이 고래거든요. 술만 마시면 얏뽄스키가 내 다리를 먹었다고 하며 미쳐 날뛰는데 이 친구를 우연히 사귀게 된 거죠. 이 친구가 사포대가 곡식을 모아준 걸 고맙게 알아요 그리구 우리 처지두 이해를 한단 말이오 얏뽄스키가 살금살금 당신네 나라를 먹구 청국두 먹자는 거라구……. 이걸 인연으로 그 사람 아버지 공장에 콩을 대게 된 거죠."

"그렁이까, 그 아주방이 달구지 값으 톡톡히 받는 셈이궁."

정세룡서껀 비봉촌의 곡식을 러시아 군대에 운반하다가 소와 달구지얼러 송두리째 도둑에게 빼앗긴 사람, 셋 중에 쩡낭쇠 아버지도 끼어 있었다. 군삼이가 그때의 일을 요령 있게 설명했다. 의아한 표정이던 윤치관이 웃었다.

"아하, 그렇군."

쩡낭쇠 아버지가 익살스럽게 뇌었다.

"나두 달구지값으 받으라 가야겠궁."

9

창윤이는 하루 저녁 쉬고 가라고 붙잡았으나 윤치관은 굳이 사양하고 가족이 있는 연길로 떠났다. 닷새 후에 제 가족을 데리고 오겠노라고 약속했다.

간도에서 노령으로 들어가는 관문인 혼춘과 연길의 최단 거리의 중간에 비봉촌이 위치하고 있다. 나올 때에도 먼저 들르게 되는 길목이었으나 들어갈 때에도 여기를 거쳐 정세룡이의 가족을 데리고 가겠으니 준비하고 기다리라고 했다.

아이들의 싸움이 어머니들의 싸움으로 변했던 창윤이의 집안의 검은 구름이 한껍에 걷혔다. 수돌 어머니는 기쁨이 지나쳐 가슴이 울렁거렸다. 창윤이의 아내는 부끄러운 생각이 들면서도 수돌 어머니 못지않게 기뻐했다. 우쭐렁거리는 수돌이 녀석. 늘 싸움의 상대였던 정수는 오히려 수돌이가 부러운 듯한 표정이었다. 집안이 온통 들뜨고 있었다. 이런 중에서 떠날 준비를 하고 있었다. 준비라 해야 별것이 없었다. 이제 추위도 여물어 가고 있는 소설(小雪)을 지난 무렵이었다. 그런 데다 해삼위는 추운 곳이라고 했다. 준비는 도중에서 아이들이나 어른의 방한을 위해 포대기, 휘양, 버선 같은 것을 솜을 두툼히 놓아 만드는 일밖에 없었다.

그러나 들뜨고 있는 것은 창윤이 집안뿐이 아니었다. 정세룡이 노령에 가서 살고 있다는 사실, 의병으로 활약했고 더구나 지금 해삼위에서 성공하고 있다는 이야기, 그것보다도 노령엔 해가 풀 속에서 떠서 풀 속으로 넘어가는 넓고 기름진 땅이 얼마든지 개간자를 기다리고 있다는 이야기, 그뿐이 아니었다.

입적 문제가 시끄럽지 않고 세금 같은 것도 지극히 수월하다는 이야기가 루바시카 차림인 노령 나그네의 훤한 얼굴과 더불어 비봉촌 사람들의 마음을 들뜨게 만들었다.

"이까짓 거 휙 노령에나 가볼까?"

"나두 그런 생각이 앙이 드능 기 앙인데……."

"쇠두 언덕이 있어야 비빈다구 하쟀능가?"

"더 말해 무시라겠음둥. 언덕이 없어두 비빌 판인데 정세룡이야 아주 든든한 언덕입지."

쭈욱 시달려 왔던 비봉촌 농민들. 더구나 비각 뒤의 살인 사건으로 곡식을 상납하지 않아서는 안 되는 어처구니없는 결과에까지 이른 농민들의 마음은 멀리 노령을 향해 들뜨고 부풀고 있었다.

그런 중에서도 쩡낭쇠 아버지는 앞장을 섰다. 정세룡이와의 달구지 사건 때문에 생기는 자신만이 아니었다. 벌써부터 여기를 뜨지 않고는 살 수 없다고 생각하고 있던 참이었다. 밤에 도망친 마당쇠 아버지의 일을 오히려 통쾌하다고 생각하면서…….

"자네 어떤가? 노령에 가지 않겠능가?"

만나는 사람마다 붙잡고 지껄였다.

"자네 갈 생각인가?"

"여기서는 더 못 살겠네."

"잘 생각했네마는……. 그러나 소문난 잔치에 먹을 기 없다는 말이 있쟀능가? 이얘기가 너무 구수해서……."

"그까짓 거 아무리 하문 여기처럼 빡빡하겠능가?"

"하기는 그럴 걸세마는 그래두 낯선 곳이 앙인가?"

"여기서처럼 고생으 할 셈으 치문야 못 할 일이 없쩔까?"

"그렇기는 하지마내두……."

"망설일 기 없어. 군샘이 진식이두 잘 생각으 두구 있네. 우리 황 선생두 모시구 한껍에 떠나세. 창윤이두 물론 갈 기야. 세룡 아주방이 오라구 청했응이까……."

그러나 창윤이는 조 선생의 말을 생각하고 있었다. 역시 모시러 주을

온포에 갔을 때 하던 말이었다.

"쫓겨난 아라사야 이제 얼마 동안 다시 침노할 힘이 없겠지만 영 흑심을 버렸다구는 할 수 없어. 그러니까 아라사를 경계하면서 눈앞에 다가 있는 일본을 막아야 되는 거야……."

윤치관의 구수한 이야기를 듣고 있던 그 자리에서부터 창윤이의 기억에서 되살아났던 말이었다. 그리고 한번 떠오른 뒤 얼른 사라지지 않고 머릿속에 맴돌고 있었다. 쩡낭쇠 아버지나 군삼이들이 앞뒤를 가리지 않고 들떠 있는 것을 보면 볼수록 더 귓속에서 쟁쟁해지는 말이었다.

그러나 창윤이는 쩡낭쇠 아버지들에게 그런 말은 하지 않았다. 역시 노령은 북간도보다 당장 호흡이 자유스럽고 살기 편하리라고 생각했기 때문이었다. 그리고 자신도 정세룡이의 권대로 이번엔 바람을 쐴 겸 다녀오리라 마음먹고 있었다.

창윤이도 가게 됐다는 사실에 수돌 어머니는 더욱 부푼 마음이었다.

"데리다 주고 와얍지."

창윤이의 아내도 남편이 가는 것을 좋아했다. 함께 있을 때 귀찮게 여기고 푸대접했던 수돌이네 식구에 대해 갚음한다는 생각일 게다.

이런 마음들로 먼 길을 떠날 준비를 차리고 있는 어느 날, 윤치관이 온다던 닷새를 하루 앞둔 날 밤이었다, 뒤보러 간 창윤이의 할머니가 쓰러진 일이 생긴 것은. 놀란 가족들이 얼른 방에 모셔 겨우 의식을 회복했으나 칠순이 넘은 할머니였다. 임종의 전조(前兆)가 아닐 수 없었다. 임종할 것이 뻔한 할머니를 두고 먼 길을 떠날 수는 없었다. 더구나 긴 몸살로 누웠다가 일어난 지 얼마 되지 않은 어머니가 아들의 여행을 굳이 말렸다.

모처럼의 기회를 놓친 게 창윤이로서는 섭섭한 일이었다. 그리고 그렇게 들떠 있던 진식이, 군삼이도 마침내 떠나지 못하고 말았다. 오직 쩡낭쇠 아버지만이 초지를 관철해 부랴부랴 행장을 챙겼다.

쩡낭쇠 아버지가 가게 된 것을 창윤이는 다행으로 생각했다. 수돌 어머니도 창윤이만 못했으나 그런대로 우선 윤치관만을 따라가는 것보다는 마음이 놓였다.

정세룡의 식구, 윤치관의 가족, 쩡낭쇠 아버지의 식솔……. 15명이 되는 남녀노소가 비봉촌을 떠나는 날은 유난히도 맵짠 날씨였다. 희망에 부풀고 있다고는 하나, 떠나는 사람들도 보내는 사람들도, 언 하늘 밑에서 초라하기만 했다.

떠나는 사람들의 모습이 산굽이를 돌아 사라졌다. 그것을 보고 창윤이는 더욱 서글퍼졌다. 떠나는 사람들 때문만이 아니었다. 아쉬운 대로 희망을 불러일으키는 고장으로 훌쩍 떠날 수 없는 남아 있는 사람들 때문이었다.

울화는 공을 차고

1

 바람이 불고 있었다. 갈바람이……,
 갈바람은 서쪽에서 부는 바람, 마른 바람이었다.
 휘, 휘, 싸, 싸.
 마른 기운을 담뿍 담아 가지고 갈바람이 불어오고 있었다.
 5월에 접어들어서 며칠, 화창한 날씨가 계속되었다. 산에 불그레 진 달래가 피고 피란 못자리가 싱싱했다. 그러던 날씨가 어제부터 꾸물꾸물했다. 비가 오려나? 아니었다. 비대신 갈바람이 불어오고 있었다.
 어제는 마른 기운만 담아 가지고 불더니 오늘은 모래를 날려다 뿌리고 있었다.
 황토풍(黃土風)이었다. 계절도 가리지 못하는 주정뱅이……. 하늘과 땅이 노랗게 아득했다. 황토풍은 낮 한때 회오리바람도 일으켰으나 저녁 무렵엔 기세가 꺾였다.

이제 자려나? 그러나 밤에 들어서 다시 기승을 부렸다.

휘, 휘, 싸, 싸.

바싹 마른 하늘과 땅 사이에 모래 연기가 자욱했다.

사람의 몸도 마르는 듯, 그러나 더 마른 것은 5월에 부는 갈바람 황토풍의 그 소리였다.

휘, 휘, 싸, 싸.

"이노무 바램이 일으 치잿캔?"

메마른 바람 소리를 들으면서 창윤이 뇌까렸다.

"그래 말입꽝이."

대꾸하는 사람은 쌍가매. 부부는 정주방 아랫목에 마주 앉아 있었다.

정수 놈과 다섯 살짜리 정복이 년은 횃대 밑에서 잠이 한창이었다. 그 정수의 바지인가? 쌍가매는 망가진 데를 깁고 있었다. 히로 아닌 골통대를 빨고 있는 창윤이……

철사로 천장에 매달아 놓은 남포등이 흔들흔들 위태롭다. 위태로운 등피처럼 창윤이 부부도 불안한 마음이었다. 황토풍이 회오리치는 날엔 까닭 없이 안절부절못해진다. 그리고 그런 날엔 무슨 사건이건 일어났던 것이다. 소 열한 짝과 사람 목숨 셋을 앗아간 도둑들도 그런 날 밤에 비봉촌을 습격하지 않았던가?

그러나 지금 창윤이 부부는 도둑을 근심하는 것은 아니었다. 가마에 넣은 기와가 까닭 없이 걱정되었다.

"너무 마르지 않을까?"

창윤이의 말이었다.

"지왜 말임둥?"

쌍가매의 되물음.

"다른 게 마를 게 있음?"

"아궁지르 단단히 틀어막았응이 일이 없겠지?"

"일이 없었으문 좋겠지마는……. 집 안에 있는 사람이 이렇기 마르는데 흙으루 빚은 지왓장이 어째 앙이 마르겠음."

빚어 놓은 흙 기와가 가마에 넣기 알맞게 말랐으므로 창윤이 쌍가매와 함께 그걸 가마에 넣은 것이 어제 아침의 일이었다. 이제 불만 지피면 나흘 뒤에 기와가 구워져 나온다. 그러나 어제부터 부는 바람은 심상치 않았다. 불을 다룰 수 없었다. 더구나 기와 가마는 창윤이의 집 마당 한구석에 있었다. 가마가 크지 않았다. 그러나 그 옆에는 다른 집들도 연이어 있었다. 마을 속에 있는 기와 가마였다. 불을 함부로 땔 수 없었다. 더욱이 이렇게 갈바람이 휘몰아치는 날엔 조심하지 않을 수 없었다.

창윤이 부부는 바람이 자기만 기다리고 있었다. 그러나 바람은 자지 않고 마른 기운과 모래를 휘몰아친다. 가마 속의 기와가 지나치게 마르지나 않을까? 이것이 걱정이었다.

"바람두 염치가 있겠지비."

걱정 속에서도 쌍가매는 여유 있는 마음이었다.

"이내 잘 게라는 말입메?"

"아아들과 바람으는 같은 기앰둥?"

"극성으 피우다가두 저렇기 쓰러져 세상으 모르구 잔다는 말이궁."

자고 있는 아이들에게 시선을 던지면서 창윤이 말했다. 아랫도리를 벗은 정수가 볼품사납게 포대기를 걷어차고 있었다. 고추가 제법 크다.

창윤이 빙긋이 웃었다. 쌍가매는 포대기를 덮어 주고 나서,

"그렇구말구."

남편을 보고 생긋했다.

2

창윤이네가 여기 대교동(大敎洞)에 와 살게 된 것은 작년 가을부터였다. 일 년이 채 못 되었으나 쌍가매는 살림에 재미가 나서 견딜 수 없었다.

그럴밖에 없었다. 비봉촌에서처럼 정세룡 식구네, 시할머니네, 시어머니네, 이런 거추장스러운 식구가 없었다. 정세룡이 가족은 윤치관이를 따라갔고, 그 후 얼마 지나지 않아 시할머니가 예상했던 대로 돌아갔다. 그리고 해가 바뀌어 봄이 되자, 용정의 창덕이 장가를 들었다.

그땐 이미 창덕이 따로 가게를 펴고 있을 때였다. 국수 장사하는 처가의 뒷받침도 있어 창덕이의 장사는 날로 번창해 갔다. 창덕이는 어머니를 모시고 있겠다고 했다. 어머니도 둘째 아들의 새살림을 돌봐 주지 않을 수 없었다. 잔치를 치른 뒤부터 어머니는 창덕이네 집에 눌러 있게 됐다. 비봉촌 창윤이네 집에 남게 된 것은 창윤이 부부와 정수 남매 네 식구밖에 없었다. 단출해진 식구에 쌍가매는 홀가분해졌다. 이제 살맛이 난다고 생각하였다.

그러나 비봉촌에는 이상한 바람이 불고 있었다. 촌을 떠서 다른 고장으로 이사를 가는 사람이 하나 둘 불게 된 것이었다.

쩡낭쇠 아버지가 노령으로 간 것에 자극을 받은 때문인가? 노령에 도

착해서 전하는 소식이 더 그랬는지 모를 일이었다. 도중에 약간의 고생이 있었으나 별 탈 없이 신한촌에 도착했고, 정세룡과 윤치관의 주선으로 추풍에 옮겨, 봄부터 쉽게 농사를 짓게 되었다는 것이었다. 기주자(旣住者)의 밭을 얼마 붙이기로 되었으나 황무지를 함께 개간하여, 2~3년 안으로 비봉촌에서의 궁한 신세를 면하겠노라는 희망에 찬 소식이었다.

더욱 자극을 받은 것은 밤에 몰래 떠난 마당쇠 아버지의 소식이었다. 천보산(天寶山)에 가 있다는 것이었다. 천보산은 은과 구리를 캐는 광산이다. 거기서 마당쇠 아버지는 광산 일을 보면서 잘 있다는 소식이었다.

비각 뒤 살인 사건 때문에 벌써부터 비봉촌을 뜨려고 들먹거리고 있던 주민들에게 살 곳은 비봉촌만이 아니라는 자신을 보여준 셈이었다. 한 집, 두 집 마음 편하게 잘살 곳을 향해 아낌없이 비봉촌을 버렸다.

일종의 바람이었다. 그것도 드센 바람, 그 바람에 몰려 비봉촌 사람들은 한 집, 두 집 가족을 거느리고 살 곳을 찾아, 초라하나 희망에 찬 걸음을 옮겨 놓곤 했다.

노령으로 떠나는 사람도 있었다. 황 선생 같은 사람이었다. 창윤이를 비롯해 모두들 황 선생을 놓지 않으려고 했다. 그러나 황 선생은 굳이 떠나고 말았다.

천보산 광산으로 떠나는 사람도 있었다.

진식이는 나무 다루는 일에 능했다. 어디 산판을 찾아 떠나 한밑천 잡아 보겠다고 했다. 그리고 그런 곳을 수소문하고 있었다.

오직 동규만이 얼른 움직이려고 들지 않았다.

간도협약 후, 아버지 최삼봉이의 처지가 더욱 굳건해진 탓일까? 창윤이도 가볍게 행동을 취하지 않았다.

그러나 뜻 맞는 친구들이 하나 둘 주변에서 사라진다. 그게 무엇보다 쓸쓸했다. 거기에 아들 정수를 키우는 문제를 생각지 않을 수 없었다. 황 선생이 가버린 뒤엔 그나마 서당도 문을 닫지 않을 수 없었다.

창윤이는 정수를 자신처럼 무식한 사람을 만들고 싶지 않았다. 농사꾼으로 일생을 지내게 하고도 싶지 않았다. 할아버지가 창윤이에게 바랐고 아버지가 그렇게 원했던 것을 아들 정수에게서 이루어 보자는 생각이었다.

대교동은 회령에서 용정에 들어오는 길목에 자리 잡고 있었다. 용정에서 동남 십 리 남짓한 곳이었다. 육도하(六道河)를 끼고 펼쳐진 벌판은 쉽게 논을 풀 수 있었다. 그리고 이걸 목표로 용정으로 들어오던 농민들이 여기 머무르게 됐다. 자연히 한 부락이 이루어졌다.

오직 조선사람만의…….

그리고 창덕이의 처가 편의 선생이 학당도 열고 있었다. 비봉촌을 뜨기로 마음먹자 처음, 창윤이는 노령의 정세룡에게 갈까 생각해 봤다. 그 아저씨면 의지가 될 수 있었다. 그러나 아라사, 더욱이 해삼위는 너무 먼 곳, 참으로 남의 나라에 가는 것 같은 생각이 들었다. 해삼위에서 쩡낭쇠 아버지 모양 딴 데로 옮기게나 된다면 더욱 그럴 것 같았다. 먼저 아내가 말렸다. 그리고 용정의 어머니가 절대 반대였다. 극성한 어머니는 창덕이를 충동켜 학당이 있는 대교동에 창윤이를 옮겨 살도록 주선했다. 거기면 맏아들과 손자들을 옆에 둔 것같이 자주 만나볼 수 있을 것이라고 생각한 탓일 것이었다.

창덕이의 정혼을 하러 나왔을 때 창윤이는 현도한테서 대교동 이야기를 들은 일이 있었다. 우쭐렁거리는 일본 경관, 죄인을 청·일 두 경관이 쟁탈하던 일로 새겨진 나쁜 인상 때문에 용정은 정떨어졌으나, 대교동은 청국사람도 일본사람도 없는 고장이 아닌가? 별로 눈꼴사나운 일이 없을 것이었다. 더욱이 학당이 있다.

창윤이는 옮기기로 했다. 비봉촌의 가산을 정리한 것과 창덕이가 보내 준 돈으로 논 두상(1垧, 1,200평)지기와 집을 살 수 있었다.

이사를 하고 보니 대교동은 정말 살기 좋은 고장이었다.

8월 29일(1910년) 합방이 발포된 뒤 며칠 되지 않은 이른 가을날, 창윤이는 국내·국외의 조선사람들이 국치(國恥)의 설움에 아직도 들먹이고 있을 때, 고요히 대교동에 이삿짐을 풀어 놓았다.

대교동은 오직 조선사람이 살고 있어서만 좋은 것이 아니었다. 기와를 굽는 부업을 할 수 있는 것이 또 좋은 조건이었다. 근처의 흙은 기와 굽는 데 알맞은 것이었다. 농민들은 농사를 지으면서 기와구이를 부업으로 삼고 있었다. 대교동을 기와골이라고 부르기도 했다.

합방을 전후하여 나날이 발전하는 용정에서 기와는 얼마든지 소용되었다. 창윤이도 여느 농민들처럼 마당에 가마를 만들어 놓고 기와구이를 부업으로 했다.

반죽하는 데 약간의 기술이 필요했다. 처음엔 익숙한 사람의 힘을 빌렸다. 그리고는 틀에 넣어 흙 기와를 떠내는 일이었다. 틀에 떠내는 일은 쌍가매가 극성스럽게 잘했다. 그리고 반죽하는 일도 얼마 지나지 않아 남의 손을 빌리지 않게 되었다. 그렇게 창윤이도 익숙해진 것이었다.

3

후후— 싸싸—

덜커덕, 우르르,

바람이 그냥 불고 있었다. 문에 모래가 휘몰아쳤다. 그리고 그것이 이번엔 유난히 세다고 생각되자 우당탕 부엌문이 열어젖혀졌다. 모래가 불려 들어오는 순간, 휙 남폿불이 꺼졌다.

"이런 벤(변)이라구 있음?"

쌍가매가 열린 문을 닫아 버리려고 부엌으로 내려갔다.

문을 닫다가,

"저기 불이 앙입메?"

질겁하는 소리를 질렀다.

성냥을 더듬어 찾던 창윤이,

"무시기라고?"

엉겁결에 소리를 지르면서 아내 있는 데로 가보았다.

동북 편이 하늘과 땅이 온통 불이었다.

"용정이 아임메?"

용정은 기와골에서 시야를 막는 것이 없이 보이는 곳, 그 용정 시가가 불바다로 변하고 있는 것이었다.

"어쩌잔 불이, 바루 용정입메."

쌍가매가 발을 굴렀다.

"이 바람에, 저 불, 용정이 남아날 것 같잽메."

"저 어머임이나, 새왕이네르 어쩌겠음등."

―시어머니와 창덕이 가족을 걱정하는 쌍가매.

―이웃에서들도 밖에 나와 불구경을 하고 있었다.

"용정으 도레 내는구나."

"손으 댈 쉬 없겠지?"

"이 바람에 어떻게?"

바람은 그냥 불고 있었다. 그리고 바람은 여전히 마른 갈바람이었다. 본래의 더운 기운이 불붙는 용정 하늘에서 불기운을 전해 오는 듯했다.

"어쩌잔 말이?"

안절부절못하는 건 용정에 친척이 있는 사람들이었다.

"잘 탄다."

이것은 용정에 아무 연관이 없는 사람의 말.

"기와값이 오르게 됐군."

이렇게 말하는 사람도 있었다.

창윤이는 이런 사람들의 말을 귓전에 들으면서 용정에 갈 채비를 챙겼다. 신발을 신고 나니 어느 틈에 깬 것인가, 정수가 따라나섰다.

"나두 가보겠소"

"이놈, 어디루 간다구 그래."

창윤이는 아들올 니무래, 집에 남겨 놓고 불에 싸여 있는 용정을 향해 달음질치고 있었다. 용정에 연줄이 있는 여러 사람들과 함께……

4

불은 기와골에서 바라보고 상상했던 것보다 훨씬 더 맹렬한 기세로

붙고 있었다. 화염이 하늘을 뒤덮었다. 불꽃만이 아니었다. 불똥의 화전(火箭)이 아직도 기승을 피는 갈바람의 방향에 따라 날고 있었다. 그것이, 마른 지붕에 내려앉아 불은 자꾸 번져 나가게 만들었다. 어귀에 닿은 창윤이는 멈춰 서지 않을 수 없었다. 서북에서 번져 타오르는 불기운에 얼굴과 몸이 뜨거워지기 때문이었다.

불은 시가지 서쪽의 청국사람 기름간(油房)에서 났다고도 하고, 새로 짓는 조선사람의 집, 온돌 말리는 아궁이에서 났다고도, 모여선 사람들이 수군거렸다. 바람에 남포등이 떨어져 깨어지면서 일어난 불이 원인이었다고 말하는 사람도 있었다. 그러나 창윤이는 그런 것을 지그시 듣고 있을 수 없었다. 창덕이의 가게가 시가지 동쪽에 있었기 때문이었다. 불이 번져 나가는 방향인 것이다.

창덕이의 가게가 있는 골목을 더듬어 갔다. 그러나 그 일대는 이미 불이 휩쓸고 지나간 뒤였다. 골목을 가려 낼 수 없었다. 골목을 가려 낼 수 없는 것만이 아니었다. 그 근처에는 들어설 수가 없었다. 아직도 타다가 남은 집 기둥에 불이 달려 있었기 때문이었다.

불이 번지지 않은 거리를 울부짖으면서 헤매는 사람들, 용정 시가는 그대로 아우성이요, 울음이요 탄식 속에 잠기고 있었다.

청·일 두 쪽 당국에서 군인과 경관이 출동되기는 했다. 그러나 소방 기구가 완비치 못했다. 소방기구가 갖춰졌기로 이 바람에 손을 쓸 수 없는 일이었다. 손을 쓰지 못한 채 불은 바람이 자는 것과 함께 이튿날 이른 아침까지 멋대로 붙다가 스스로 꺼지고 말았다.

1911년 5월의 용정촌의 대화재인 것이다.

기와골 사람들이 어림으로 말한 대로 용정 시가가 이 불에서 절반 이상이 재로 변했다. 그것도 시가 중심지가……. 허허벌판이 된 중심지에는 불이 잡힌 뒤에도 잿더미 속에서 연기가 나고 있었다. 인명의 손해가 비교적 적었다. 어린아이 하나와 할머니 한 사람이 죽은 거밖에 없었으므로……. 이른 저녁에 일어난 불인 탓이었을 것이었다.

창윤이는 밤중에야 어머니와 창덕이 부처를, 이재민을 수용하고 있는 영사관 무도장(武道場)에서 만날 수 있었다. 가게를 물건과 함께 태워 버렸다는 것이었다. 가게에 붙어 있는 집도 마찬가지였다고 했다. 겨우 들고 나올 수 있는 가구를 안고 어머니와 창덕이 처는 떨고 있었다. 창덕이네만이 아니었다. 현도네 가게도 재로 변했다는 이야기였다. 기가 막히기론 창덕이네 일과 마찬가지였다. 그러나 창윤이는 현도를 찾아볼 겨를도 없이 위선 어머니와 어린 제수를 기와골로 피난시키기로 했다.

5

"덩이오."
"던지자!"
메줏덩이 크기만 한 흙이 지붕을 향해 올려 던져진다. 지붕 위의 사람이 재치 있게 받아 놓는다.
"자, 덩이오."
"던지자."
흙덩이가 연거푸 지붕 위로 향해 던져졌다. 그걸 받아 놓는 지붕 위의 사람…….

학당집 신축장에서는 지금 한창 일에 신명이 나 있었다. 지붕, 서까래 위에 흙을 덮고 있는 중이었다.

잿더미 속에서 용정 시가는 다시 일어나고 있었다. 번창하다고는 하나 아직은 역시 촌거리를 면치 못했던 용정 시가였었다. 그러던 거리가 이번엔 규모를 크게 잡고 다시 일어나게 되었다. 으레 그럴 일이었다. 오히려 이번 불이 다행이었다 싶게 불탄 자리에 새 건물이 뒤를 이어 세워졌다. 목재도 필요했으나 기와가 엄청나게 수요 되었다. 타기 전 용정 시가에는 기와집도 많았으나 태반이 초가집이었다. 그게 시가를 반 이상 태운 원인의 하나라고 생각하고들 있었다. 새로 짓는 집은 기와를 이었다. 화재 방비만도 아니었다. 신건설 시가의 미관과 위신으로도 이것은 절실한 일이었다.

기와골 사람들의 부업이 바쁘게 되었다. 본업이 오히려 부업으로 밀릴 형편이었다. 기와 가마가 갑자기 불었다. 그래도 기와값이 오르고 있었다. 미리 예약하지 않고는 기와 한 장 얻어 살 수 없었다.

기와골 주민들의 주머니가 두툼해졌다.

"용정의 동포들은 불로 말미암아 곤경에 빠지고 있소. 다시 일어나 집을 짓는 사람도 있으나, 그렇지 못한 사람도 수두룩하오. 그러나 우리는 그 불 때문에 뜻밖에 수입이 늘게 됐소 이를테면 동포의 참화에서 덕을 보고 있는 셈이오 그 돈으로 그저 배불리 먹고 편하게 살 수 없는 일이오 뜻있는 일에 쓰는 것이 화를 입은 동포들에게 덜 미안한 일이오"

"옳은 말씀이오."

박성회(朴星會) 선생의 말에 반대하는 주민은 거의 없었다.

박성회는 창덕이의 처 편의 먼 친척이었다. 신민회(新民會) 관계자였으나, 정유조약 후 두만강을 건너, 여기에서 학교를 시작한 사십 가까운 사람이었다. 주민들은 박 선생을 존경했다. 존경하는 박 선생의 말인 데다가 이치에 들어맞는다. 지금 학당이 있기는 했으나, 서당집을 임시로 쓰고 있는 형편이었다. 합방 후 국내에서와 간도의 다른 곳에서 여기로 모여드는 주민의 수가 부쩍 늘고 있었다. 서당방으로는 학생을 수용할 수 없었다.

—이렇게 해서 학교 건축이 순조롭게 결정되었고 공사가 착착 진행되고 있었다.

그러나 학교 건축이 이처럼 속히 추진된 데는 젊은 교사 주인태(朱仁泰)의 노력이 더욱 컸다.

주인태는 평양 대성학교를 다닌 사람이었다. 황해도 신천(信川) 사람, 안명근(安明根)이와는 친구였다. 그러나 사내정의 총독(寺內正毅總督)이 12월 27일(1910년) 압록강 철교 준공식에 참석 차 여행하는 도중 안명근이가 그를 선천역(宣川驛)에서 암살하려던 사건에는 관련하지 않았다. 그 무렵, 주인태는 병으로 고향인 관북에 가 있었기 때문이었다. 사내 총독 암살 미수 사건은 총독부로 하여금 조선에서 민족주의자를 검거하자는 구실을 만들어 주었다. 안명근의 총독 암살 계획은 안명근 개인의 생각이 아니다. 그것은 신민회 간부가 중심이 되이 전 민족주의자가 사내정의를 암살하려고 했던 것이다. 총독부 경무총감부(警務總監部)는 이렇게 연극을 꾸몄다. 그리고 다음해 정월 초하루를 기해 전국에서 민족주의자 6백여 명을 검거 투옥했고, 고문으로 불구자와 사망자를 내면서 사상 전환을 시킨 끝에 1백5명을 기소했다. 105인 사건이었다.

105인 사건은 뜻있는 젊은이들에게 크게 충격을 주었다. 주인태는 고향의 대선배인 박성회 선생을 찾아 대교동으로 두만강을 건너왔다. 삼십이 아직 채 못 된 청년이었다. 약한 체질이었으나 강기가 있었다. 그리고 열렬한 성격을 가지고 있었다.

학교는 주인태의 열성으로 더욱 발전해 나갔다. 그리고 이번 신축에까지 밀고 나온 것이었다.

"덩이오."

"새울이오."

"던지자."

지붕에 흙을 올리는 날에는 여느 집을 짓는 경우도 이웃 남자들이 총동원된다. 단시간에 흙을 덮기 위해서일 것이었다. 그리고 이날엔 그 집에서 점심을 대접하는 관습으로 되어 있다. 대개 '국떼기'라는 음식이었다. 새끼손가락 모양인 떡이 건더기요, 쌀가루 물이 국물인 멀건 음식이었다. 소금으로 간을 맞춰 먹는다. 국떼기 먹으러 가자 그러면 지붕에 흙을 올리러 가는 것이었고, 새울 치러 가자하면 국떼기를 먹기 위해 가는 것이었다.

오늘은 학교 지붕에 치는 새울이다. 여느 집보다 사람이 더 많이 모였다. 그리고 국떼기는 창윤이네가 맡아 만들기로 했다.

"덩이오."

"던지오."

"새울이오."

"올레 보내오."

동원된 사람이 많았으므로 새울 치기는 그다지 긴 시간이 걸리지 않았다. 이내 국떼기 향연이 벌어졌다.

창윤이의 어머니와 아내가 국떼기 동이를 이고 나왔다.

학교는 동편 산을 등에 진 밋밋한 언덕을 다듬어 평탄하게 만든 자리에 세워져 있었다. 우선 교실 두 방에 직원실 한 방의 규모밖에 되지 않았다. 그러나 서당방에 비기면 큰 발전이었다. 운동장도 만들 계획이었다. 교사 앞의 넓은 빈터를 약간 손질하면 될 수 있었다. 그 공사 중인 교사 앞에 새울꾼들이 제멋대로 앉아 창윤이 어머니와 아내가 국자로 사발에 퍼주는 국떼기를 맛있게 먹고 있었다.

"짭짜리(소금)르 줍소"

"짐치는 없음둥?"

"어째 이렇게 멀키만 하오"

투정질이 아니다. 농담이었다. 익살을 부리면서 먹는 사람들.

"날마다 새울으 쳤으문 좋겠다."

배부르게 먹은 것인가? 트림을 하며 말하는 사람.

9월도 열흘이나 지났다. 여름은 물러갔으나 아직도 노염이 대낮엔 삼복더위에 지지 않았다. 그러나 여기 학교 건축장엔 서늘한 바람이 불어오고 있었다. 내다보면 육도하 벌판에 벼의 물결이 넘실거리고 있었다. 올벼를 벤 논도 있었으나, 금방 낫을 기다리고 있는 논배미가 더 많았다. 기와 가마 굴뚝에서 연기가 나는 집들…….

창윤이는 주 선생과 나란히 앉아 국떼기를 맛있게 먹고 있었다. 박성회 선생은 연변 교민회(延邊僑民會) 관계로 연길에 가고 없었다.

"먼저 저기다가 철봉대를 세울 작정입니다."

주 선생이 자작나무 서 있는 데를 가리켰다.

"철봉대문사 쉽게 세울 수 있는 기구……"

"운동장은 애들의 손으로 닦게 할 생각입니다."

"저어들 운동장으 저어들이 닦는다는 정성이 좋습메다."

"운동장을 얼른 닦고는 축구를 시킬 작정입니다."

"호박 같은 공을 차는 거 말입메까?"

"철봉으로 팔 힘을 기르고 축구로 다리 힘을 키우고……. 무엇보다 몸이 튼튼해야 됩니다. 강철 같은 팔다리에 무쇠 같은 몸……. 거기다가 철석같은 정신을 넣어 주어야 됩니다."

자신의 몸이 약해서 그러는 것만이 아닐 거라고 생각하면서 창윤이,

"그렇구말구……."

머리를 끄덕이는데,

"모두들 욕으 보십메다."

머리를 돌리니 창덕이 와 있었다.

6

불난 뒤, 가족을 형에게 맡겨 놓고 거의 돌보지 않고 있는 창덕이었다. 부흥 기운에 휩쓸려 저도 가게를 지어 보겠다고 들떠, 용정 거리를 헤매고 있는 까닭이었다.

그러나 뜻대로 되지 않았다. 더구나 뒤를 밀어 주던 처가도 불에 국숫집을 태워 버렸다. 후원자가 그 모양이고 보니 재기할 힘이 없었다. 그러나 창덕이는 일어서려고 버둥거렸다. 이웃의 동업자 거의가 전보다 더 큰 가게를 짓거나 벌여 놓고 있었다. 그리고 불난 뒤에 찾아드는 부흥

경기에 물건도 선반에 풍성하게 얹어 놓았다.

'나도 더 큰 가게를 벌여야 된다.'

동업자의 재기와 발전을 보아서만이 아니었다.

불나기 전에 창덕이는 한창 장사에 신명이 나 있었기 때문이었다. 현 도네 가게에서의 5~6년의 사환 노릇에 창덕이는 눌려 지냈다. 그러다가 제 뜻 제 수완을 펴보게 된 것이 아닌가? 정성껏 일을 보았기 때문에 손님도 많았다. 더욱이 창덕이네 가게는 일용 잡화가 구색이 갖추어져 있었으나 석유에 주력했다. 도매점에서 좋은 표를 받아다가 싼 값에 팔았다. 석유 사는 손님들이 모여들었다. 단골손님이 많았다. 그런 집들은 다른 일용품도 사갔다. 재미가 있었다. 그래서, 창윤이 기와골에 이사할 때 약간의 돈을 보탤 수도 있었다. 논을 사는 데…….

새로 가게를 펴게 되면 그 석유에 남포등까지 겹쳐 팔겠다고 창덕이는 희망에 차서 들뜨고 있었던 것이다.

그러나 그게 뜻대로 되지 않았다. 처가가 재기를 못 하고 보니, 창윤이 뒷받침을 해주어야 했다. 그러나 창윤이 그럴 여력이 없었다. 이사한 지 겨우 일 년 남짓하지 않을까? 기와구이 부업을 하고 있다고는 하나 그리고 그게 재미있다고는 하나 아직 대교동에서의 생활은 불안정한 상태일밖에 없었다. 나무도 옮겨 심으면 3년은 뿌리를 앓는다고 했다. 창윤이의 기와골 생활은 아직은 뿌리를 앓고 있는 중이라고 할 수밖에 없었다.

그러나 창윤이는 동생에게 무리하게 돈을 구해 주었다. 석유를 초롱에 넣어 메고 다니면서 팔기라도 하겠노라고 의논해 왔을 때였다.

"석유르 메구 댕기당이?"

"가게를 폈을 때 대두구 쓰던 집만 찾아댕겨두 될 거 같구……."

동생의 표정이 처량했다. 거기에 그것이라면 별로 많은 밑천이 들지 않았다.

그러나 남이 가게를 펴고 있는데 석유 초롱을 메고 집집에 찾아다니는 일이 쉬울 까닭이 없었다. 결심은 했으나, 앞서는 것이 열등감이었다. 마침내 창덕이는 외상만 깔아 놓았을 뿐, 이내 실패하고 물러섰다. 그리고 셋방 가게를 얻겠노라고 형을 못 견디게 굴었다. 세야 얼마 되지 않으나, 물건을 차려 놓아야 된다. 그럴 자본을 마련할 수 없었다.

"현도 아주방이 가게에서 다시 일해라."

현도는 잿더미 속에서 부흥한 상인 중에서도 성공한 편이었다. 전보다 훨씬 큰 가게를 지었고 물건도 새로 들어온 걸 풍성하게 무역해 놓고 있었다. 점원도 더 쓰고 있고…….

그러나 창덕이는 다시 남의 밑에서 일을 하지 않겠다, 그것만은 못하겠노라고 강경한 태도였다. 그리고는 셋방 가게를 얻어 달라고 졸라 댔다.

"가게만 있으면 된다니까……."

"꼭 그래야 되겠니?"

"가게만 얻으면 된다니까……."

"그러문 논으 팔자."

"옛?"

"달리 돈이 나올 구멩이 없는 줄으 너두 잘 알구 있겠니? 그러문서리 고집으 부리능 거는 논을 팔자는 얘기르 못 해서 하는 소리다. 그 논에는 네 돈두 들어 있응이까……."

"그래서 그러능 기 앙이오."

창윤이 노기 띤 소리를 질렀다.

"무시기 그기 앙이야?"

불똥이 튀는 듯한 형의 눈. 창덕이는 형이 비봉촌에서의 단옷날 씨름판에서 싸웠다고 때리던 일이 생각났다. 그때의 형의 눈과 같다. 지금은 누그러졌으나 창윤에겐 아직도 그런 과격한 성미가 남아 있다. 그 성미를 건드려서는 안 된다. 더구나 가게를 다시 펴고픈 일념일 뿐 처음부터 논을 팔아 달라는 생각은 없었다.

"앙이라는데두."

창덕이 세게 머리를 가로저었다. 그러나 한번 분통을 터뜨린 창윤이는 동생을 쏘아보았다.

"정말 앙이야?"

"옛꼬망."

창덕이 머리를 수그렸다.

"정말이라문 다행이다. 네 가게를 장만해 주지 말자는 생각이 앙이다. 한 일 년만 참아 달라는 기다. 그러문 나두 자리르 잡겠다. 그동안에 현도 아주방이 가게 일으 보라는 기다."

"또?"

"닐루서는 징싯속으 다 아는 것 같애두, 아직 너는 젊쟎니? 더 배와야 된다."

"장사르 배와서 하는 긴 줄 아오?"

"무시기야?"

창덕이 움찔 일어나 나가 버렸다. 인사도 별로 없이 용정으로 간 뒤 소식이 없었다.

현도네 가게에는 물론 다시 들어가 있지 않았다. 창윤이 알아보았으나 용정에 있는 것 같지 않았다.

이러기를 벌써 석 달이 되어 간다. 그랬던 창덕이 불쑥 찾아온 것이 아닌가? 신수도 훤해졌다. 옷도 새것은 아니나, 제법 말쑥한 양복을 입고 있었다.

7

석 달 만에 얼굴을 보인 창덕이를 반긴 건 창윤이만이 아니었다. 훤한 신수와 말쑥한 차림에 누구보다 아내가 기뻐했다. 입덧은 멎었으나 그 대신 배가 불러 가고 있는 몸이었다. 동서의 눈치를 살피면서 괴롭기 짝이 없었다. 어머니는 으레 그럴 거고……. 창윤이 처도 숨이 쉬어지는 심정이었다. 뿌리를 잃는 살림에 동서와 시어머니는 무거운 짐이 아닐 수 없었다. 더구나, 몸이 무거운 새댁은 기와 일도 변변히 도와주지 못했다. 입덧이 심할 땐 누워 일어나지 못하더니, 그게 가시고는 걸신 든 사람 같았다. 태모(胎母)의 치다꺼리뿐이 아니었다. 시어머니는 여전히 극성이었다. 무엇보다 새벽잠을 못 자게 하는 데는 비봉촌에서나 기와골에서나 질색이었다. 거기에 느느니 잔소리였다.

"비봉촌하구두 다름메. 여기가 어딤메? 나무두 3년으 뿌리를 앓는담메. 한 3년으는 죽었음메 하구 지내야 됨메."

말끝마다 뇌는 훈화에는 도리어 역정이 치밀었다. 여기 와서부터 가졌던, 이제 사는 것 같다 싶은 생각이 여지없이 깨어지고 말았다.

'새왕이는 어디 가서 내게 이 고생으 시키관디?'

원망까지 했던 시동생이 훤한 모습으로 돌아왔다.

'어디메 가서 자리르 잡기 된 모앵이지?'

쌍가매는 창덕이 시어머니와 동서를 데려갈 것이 기뻐 견딜 수 없었다. 그러나 방 안에서 형제가 주고받는 이야기는 딴 것이었다.

"어디메 가 있었니?"

"두루 돌아댕겠습메다."

"댕기기만 했다는 말잉가?"

"구경으 했습메다."

어른이 조금만 책망해도 획 뛰쳐나가 방랑하는 동생의 나쁜 버릇이 스물을 넘긴 아직도 가시지 않고 있다. 더구나 각시가 있고 오래잖아 아이 아버지가 될 처지가 아닌가?

"호부재(豪富者) 아들잉야? 구경으 댕기구. 각씨와 애새끼는 뉘가 멕에 살린다등야?"

창윤이의 목소리가 비뚤어지고 높아지지 않을 수 없었다. 그러나 창덕이는,

"구경으 구경으루 댕긴 줄 아시오?"

항의하는 어조였다.

"그러문?"

창윤이 되물었다.

"사업으 할 데르 찾누라구 돌아댕겠지."

"사업?"

건방진 말에 또 울컥했으나 그게 창윤이의 언동에 나타나지는 않았

다. 그저 동생의 얼굴을 노려보고 있으려니, 창덕이 얼른,

"천보산이 좋습디다."

긴장해진 얼굴로 말했다.

"천보산?"

"광석으 캐내구, 제련(製鍊)으 하누라구 야단인데, 사람이 사방에서 쓸어들어 욱실욱실합디다."

문득 거기 가 있는 친구 생각이 났다. 창윤이의 목소리가 부드러워졌다.

"천보산이문 마당쇠 애비가 가 있지."

"예, 만나 봤습메다."

"잘 지내디?"

"형님, 문안으 합디다."

머리를 끄덕이는 창윤이의 누그러진 태도에 창덕이는 마음을 놓고 말했다.

"거기다가 가게를 펴기로 했습메다."

"그래에?"

"사람은 쓸어드는데 가게라구 벤벤한 기 없습두구만……. 구색만 엔간히 갖춰 놓으문 벤통(어김)이 없겠습디다."

그럴 거다. 장사꾼은 용정에만 몰려든다. 그러나 이미 용정은 알려져 있는 곳, 경쟁이 심한 곳이 되고 말았다. 남이 거들떠보지 않는 데를 찾아야 된다. 더구나 광산 거리란 옛날부터 돈푼이 풍성하게 나돌고 있어 장사하기 좋은 법이다. 창윤이는 동생이 그저 구경만 다녔다고 나무란 것이 경솔했다고 부끄럽기까지 했다. 그런 생각으로,

"그거 잘했다."

입가에 웃음을 띠면서 동생의 처사에 찬의를 표했다. 창덕이도 흐뭇한 마음인 듯 형 앞에 다가앉으면서,

"그래서 형님한테 의논하러 왔습메다."

그러나 목소리는 정중했다.

"무슨 의논은?"

"논문세(文書)르 빌려 줍소사 하는……."

창덕이 말이 채 끝나기 전에,

"무시기라구?"

창윤이의 얼굴이 금시에 굳어졌다. 눈이 똥그렇게 떠지면서 입에서 거센 소리가 질러졌다.

간도협약 후, 개방지 안의 토지는 조선사람의 명의로 소유권을 낼 수 있었다. 대교동은 이 무렵 개방지는 아니나, 조선사람만이 개간한 곳이다. 개방지처럼 토지소유권을 낼 수 있었다. 그것은 창윤이의 이름으로는 처음 가져 보는 정식 토지소유권이었다.

비봉촌에서도 토지 문권을 가지고 있었다. 그러나 그것은 입적자인 호주인과의 사이에 계약으로 맺어지나 다름없는 문권이었다. 청국 정부는 입적자에게만 토지소유권을 인정했기 때문에 토지를 가지고 있으나 입적하지 않은 농민은 호주인의 명의로 정부에 등록하지 않을 수 없었다. 그리고 토지 소유자는 호주인으로부터 부다조(浮多租)라는 문권을 받게 된다. 이것이 창윤이 비봉촌에서 가졌던 토지 문권이었다. 그러나 부다조는 호주인과 토지 소유자와의 사이의 계약서의 성질을 띠고 있을 뿐, 청국 정부에 강력한 법적 책임이 없는 토지소유문서인 것이다.

그랬던 창윤이 이제 처음 법이 책임지는 토지 문권을 이창윤 자신의 이름으로 가지게 된 것이었다. 일본 법률을 좇는 것이 내키는 일이 아니면서도 자신의 명의인 토지 문권은 대견하지 않을 수 없었다. 비봉촌에서 여기로 이사하게 된 동기의 하나가 법이 보장하는 토지를 가질 수 있다는 점임에 틀림이 없었다. 그리고 그것은 비봉촌에 비겨 생활에 심리적인 안정감을 줄 수도 있었다.

그런 논문서를 창덕이가 빌려 달라는 것이 아닌가?

"그래 또 그 논을 팔아 장사 밑천으 하겠다는 말잉야?"

창윤이의 노기 띤 목소리가 다시 거칠었다.

"아잉메다, 아잉메다."

창덕이 손을 내저었다.

"팔자는 기 아입메다."

그러면서 뒤로 물러앉았다. 형의 기세가 뺨이라도 후려칠 것 같았기 때문인가?

"그러문?"

"영사관에서 화재민 구제를 해준답메다."

"영사관에서?"

"예."

"구제르 해주문 해줬지, 토지문세는 어디메 쓰자는 거야?"

"토지문세를 잡구서 돈으 내준답메다."

"구제르 하문 거저 할 기지, 문세를 잡구 돈으 주당이?"

"영사관 안에 간도구제회(間島救濟會)라는 게 생겠답메다. 거기서 불태운 사람으 위해서 토지를 담보물루 잡고, 아주 눅은 벤으로 돈을 내준답메다."

보호조약의 체결로 정치적으로 한국을 침략하기 시작해서 합방으로 완전히 목적을 달성한 일본 정부는 의회의 결의를 얻어, 한국을 경제적으로 독점하고 착취하기 위한 국책회사를 설립했다. 1908년의 일이었다. 자본금 1천만 원의 동양척식회사(東洋拓殖會社)는 곧 서울에 본점을 두고 각지에 지점을 벌이고 업무를 시작했다. 위선 토지를 사들이는 일이었다. 호남평야를 비롯해 전국의 비옥한 논과 밭이 조선사람의 손에서 그 회사의 손으로 들어가고 있었다. 그러나 그 지점이 아직 간도에는 들어오지 않고 있었다.

간도협약의 체결로 간도의 영토권이 청국에 귀속됐다고 해서 체면을 차려서가 아니었을 것이다. 일본의 지배를 받게 되는 개방지는 면적이 얼마 되지 않았기 때문인지 모른다. 동척(東拓)은 자질구레한 토지가 아니라, 한목에 한 평야 전체를 손에 넣는 일을 주로 하고 있는 탓이다. 그런 동척으로는 간도의 개방지나 그 인접지, 얼마 되지 않는 조선사람의 토지가 급한 것이 아니다.

그러나 그렇다고 버려두고 있는 것은 아니었다. 만몽(滿蒙)에 야심이 있는 일본의 경제 침략의 앞잡이인 동척이 그렇게 범연할 까닭이 없는 일이다. 오직 진출의 시기만을 기다리고 있었을 따름이었다. 그 시기가 채 오지 않았는데 용정 대화재였다.

동척은 총독부와 협의했다. 이재민 구제의 명목으로 간도에 진출하라고……

간도구제회는 이렇게 설립된 것이었다.

총독부에서의 구제자금 2만 5천 원으로 총영사관 안에 간판을 붙인 것이 9월 초(1911년)였다. 간도구제회는 처음에는 이재민에게 토지를 담보로 대금(貸金)을 했으나 차차 일반 농민에게 손을 뻗치게 되었다. 이렇듯 간도구제회는 동척이 본격적으로 진출해 그 업무를 넘겨받을 때까지 (1918년)의 시기를 동척을 대신해서 동척과 같은 일을 규모가 적게 했던 것이다.

-이런 간도구제회가 갓 문을 열고 있을 무렵이었다. 구제회가 화젯거리로 되고 있었다.

달리 부흥 자금을 구할 수 없는 사람은 자신의 토지나 친척의 토지를 담보로 돈을 쓰지 않을 수 없었다. 그런 사람이 많았다. 그리고 쓰려고 수속을 밟고 있는 사람도 적지 않았다. 뒤야 어찌 됐건 우선 돈을 얻을 수 있으니 고맙지 않을 수 없었다.

그것을 모르고 있는 창윤이가 아니었다. 구제회에 대해서는 기와골에서도 논란이 많았다.

-이자가 싸니 써도 무방하다는 사람.

-그게, 조선사람을 빚에 비끄러매 두자는 수작이라고 말하는 사람.

교사 주인태는 국내에서의 동척에 대한 지식을 전해 주었다. 그러나 창윤이는 주 선생이 들려 준 지식보다도 누구의 입에서 나왔는지 모르는 말—빚에 비끄러매 두자는 수작이 생각나면서,

"구제회라는 게 생겼니?"

흥분을 가라앉히고 짐짓 딴전을 폈다.

"그걸 몰랐소?"

되묻는 창덕이.

잠자코 있다가 창윤이는,

"듣기는 했다마는……"

그리고 말을 이었다.

"그런 건 모르고 있는 기 나을 기다."

"그건 어째서?"

"그런 데서 돈으 써서는 못쓴다."

"그러문 어쩌라능 기요?"

창덕이 욱하고 대들었다. 일하고 싶은 열의는 북받치는데 뜻대로 되지 않는 데서 오는 역정이었다. 그런 동생의 마음을 알 수 있었다. 창윤이 얼른 대답을 못 하고 있으려니,

"또 현도네 가게에 가서 종노릇으 하라는 게요?"

이번에는 싸울 듯이 소리를 질렀다.

"그러라는 게 앙이다."

"그러문 어쩌라는 말이오?"

"여기서 나하구 일 년만 있자. 지와 일두 잘되이까, 일 년만 여기서 나하구 고생으 하문 네 뜻대로 될 수 있을 끼다."

"무시기람둥? 그래 나를 지와쟁이르 만들 작정임둥?"

"지와쟁이는 사람이 앙이라든?"

"사람이 하는 일이레두 나는 싫소"

"무시기야?"

창윤이의 분통이 마침내 터지고 말았다. 철석, 창덕이의 뺨에 손이 올라갔기 때문이었다.

"어째 때리오? 아직도 어린안 줄 아오?"

눈을 똥그랗게 뜨고 대드는 창덕이. 씩씩거리다가 마침내 말이 튀어

나왔다.

"두말으 말구 문세르 내놓소 내가 보탠 돈만치래두 구제회 돈으 쓰겠소."

철석, 또 한 대 창덕이의 뺨에서 소리가 났다.

"응, 그래서 호기였구나."

"어째 이러오? 오랜만에 온 새왕이르……."

정주간에서 쌍가매가 뛰어 들어왔다.

"논문세르 왜놈에게 잽혀 가지구 장사 밑천으 하겠담메."

"논문세르?"

방 안의 이야기를 문 하나 사이인 정주에서 듣고 있는 쌍가매였다. 한마디를 되뇌고 이내,

"그러라구 합소꽝이. 헌 종잇조각으 궤 속에 여둘 기 있음? 그걸루 눅은 돈으 내서, 새왕이 장사 밑천으 하문 거기서 더 좋은 일이 어디메 있겠음."

누그러진 목소리로 말했다.

"뭐시 어째구 어째?"

시동생 편을 드는 아내에게 창윤이는 눈을 흘겼다.

그러나 쌍가매는 시동생을 식구와 함께 멀리 보냈으면—이런 생각만이 앞을 서고 있었다.

"논문세가 궈래(당신) 혼자 논문세임둥? 새왕이 돈두 있잼메?"

"또…… 가망이 있으랑이까……."

8

노투거우(老頭溝)에서 서북쪽으로 산골을 40리쯤 찾아 올라가면 해발 5백60미터의 높은 지대에 천보산(天寶山) 거리가 자리 잡고 있다. 용정에서는 북쪽으로 1백10리 거리의 지점.

은(銀)과 동(銅)이 매장되어 있는 산엔 수풀도 우거져 있다. 거리는 수풀 우거진 산에 둘러싸여, 남북으로 뻗친 외가닥 큰길을 끼고 양편에 벌어져 있다.

인구는 천 명 가량. 중국사람이 절반 이상인 것은 채광 쿠리[採鑛苦力]가 많은 탓. 그리고는 조선사람이었다. 일본인은 겨우 열 명밖에 되지 않았다. 채광 공사의 관계자와 병원 의사였다.

늦은 봄 긴 날도 기울 무렵이었다. 산에서는 아직도 광석을 캐고 있었다. 쿠리들이 광 속에서 밀구루마에 광석을 담아 밀고 나온다. 광석을 제련소에 가져다 부리어 놓는 것이었다.

제련소는 규모가 엄청나게 큰 것은 아니었다. 그러나 굴뚝에서는 연기가 한가하게 올라 수풀 속에 자욱하게 퍼지고 있다. 남쪽 산을 등지고 우뚝 솟아 있기 때문이었다. 와르르, 덜커덕, 광석 부수는 소리인가 기계 돌아가는 소리인가, 둔중하면서 부산한 소리가 들렸다.

채광 사무소는 제련소에서 북쪽으로 그다지 멀지 않은 곳에 자리 잡고 있다. 양철 지붕인, 제법 말쑥하고 큰 집이었다. 그 사무실 주변에 십여 명, 채광 쿠리들이 성난 얼굴로 서성대고 있었다.

"타마."

"왕빠딴."

입에서는 욕설을 뱉으면서…….

그러나 사무실 안의 쿠리튜[苦力頭]와 다른 두 중국사람은 더욱 흥분하고 있었다.

"그 자식을 내놓으란 말이야."

"안 내놓겠나?"

상대는 일본 사무원이었다. 일본 사무원 사도오[佐藤]의 테이블 앞에 세 사람은 떡 버티고 서서 소리를 지르고 있었다. 작은 키였으나 어깨가 짝 바라진 사도오는 담보도 어지간한 얼굴이었다.

"안 내놓겠으면 너두 좋으니 나가자."

사도오의 곱절이나 되는 키 큰 쿠리투가 상대를 내리덮을 듯 대들었으나, 사도오는 눈 하나 깜짝하지 않고 의자에 기대앉아 있었다.

"왜 대꾸가 없어?"

다른 한 사람이 사도오의 멱살을 잡으려고 했다.

"왜 이러는 거야?"

사도오는 위엄 있는 소리를 지르고 멱살을 쥐려는 쿠리를 노려보았다. 표독스러운 것이 쿠리를 물러서게 만들었다. 그러나 물러서면서도,

"그 자식을 얼른 내주어."

성난 소리를 지르는 건 잊지 않았다. 제련소 기술자 이시가와[石川]를 내놓으라는 것이었다.

이시가와는 신경질인 사람이었다. 그리고 제련소는 설비가 완전치 못해 기계의 고장이 잦았다. 그뿐이 아니었다. 익숙지 못한 쿠리들이 눈치 빠르게 시키는 일을 해주지 않는다. 이시카와는 늘 신경이 날카로워 있었다.

오늘은 기계의 고장은 아니었다. 그러나 뜻대로 능률을 올리지 못해 신경이 이글이글 끓고 있는 판에 눈에 띈 것이 졸고 있는 쿠리였다. 와락 이시가와는 치미는 신경질을 억누를 수 없었다.

"왕빠딴."

뺨을 후려갈겼다. 정신을 차리라는 것이다. 졸고 있던 쿠리는 정신은 차렸으나,

"왜 때려?"

큰 소리로 대드는 것이 아닌가? 광산이란 거친 곳, 말보다 손이 앞서는 곳이다. 제련소 기술자가 인부를 정신 차려 주기 위해 뺨 한 대쯤 때렸기로 문제 될 것이 없는 일이다. 이시가와는 일본에서도 여러 군데 광산과 제련소를 돌아다닌 사람이었다. 그리고 말이 아닌 손찌검 뺨 한 대쯤으로, 인부를 책하는 일이 그의 신경질과 더불어 거의 습관이 되어 있었다. 그리고 그것이 말보다 더 효과가 있는 것을 경험으로 알고 있었다.

오늘도 그 습관대로 대수롭지 않게 조는 쿠리의 뺨을 때린 데 지나지 않았다. 그랬는데 그 쿠리가 왜 때리느냐고 대들 뿐이 아니었다.

어느 결에 우르르 다른 쿠리들이 모여들었다.

"션 머디[甚麼的]?"

"따!"

"따."

형세가 위급했다.

이시가와는 사무실로 도망치고 말았다. 그리고 안에 숨어 버렸다. 그 뒤를 쿠리투를 앞장으로 성난 쿠리들이 쫓아온 것이다.

"내놔!"

멱살을 쥐려던 쿠리가 물러서자, 또 하나 다른 쿠리가 소리를 질렀다. 여전히 표독스럽게 도사리고 있는 사도오.

"안 내놓으면 사무실을 부순다!"

그리고 사무실 안에 떼굴떼굴한 눈으로 휘둘러보는 셋째 번의 쿠리.

사무실에는 사도오 외에 중국 사무원도 있었다. 채광 공사는 일·중 합판(日中合辦)이기 때문이었다. 일본 측 사무원과 중국 측 사무원 수가 똑같았다.

일본 측엔 사도오를 수석으로 또 한 사람 일본사람과 조선사람이 있고 중국 측에도 세 사람이었다. 그러나 지금 일본 측 사무원 중, 일본인 한 사람은 노투거우로 출장 가고, 조선사람은 현장에 나가고, 그래서 사무실엔 사도오 혼자만 남아 있었다. 그 대신 중국 측 자리에는 세 사람이 고스란히 앉아 있었다. 그러나 그 사람들은 사무실에 침입해 동료를 위협하는 노무자들의 언동을 냉정한 눈으로 보고 있었다. 오히려 통쾌하다는 듯한 표정이랄까? 사도오의 위급한 처지를 구하려는 한마디의 질책도 제지의 말도 쿠리를 향해 던지지 않았다.

그게 쿠리들로 하여금 더욱 기세를 올리게 한 까닭인지 모를 일이었다. 쿠리들의 기세는 꺾이지 않았다. 그리고 그것은 사실이었다.

9

천보산은 안휘(安徽) 단기서(段祺瑞)의 표질(表侄) 정광제(程光弟)가 외숙(外叔)의 관련으로 오래전부터 점검하고 있는 곳이다.

정광제는 이곳을 점검한 후 소규모로 채굴한 은과 동을 원시적인 방법으로 제련하고 있었다.

그러나 천보산의 은동광(銀銅鑛)은 질도 좋고 매장량도 풍부하다는 것이 전문가들의 조사 결과였다.

노일전쟁에 승전한 뒤부터 한국을 거쳐 만몽에 침략의 손을 펴고 있는 일본이 이 지하자원을 놓칠 까닭이 없었다. 더구나, 여기는 벽지가 아닌가? 구미 열강의 눈이 아직 채 미치지 못하고 있는 곳이었다. 거기에 일본의 대륙침략의 당면 목표는 기설 철로의 점유와 신철도의 부설권 획득에 있었다. 그러나 이에 못지않게 중요성을 띤 것이 지하자원의 점거였다. 오히려 지하자원을 점유하고 그것을 확보하기 위해 기설 철도와 신설 철도가 필요했는지 모를 일이었다. 어떻든 일본은 철도의 점유와 함께 남만(南滿)에서 무순(撫順) 지대의 탄광을 손에 넣었고 그 밖에도 중요한 지하자원에 식지를 움직이고 있었다.

이런 일본이 어찌 질량이 함께 우수한 천보산 광산에 침을 삼키지 않을 것인가?

재벌 삼정물산(三井物産)은 낭인을 파견해 천보산 광산을 손에 넣으려고 벌써부터 이면공작을 하고 있었다.

소산정웅(烏山正雄)은 노일전쟁 무렵부터 만주를 방랑한 낭인이었다. 주로 동만(東滿) 지방을……

일본사람답지 않게 큰 몸집에 여느 낭인처럼 중국 차림을 하고 다녔다. 중국어도 능란했으나, 이름도 조대산(趙大山)이라고 중국식으로 지어 불렀다. 행동이며 말이며 얼핏 보아 일본사람임을 알아낼 수 없었다.

그 조산이 광산을 노리고 천보산에 들어온 것은 통감부 파출소가 설치된 전후였다. 한창 정광제의 소규모의 채광과 원시적인 제련이 진행 중이던 무렵이었다. 조산은 정광제와 접촉했다. 능란한 말솜씨, 낭인다운 폭넓은 수단, 이런 것이 정광제와 얼른 친분을 맺게 만들었다. 그뿐이 아니었다. 당시 중국사람뿐인 주민들에게 조산은 노소유약을 가리지 않고 친절하게 대했다. 요산(鳥山의 중국 발음) 요산, 아이 어른이 조산을 모르는 사람이 없었다.

병난 사람이 있으면 찾아가서 문병을 했다. 경사가 있으면 중국사람들과 함께 술을 마시고 춤을 추고 했다. 어디 갔다 올 때에는 먹을 것이나 장난감을 사다가 아이들에게 나눠 주었다.

"요산 셴셩[鳥山先生]."

"요산 따렌[鳥山大人]."

아이들이 더욱 조산을 좋아했다. 줄줄 따라다녔다.

이런 속에서 조산은 광산을 손에 넣을 공작을 천천히 진행시켰다. 먼저 일·중 합자로 회사를 만들어 대규모로 채광·제련을 하려는 계획이었다. 그리고 그런 뜻을 정광제에게 넌지시 건네 보았다. 정광제도 뜻이 없는 것은 아니었다. 그러나 역시 중국식의 만만디[慢慢的]였다. 질질 끌 뿐, 얼른 귀결을 지어 주지 않았다. 그러나 중국사람의 기질에 능통한 요산인지라, 얼른 단념할 까닭이 없었다. 공작의 손을 단기서에게 펴기로 했다.

단기서는 원세개(袁世凱)의 심복 부하다. 그리고 원세개는 안휘 군벌(安徽軍閥)의 수령일 뿐 아니라, 손문(孫文)의 혁명파와는 달리 자신이 스스로 정권을 쥐고 중국을 통치하려는 야심가였다.

청 말의 일이었다. 정부의 무능과 부패는 열강의 침략을 유도했다. 뜻

있는 청국사람들은 벌써부터 청조(淸朝)를 타도하려고 운동을 일으켰으나 청일전쟁에 패전한 뒤엔 그것이 본격화했다.

그 지도자는 삼민주의(三民主義)를 부르짖고 나선 손문이었다. 손문의 동지들은 1895년에 광동(廣東)에서, 1900년에 혜주(惠州)에서 혁명을 일으켰다가 실패에 돌아갔으나, 1911년 10월 10일에 마침내 혁명에 성공했다. 신해혁명(辛亥革命)이었다.

신해혁명으로 중국 민중은 물론, 각파의 혁명 지도자들이 환호를 올리고 손문을 중심으로 한 덩어리가 되었으나 중국 통치에 야심이 있는 원세개는 마침내 혁명정부에 합류하지 않았다. 그리고 본래의 뜻을 이루기 위해 직속 부하 단기서와 함께 여러 모로 책동했다.

그 책동의 한 가지가, 열강의 신임을 얻자는 것이었다. 신임뿐이 아니었다. 열강으로부터 재원의 원조를 받으려고 했다.

그 무렵, 열강 중에서도 미국과 일본이 중국에 대해 특히 발언권이 강했다. 원세개와 더불어 단기서는 그 미국과 일본과 사귀기를 원하고 있었다.

이런 때에 조산정웅이 천보산 광산 합판 채굴을 건의했다. 작은 일이었으나,

"좋구말구요"

단기서는 대뜸 머리를 끄덕였다. 그리고 표질 정광제에게 그 뜻을 전했다.

—이렇게 해서 천보산 채광 공사는 일·중 합판으로 채굴하게 된 것이었다. 중국 측의 정광제와 일본 측의 삼정재벌 계통의 영목상점(鈴木商店) 사이에—.

채굴 작업과 제련의 공정이 전에 비해 큰 규모로 변해졌다. 광부와 주민들이 사방에서 모여들었다. 대광산의 면모를 갖추고 거리도 광산 거리다운 모습을 갖추게 되었다.

그러나 정치적 야심으로 맺어진 합자회사다. 그것을 모를 까닭이 없는 정광제 측에서는 항상 일본 측을 의심과 감시의 눈으로 보고 있었다. 그럴밖에 없었다. 마침내는 제 것으로 만들려는 일본 측은 갖가지 일에 중국 측을 억눌렀다. 쿠리를 대는 일 외엔 거의 중국 측은 할 일이 없었고 또한 발언권이 없었다.

정광제 측 종업원들의 불평은 점점 심했다. 한 사무실 안에서도 냉랭한 분위기 속에서 지내기 일쑤요, 그것이 폭발되어 쿠리들이 들고 일어나기 일쑤였다.

이번 이시가와 사건도 그것이었다. 뺨 한 대의 하찮은 일에 쿠리들이 사무실에 몰려들고 사무원들이 냉정한 눈으로 보고만 있는 것도 평소에 빚어지고 있는 심리 갈등의 표현인 것이다.

10

"헛, 헛, 헛."

호탕한 웃음소리가 퍼지면서 요산의 뚱뚱하고 기름기 있는 몸집이 중국옷에 싸여 사무실 안에 나타났다. 밖에서 들어온 것이었다. 사도오와 대결했던 쿠리투는 물론, 다른 두 사람도 힐끗 웃음소리 나는 쪽에 얼굴을 돌렸다. 그 얼굴을 보자 낭인 요산은 중국말로,

"왜 그렇게들 서 있으시오? 앉지 않구."

그리고 사도오의 책상 앞에 다가가면서,

"자네, 띵즈(의자)를 내놓지."

역시 중국어로 사도오에게 말했다. 쿠리들이 알아들으라는 듯이…….

몸을 일으키며 굽신 인사를 했을 뿐, 사토는 굳은 얼굴인 채 쿠리를 위해 의자의 마련을 하지 않았다. 그러나 요산은 그렇게 하는 사도오를 나무라지 않는다. 그리고 자리가 빈 일본 측 사무원의 의자 둘을 두 손으로 들어다가 먼저 쿠리 옆에 놓았다.

"앉으시오."

그리고 요산은 나머지 한 사람을 위한 의자를 가지러 중국 측 사무원들이 앉은 자리에 갔다. 냉랭한 표정이던 중국 사무원들도 일어나서 두 손을 앞으로 모으고,

"요산 센성."

공손히 인사를 했다.

벙글벙글 불기 껴 넓죽한 얼굴에 웃음을 가득히 담아 머리를 끄덕이면서 요산은 첫 테이블 옆에 비어 있는 손님용 의자를 집었다.

쿠리 옆에 왔을 땐, 사도오는 벌써 슬그머니 빠져 나간 뒤였다.

요산이 얼굴에 더욱 화색을 띠면서,

"앉으시오."

쿠리투를 비롯해 셋이 마지못하는 듯이 앉았다.

마꿜 단을 들춰 손을 넣더니 담뱃갑을 꺼냈다. 아사히(朝日)였다. 한 대씩 주었다. 처음에 멈칫하던 쿠리투가 받자, 다른 사람도 받았다. 저도 한 대를 입에 물고 요산은 성냥을 그었다. 쿠리들에게 붙여 주려고

했다.

"세, 세."

"따렌, 먼저."

이렇게 해, 격분했던 쿠리의 마음이 누그러지기 시작했다.

"무슨 일인데?"

담배를 피우면서 요산이 물었다.

"스촨[石川] 기사가 이 사람을 때렸소."

쿠리투가 옆에 앉은 사람을 가리키면서 하는 말.

"그랬었나?"

알면서도 모르는 체하는 요산.

"그래서 분해서 뛰어온 것이오."

"그랬었군. 거 분하게 됐소이다. 분하다 뿐이겠소?"

그리고 요산은 머리를 깊숙이 숙이면서 나긋나긋하게 말했다.

"스촨 기사 대신 내가 사과하리다. 잘못했습니다. 다시는 그런 일이 없겠습니다."

"부융[不用], 부융."

천만의 말씀이라고 손을 내젓는 세 사람. 그래도 요산은 겸손했다.

"스촨 기사는 젊은 사람이오. 내가 톡톡히 타이르지요. 다시 그런 일이 없을 것입니다. 마음 놓고 돌아가 일을 하시오."

이렇게 성난 쿠리들을 돌려보내는 데 성공했으나 문제는 그것으로 해결된 것이 아니었다.

"흥, 누가, 이 쓸쓸한 곳에서 쿠리의 구박까지 받아 가면서 일해?"

이시가와가 그날 그 길로 아무도 몰래 천보산을 떠나고 만 일이 생겼다. 여기 온 지 한 달밖에 되지 않은 이시가와였다.

이시가와가 없어도 제련소 기계가 당장 멎는 것은 아니었다. 그러나 고장이 잘 생기는 기계인지라, 이시가와가 떠난 뒤에 운전에 지장이 적지 않았다.

그러나 그것뿐이 아니었다. 병원 의사도 못 있겠다고 떠나고 말았다.

"마음 놓고 잠을 잘 수 있어야죠? 쿠리가 떼를 지어 몰려드는 것 같애서……."

강박관념에 잡혀 있는 것이었다.

"이래서는 아무것도 안 된다."

요산은 물론 채광 공사의 직책을 맡고 있는 것은 아니었다. 주임은 사도오다. 그러나 천보산 땅 속 깊숙이 일본을 박아 넣으려고 처음부터 애썼던 일이 중도에서 좌절될 우려가 있었다.

어떻게 해야 되는 것인가?

'영사관을 끌어와야 된다. 영사관 경찰서가 여기 와야 된다.'

쿠리들이 이시가와에게 달려들고, 사무실에 침입해 사도오 주임을 윽박지르고, 그 사건만이 아니었다. 갖가지 일에 고분고분 말을 듣지 않는 것은 여기가 개방지가 아니기 때문이다. 개방지가 아니기 때문에 일본 경관이 들어오지 못하고 있다. 일본 경관이 없기 때문에 중국인 종업원이나 노무자들이 저희 관헌의 배경을 믿고 행패를 부리는 것이다.

'결국 모든 문제는 일본 경관을 출동 주재시키는 것으로 해결이 되는 거야.'

이 생각은 이시가와 사건에서 비로소 낭인 요산의 머리에 떠오른 것은 아니었다.

합판 공사가 창립된 때부터 머릿속에 자리 잡고 있는 정책이었다. 그러나 정확하게는 그 전부터였다고 함이 마땅할 것이었다. 낭인 생활을 시작하기 전부터의……

'그러기 위해서는 여기 일본사람의 수가 많아져야 된다. 그러나 어느 일본사람이 영사관이 진출할 수 있도록 많이 이주할 것인가?'

요산은 조선사람이 모여들기를 바랐다.

'조선사람이 많이 사는 곳이면 영사관이 올 수 있다. 적어도 경찰서만이라도…….'

그러나 요산이 앞에 나서서 '모여라, 오너라, 조선사람이여!' 외치거나 정치적 수완을 발휘하지 않아도 조선사람들은 쉽게 모여들었다. 디딤판이 불안한 조선사람의 귀는 어디 살기 좋다는 곳, 새로 발전한다는 곳의 소식엔 지나치게 민감했기 때문이었다.

이래서 마당쇠 애비도 왔고, 창덕이도 왔고……. 이렇게 모여든 조선사람이 5백 명 가까이 되고 있었다.

그러나 영사관은 요산의 뜻대로 얼른 경관대를 보내 주지 않았다. 그럴 명목이 있어야 되기 때문이었다.

무슨 명목? 10명이 못 되나, 일본사람과 5백 명 조선사람의 생명 재산이 침해당하고 있다는 증거를 보일 수 있는 명목인 것이다.

그러기 위해서는?

요산은 입가에 복잡한 웃음을 머금고 머리를 끄덕였다.

의사가 떠난 날 저녁, 제 방에서…….

11

낭인 요산의 배포야 어떠했건 그런 것은 아랑곳이 없다. 창덕이는 그저 여기 온 후 장사가 심심치 않으니 그것이 다행이었다. 장사뿐이 아니었다. 아내가 아들을 낳아 벌써 세 살이 되었다. 요즘은 못 하는 말이 없다. 이시가와는 쓸쓸한 데서 쿠리에게 괄시당하는 게 아니꼬워 '요산 센성'에게도 한마디 인사가 없이 사라지고, 의사는 밤잠을 편히 잘 수 없다고 떠나 버렸으나, 창덕이는 조금도 적적하거나 밤잠을 못 이루는 일이 없다. 오히려 어머니를 모시고 아내와 더불어 아들놈의 재롱을 즐기는 단란한 가정생활을 한다는 일이 이렇게 재미있을까 싶게 흡족한 것이었다.

무엇보다 기쁜 것은 구제회에 지고 있는 빚을 이번에는 완전히 갚아 버릴 수 있기 때문이었다.

형 창윤이 정수를 데리고 어머니를 찾아뵐 겸, 동생이 사는 꼴을 보러 온다고 했다. 그때 형님에게 구제회에 마지막으로 남은 본전과 이자를 선뜻 드릴 수 있는 것이 아닌가? 그동안 형님에게 지고 있던 마음의 빚을 구제회 빚과 함께 벗을 수 있는 것이 생각하기만 해도 흐뭇한 일이었다.

'현도 아주방이 밑에 다시 들어갔더라면?'

이렇게 생각하니 3년 전의 그날, 대교동 집에서 형님과 논문서 때문에 싸우던 날의 형수가 고맙지 않을 수 없었다. 아내에게 쥐여지내는 형은 아니었다. 그러나 그날, 마침내 창윤은 쌍가매의 말을 들은 셈이었다. 후에 안 일로, 어머니도 애원하다시피 했다고는 하나, 맨 처음에 말을

끄집어낸 것이 형수였다. 그뿐이 아니었다. 형이 역정은 가라앉지 않았으나, 그런대로 논문서를 내던지면서,

"엣다, 가져다가 팔아먹겠으면 먹구, 왜놈에게 잡혜 먹겠으문 먹구 나는 모르겠다."

그리고 일어서 밖으로 나가 버린 뒤 망설이고 있는 창덕이에게 형수가 한 말ㅡ.

"얼피덩 가지구 갑세. 남의 가게서 종사르 하고 있겠음."

그 말에 힘을 얻어 마음 놓고 구제회의 문을 두드렸다. 그리고 거기서 낼 수 있었던 돈을 밑천으로 곧장 천보산에 가게를 편 지도 3년. 그것은 구제회의 빚보다도 형님에게 지고 있는 마음의 빚이 더 무거운 3년이기도 했다. 그러나 2~3년은 창덕이에게 행복하고 순조로운 세월이었다.

일용품을 위주로 팔고 있었으나, 광산 사람들이 즐기는 술 같은 것을 떠주기도 했다. 그러나 창덕이는 술 한 잔 입에 대지 않았다. 어머니도 아내도 한마음 한뜻이었다. 차츰 자리가 잡히는 살림, 그동안 구제회의 빚은 이자를 물때마다 본전을 조금씩 꺼 나갔다. 이제 남은 것은 3분의 1 정도의 원금이었다. 그것을 이번에 형님이 오면 선뜻 내놓아 시원스럽게 구제회에 갚을 수 있도록 마련하고 있는 것이다.

창덕이네 가게는 긴 거리의 중간에 자리 잡고 있었다. 그 맞은편에 마당쇠 아버지의 집이 있었다. 인부 감독이라고 비봉촌에서들은 이야기하고 있었으나 마당쇠 아버지가 하는 일은 인부 감독이 아니었다. 인부들의 전표를 사는 일이 잘못 전해진 것이었다. 임금은 열흘 계산으로 회사에서 지불했다. 그동안에는 날마다 전표를 준다. 그런 인부들의 전표

를 싸게 사서 모았다가 지불하는 날에 한목으로 회사에서 현금을 찾는 장사였다. 이 일의 시작에는 자본이 적지 않게 든다. 그 자본을 정광제의 수하인 청국사람이 대주고 있었다.

　마당쇠 아버지가 비봉촌을 뜨려고 마음을 먹고 있을 무렵이었다. 천보산의 청국 친구에게 무슨 일자리가 없겠느냐고 물었다. 전표 장사를 해보는 것이 어떠냐고 그 친구는 말했다. 좋다고 했다. 그러나 그 무렵은 비각 뒤 살인 사건으로 비봉촌 주민들의 청국사람에 대한 원성이 최고조에 달하고 있을 때였다. 어찌 청국 친구의 자금으로 전표 장사하러 천보산으로 간다고 동네 사람들에게 말할 수 있을 것인가? 마당쇠 아버지가 저녁을 두 번 짓는 의문을 남겨 놓고 비봉촌에서 사라진 것은 이 때문이었다.

　마당쇠 아버지가 여기 온 후 채광과 제련은 날로 규모를 넓혀 갔다. 따라서 인부들도 늘어만 갔다. 전표 장사는 예상 이상으로 잘 돼 나갔다. 전표는 현금과 마찬가지다. 그러므로 실수 없는 장사였다. 마당쇠 아버지의 주머니가 불룩하지 않을 수 없었다. 전표 장사뿐이 아니었다. 돈으로 돈을 버는 일에 재미를 붙인 마당쇠 아버지는 일반 주민에게 돈놀이도 했다. 그것도 별로 실패가 없었다. 그래서 지금 마당쇠 아버지가 가지고 있는 창덕이네 가게 건너편 집은 천보산 거리에 살고 있는 조선 사람의 집으로는 가장 큰 것이었다. 대문도 제법 튼튼한 널로 짠 것을 달았고, 대문 한쪽 기둥에 '홍재구(洪在九)'라고 큼직한 문패도 붙이고 있었다. 누가 비봉촌에서 농사를 짓던 마당쇠 애비의 집이라고 볼 것인가? 집도 그랬고, 신수도 좋았고, 옷차림도 늘 깨끗했다. 홍재구는 천보산에서 성공하고 있는 사람 중의 하나였다.

그 밖에도 색주가(色酒家), 조선 인부를 상대로 밥장사를 하는 집, 이발소, 푸줏간……. 이런 집들이 성공하고 있었다.

창덕이네 잡화상은 이런 축에는 들지 못하나, 오래지 않아 그들 축에 낄 수 있다고 창덕이의 실력을 아는 사람들은 말하고 있었다.

그렇게 말하는 사람 중의 하나가 마당쇠 아버지 홍재구였다. 홍재구는 인색하고 빡빡한 편이라고 창덕이는 생각하고 있었다. 그러나 비봉촌에서부터의 형님의 친구다. 형님 대하듯 하고 있었다. 홍재구도 그런대로 창덕이를 동생처럼 생각하고 있는 모양이었다. 집이 마주 있으므로 식구들과 함께 서로 내왕이 잦았다. 저녁 후면 홍재구가 창덕이네 가겟방에 곧잘 나왔다. 여기 나오면 심심치 않기 때문일 것이다. 마을방에 가는 것 같은 기분일지도 모를 일이었다. 오늘도 홍재구는 저녁 후에 창덕이네 가게로 건너왔다.

"이 사람, 창덕이."

여느 때와는 달리 불안한 얼굴에 불안한 어조였다.

"예."

"자네 이런 말으 못 들었능가?"

"무슨 말으?"

"마적이 쳐들어올 것 같다는 말이네."

"앙이."

창덕이 머리를 가로저었으나, 가슴이 울렁거리지 않을 수 없었다. 비봉촌에서 겪은 마적의 일이 생각났기 때문이었다. 마당쇠 애비도 그때가 회상되었음에 틀림이 없다. 역시 불안한 표정으로 말을 했다.

"정말 못 들었능가?"

"통 못 들었는데……. 뉘귀 그럽데?"

"틀림이 없을 기라구 하면서 하는 이얘긴데, 마적이 습격으 할 게라는 말이네."

"정광제네 사람이 그럽데?"

"요산이 마적으 끌어들일 흉계르 뀌미구 있다는 이얘기잉까, 조심이 하랑이."

"그럴까? 요산이 마적하구두 통하구 있다는 말으는 그전부터 떠돌구 있지마는……. 간대루(아무려면) 지가 살구 있는 여기다가 마적으 끌어디리겠음?"

"나두 그러지는 않으리라구 믿구 있지마는, 마적으 끌어디레야 일본 순경이 여기 들어오게 되구, 그래야 여기서 일본 놈들이 기를 펼 수 있다는 생각이거덩, 요산이 여사 여석이 아잉이까, 감히 그런 짓으 할 수 있을 끼야."

"정말 그럴까?"

"그기야 청국사람들이 하는 말이잉까 짐작으 해 들어야겠지만, 마음으 놓을 쉬야 없지. 어떻든 조심으 하게. 그리구 이거는 자네 가슴속에다 가만 새게 두게. 발설해서는 큰일이네."

홍재구가 이렇게 다짐하고 가버렸으나, 그리고 창덕이 입에서 나간 것은 아니었는데도 마적이 습격할 것이라는 유언(流言)은 쉬쉬하면서 퍼지고 있었다.

그러나 열흘이 지나도 마적은 쳐들어오지 않았고 스무 날이 지나도 말발굽 소리가 외가닥 길에 들리지 않았다. 그리고 또 열흘이 지났다. 그래도 마적은 여기 천보산을 찾아 주지 않았다.

사람들의 화제에서 마적의 얘기가 거의 사라졌다.

"마적이 왔다 간 뒤에 한몫을 보자구 했더니 틀레먹었궁."

화제가 있다면 이런 종류의 것이었다.

"그건 어째서?"

"마적이 들어왔다 가문 영사관이 온다는 게 앙잉가? 영사관이 오문 용정이나 국자가같이 되거든. 용정이나 국자가같이 되문 땅을 내 이름으로 살 수 있거덩. 그렇기 되문, 내 이놈우 천보산으, 산이구 거리구 모두 내 이름으로 사버리자구 했던 깅데……."

"예이키, 미친 소리르 작작 하랑이……."

창덕이도 불안을 잊고 단란한 가정생활을 즐기면서 장사에 신명을 내고 있었다.

12

"방학을 한다고 해서 공부와 이별을 하라는 것은 아닙니다. 여름철이니까 날이 더워요. 그러니까 학교에 오지 말고 집에서 부모님의 일을 돕는 한편 서늘한 때에 공부를 하라는 것입니다."

국떼기를 먹으면서 새울을 치던 교사가 벌써 낡은 집이 되고 말았다. 학생들의 손으로 닦아진 운동장도 이젠 꽤 넓다. 교문 기둥에는 먹자국도 뚜렷하게 신명학교(新明學校)라고 쓴 현판이 내려 걸려 있다.

연변 교민회에서 학당을 학교로 통일하도록 했으므로 지어진 이름이었다.

새롭고 맑고……. 이름 그대로 새로운 것을 배우고 광명을 찾는 신명 학교 학생들은 지금 방학식을 하느라고 운동장에 학년별로 정렬하고 교장의 훈시를 듣고 있는 중이었다.

60명밖에 되지 않았다. 그리고 4년제였으나 예비반이 따로 있었다. 스무 살이 되는 학생이 수두룩했으므로 열 살 아래는 예비반에 수용했다. 그리고 정수는 예비반을 거쳐 지금 2학년생이었다. 2학년은 15명가량이었으나 대부분이 나이 많은 학생이었다. 정수가 제일 어렸다. 그 반 맨 앞줄에 서 있었다.

"……여러분이 열심히 공부를 하지 않으면 우리나라는 영영 망하는 것이고, 여러분이 공부를 열심히 하면 쓰러지고 있는 우리나라는 다시 일어날 것입니다. 저 매국노 이완용 일당들이……."

박성회 교장의 불을 토하는 듯한 열변이 길게 계속되었다. 거기에 볕은 내리쬔다. 그러나 큰 학생이나 어린 학생이나, 조금도 지루한 생각이 없이 교장 선생의 말을 듣고 있었다.

"……새 지식을 배워 우리나라에 광명을 가져올 무거운 짐이 여러분의 무쇠 같은 두 어깨에 걸머지워 있다는 엄숙한 사실을 일각이라도 망각해서는 나라의 죄인이요, 2천만 겨레의 죄인이 될 것입니다. 학도여, 청년 학도여, 각성할지어다. 분발할지어다. 그리고 돌진할지어다. 삼천리금수강산 하늘 높이 태극기를 휘날릴 때까지……."

담담하게 시작했던 박성회 교장의 방학식사는 마침내 애국 연설로 변해 최고조로 달하고 있었다. 민족주의자 박성회의 애국 정열이 그대로 뭉쳐 학생들의 가슴을 향해 폭발되는 듯했다. 언제이고 듣는 박성회 교장의 연설이었으나, 들을 때마다 학생들은 가슴이 울렁거리고 몸이 떨렸다. 지금도 학생들은 알지 못할 감동에 몸을 떨면서 지사(志士) 박성회의 연설을 듣고 있었다.

정수도 그랬다. 어린 마음엔 교장 선생의 말 한마디 한마디가 그 목소리와 함께 들어가 박히는 듯했다.

이윽고 교장 선생의 연설이 끝났다. 단에서 내린 뒤에 주 선생이 올라섰다. 애국 연설이 아니었다. 성적표를 나눠 주겠다는 선언이었다. 덧붙였다.

"성적표를 보면 어느 과정을 더 공부해야 될 것을 알 수 있을 것이오 방학 동안에 그 과정을 더욱 열심히 공부하도록……."

예비반엔 성적표가 없었다. 그리고 예비반이 3분의 1이나 차지하고 있었다.

성적표의 배부가 간단히 끝났다. 정수는 15명 중에서 둘째였다. 기뻤다. 더욱이 기쁜 것은 이젠 마음 놓고 천보산에 가자고 아버지에게 조를 수 있다고 생각했기 때문이었다. 방학 후 천보산에 가기로 아버지의 언질을 받은 것은 달포 전의 일이었다. 그러므로 어차피 방학 동안에 가기는 갈 것이었다. 그러나 정수는 당장 내일로 떠나고 싶었다. 아이들의 마음이었다. 할머니가 보고 싶고, 소문 높은 광산과 제련소가 얼른 보고 싶다.

'성적표르 내밀구 내일 떠나자고 조르자.'

식이 파하자 정수는 그냥 집으로 뛰어왔다. 삽짝을 밀치자마자,

"아버지, 이번에는 두째르 했습니다."

성적표를 흔들면서 지르던 소리를 정수는 뚝 그치지 않을 수 없었다. 집 안에 이상한 분위기가 서려 있었기 때문이었다.

'어째 이럴까?'

생각할 겨를도 없이,

"정수 잘 있었느냐?"

열려 있는 정주간 허리문에서 얼굴을 내민 것은 천보산에 있을 할머니가 아닌가? 거기서 잘 지낸다는 이야기를 듣고 있었다. 그러나 첫눈에 본 할머니의 모습은 어쩌면 그렇게도 초라할까? 옷도 수세미 같은 것을 걸쳤으나 얼굴도 몹시 초췌했다.

"큰아메."

반갑다기보다도, 그 모습과 함께 할머니가 왔다는 사실이 섭섭한 심정이었다.

"어떻기 왔음등?"

"니가 보기 싫어서……."

하더니 할머니는,

"야, 되게 컸구나. 어저는 제법 학생꼴이 배겠구나."

정수의 손을 잡아 정주방으로 끌어들이듯이 했다. 정수는 할머니가 하는 대로 정주방에 들어갔다.

정주에는 아버지와 어머니도 앉아 있었다. 그러나 침울한 얼굴과 맥이 풀려 있는 모습을 놓지 않고 볼 수 있었다.

정수는 점심을 달라고 했다. 어머니가 차려 주는 대로 구석에서 먹고 있노라니,

"어째, 그런 말이 떠돌아 댕길 때 미리 물건으 안전한데다가 두지 않고, 몽땅 떼우다니……."

아버지의 말이었다.

"처음에사 그랬지비. 그러나 보름이 지내두 소식이 없구 한 달이 지내두 간간(조용)항이 이제는 마적이 앙이 오는갑다 하구 모두 마음으 놓았당이, 아이애비뿐이 앙이라 뉘기나 할 기 없이……."

할머니는 힘없이 말했다.

'천보산에 마적이 들었는가?'

정수는 뜨끔해 할머니를 보았다.

"그랬겠지."

"어쩌겠음메. 물건만 실어 간 것만두 고맙지비. 가게에 불으 질렀으문 어쨌겠음?"

"목숨을 상하지 않은 것두 다행이지요."

"더 말이 있음."

그리고 할머니는 말을 이었다.

"이래서 이번에 정수 애비 오문 주자고 모아 뒀든 돈으루 물건으 싸서 그 가게에다가 그양 장시르 계속하겠다잼멩."

"구제회 빚은 자꾸 미루게 되구……."

창윤이는 혼잣말처럼 뇌고 나서 입을 다물었다.

"그런데 말임메, 그 돈으루 턱두 앙이 된담메."

그리고 할머니는 애원하듯 말했다.

"어쩌겠음, 성이께 말해서 돈으 좀 더 얻두룩 해달라구……."

"구제회에서 더?"

"예엥."

창윤이는 말이 없이 입 언저리만 씰룩씰룩했다. 그 표정이 정수에게 슬프게 보였다. 정수는 와락 분노가 치밀었다. 모처럼 가려던 천보산에 마적이 들었다는 사실, 가면 반가이 맞아 주고 극진히 대접해 줄 것으로 가슴 부풀게 기대했던 삼촌에게 빈 가게만 남게 됐다는 사실에 대한 분노만이 아니었다. 희망이 짓밟히는 것에 대한 분노라고 할까. 밥을 채 먹지 않았으나 정수는 숟가락을 동댕이치듯 상에 놓고 일어나면서 불쑥 말했다.

"그러면 이번 방학에 천보산에 못 가게 되겠네."

"이놈아, 마적이 들어 쑥밭이 된 데르 어떻기 간다구 그래."

창윤이는 참았던 울화를 아들에게 터뜨리는 듯 꽥 소리를 질렀다.

정수는 저도 모르게 밖으로 뛰어나갔다. 학교로 달려갔다. 운동장에서는 나이 많은 학생들이 공을 차고 있었다. 둥그렇게 둘러서서……. 정수도 그 둘레에 끼어 섰다. 그러나 얼른 공이 오지 않았다. 오기만 하면 공이 터지도록 차고 싶은 심정으로 울먹거리고 있었다. 문득 방학식 때의 교장 선생의 열변이 생각났다.

"청년 학도여, 각성할지어다. 분발할지어다. 돌진할지어다. 삼천리……."

마침 공이 떠온다. 떠온 공은 정수 앞에 떨어졌다. 원 바운드, 차기에 꼭 알맞았다.

"각성할지어다. 분발할지어다. 돌진할지어다."

탕, 정수는 힘껏 찼다. 공이 터질 듯싶게……. 공은 길게 포물선을 긋고 건너편으로 떠가고 있었다.

탕, 탕.

정수가 찬 볼이 건너편으로 떠가고 있을 무렵이었다. 유럽대륙에는 대포 소리가 울리기 시작했다.

1914년 7월 28일.

오스트리아와 세르비아와의 싸움을 발단으로 제1차 세계대전이 터지고 있었다.

제 4 부

발등을 밟았다

1

풍금 소리가 들려 나오고 있었다. 교실에서였다.

부웅, 붕, 붕, 붕.

부웅, 붕, 붕, 붕.

두 방 칸막이를 터놓은 큰 교실, 그 교실에 전교생이 모였다.

내일은 가을운동회다. 그리고 풍금은 며칠 전에 새것으로 사들여 왔다. 운동회에서 부를 노래를 풍금에 맞춰 연습하고 있는 중이었나.

신명학교는 요 몇 년 사이에 크게 발전했다. 주민들이 많이 모여들었기 때문이었다. 학생들이 부쩍 늘었다. 교실이 증축됐다. 운동장이 넓혀졌다. 운동기구도 간단한 것은 마련됐고, 두만강을 건너 회령에서 교재 도구도 아주 아쉬운 것은 사들였다. 풍금은 그 새로운 것이었다.

발전 일로의 신명학교답게 이번 가을운동회는 규모도 크고 경기 종목도 다채롭다는 소문이었다.

　사실이었다. 지난봄 단오절에 열렸던 연변 학생연합 대운동회에서 배운 것을 활용하기로 돼 있기 때문이었다.

　이틀 계속된 연합 대운동회였다. 간도 각지에서 수십 개 소 중학교 학생이 군중과 더불어 2만 명 가까이 국자가(局子街) 연길교 다리 밑 모랫벌에 모여들었다.

　가까운 곳에서는 그날 아침에, 먼 곳에서는 하루 앞서 떠나 곡호수(曲號手)와 소고수(小鼓手)를 선두로 군대의 행군처럼 운동장에 입장했다.

　각각 제 학교의 명예를 걸고 벌이는 경기와 체조 등 경기 종목도 눈부셨으나, 각각 특색이 있는 응원은 스스로 신명이 났다. 그러나 그것보다도 전 간도의 학생이 한자리에 모여 힘을 겨룬다는 사실이 감격을 불러일으켜 기세가 하늘을 찌를 듯했다.

　신명학교는 하루 앞서 떠난 패에 끼었다. 50리 길이었다.

　주인태 교사 지휘 하에 여느 학교처럼 곡호수들이 군곡(軍曲) 제3편 행진곡을 부르고 소고수들이 리듬을 치면서 용정을 거치고 모아산(帽兒山) 고개를 넘어 운동장에 들어섰던 것이다.

　그 운동회의 감격을 되살려 재미있고 다채로운 순서를 꾸미기로 되어 있었다. 주민들의 기대가 크지 않을 수 없었다.

　교실 밖에서 창가 연습을 구경하는 한가한 사람들이 더러 있었다.

　들려 나오는 풍금 소리가 까닭 없이 대견스럽고 정다운 듯한 표정―.

　부웅 붕 붕 붕.

　부웅 붕 붕 붕.

　주인태 교사가 풍금을 치고 있었다. 능숙한 솜씨는 못 되었다. 그러나 새 풍금은 곱고 힘찬 소리를 아낌없이 울려 주고 있었다.

부웅 붕 붕 붕…….

"이곳은 우리나라 아니건만……."

풍금 소리에 뒤이어 주인태 교사의 육성이 가락을 맞춰 들려 나왔다.

"시이작."

"이곳은 우리나라 아니건만 무엇을 바라고 여기 왔는고……."

앳된 목소리와 웅글진 목소리가 한데 뭉쳐 교실 밖으로 와락 쏟아져 나왔다.

언제 들어도 가슴이 터지는 것 같은 가사와 가락. 벌써 엄숙한 얼굴로 변해진 애기 업은 부인네도 있었다. 입 속에서 노래를 함께 부르는 젊은이도 있었다.

"안 돼, 힘이 없어!"

주인태 교사의 목소리에 노래는 뚝 그치고 말았다.

"가슴속에 맺힌 원한과 설움을 내뿜어야 되는 거야. 그러면서 적을 무찌르고 나라를 회복하겠다는 굳은 결심과 희망이 드러나야 되는 거야. 다아시, 하낫, 둘, 셋, 넷, 시이작!"

> 이곳은 우리나라 아니건만
> 무엇을 바라고 여기 왔는고
> 자손의 거름 될 이내 독립군
> 설 땅이 없건만 희망이 있네.

풍금의 반주에 맞춰 앳된 목소리, 웅글진 목소리의 제창이 다시 교실 밖으로 쏟아져 나왔다.

두만강 건너를 살펴보니
금수강산은 빛을 잃었고
신성한 단군 자손 우리 동포는
왜놈의 철망에 걸려 있구나.

반드시 음성이 맞고 박자가 정확한 것은 아니었다. 그러나 한결 힘이 있었다. 부르는 사이에 스스로 생겨지는 힘일 것이었다. 원한과 설움도 그 속에 스며 있었다.

가을 하늘이 높푸르다. 높푸른 하늘 밑 운동장에는 큰 학생 몇이 내일 준비를 하고 있었다. 느린 동작으로 횟가루를 뿌려 금을 긋는 학생, 국기를 달고 만국기를 늘일 나무때기를 세우는 학생들도 있었다.

그 하늘 밑, 그 운동장에 교실에서의 창가 소리가 엄숙하게 울려 퍼지고 있었다.

조국을 잃고 가는 영혼은
천당도 도리어 지옥 되리니
이 말을 잊지 말고 분진하면
한반도 강산을 회복하리라.

한반도 강산을 회복하리라
한반도 강산을 회복하리라
한반도 강산을…….

2

앞십자거리 장날이었다.

용정의 육장(六場) 중의 제일 큰 장이었다. 창윤이의 처 쌍가매가 장거리에서 삶은 옥수수를 팔고 있었다.

주인태 교사가 창윤이네 집에 하숙을 정하고 있었다. 옥수수 바꾼 돈으로 고깃근이나 떠가지고 가자는 생각이었다. 내일 운동회에서의 주교사와 아들 정수의 도시락 반찬을 질벅히 만들어 주기 위해서였다.

찰옥수수였다. 알이 치열(齒列)처럼 꼭꼭 박혀 있는 것도 단정하고 예쁘게 보이나 한 이삭이 여느 것의 곱절은 되게 탐스럽다.

큰 놈 한 개를 두 손으로 감싸 쥐고 갈비 뜯듯 하노라면 입 안에 달콤하게 그득 차지면서 이 사이에 느껴지는 찐득찐득한 풀기.

"찰옥수끼 아잉메?"

"그렇소꽝이."

거리 바구니 속에 철 지난 개구리참외도 두어 개 정답게 얼굴을 보이는 점잖은 부인은 두말없이 두 이삭씩인 두 묶음을 사가지고 가버렸다.

"세 이삭씩 합세."

일 전(錢)에 두 이삭은 비싸다고 앙탈하던 아낙네도 마침내는 큰 것으로 골라 세 묶음을 사가지고 갔다.

"아야, 뽀미(包米)!"

중국사람들은 삶은 것보다 구워 먹기를 좋아한다. 날것이 없느냐고 묻던 중국 여인도 그대로 삶은 것을 사가지고 가버리기도 하고…….

심심찮게 팔리기는 했으나 원체 날개가 돋칠 성질의 것은 아니었다. 거기에 여름이 물러갔다고는 하나 땡볕 속의 장거리는 잔서(殘暑)가 오히려 복더위에 지지 않았다.

쌍가매는 전신이 땀투성이가 되었다. 그러나 광우리에 수북했던 옥수수가 여남은 묶음밖에 남지 않을 때까지 끈기 있게 버티고 앉았다.

오후 네 시 무렵이었다. 해가 지려면 아직 두어 시간은 남아 있었으나, 찬거리를 사가지고 십여 리를 어둡기 전에 돌아가려면 지금부터 서두르지 않아서는 안 되었다.

'현도 아주방이네게 갯다 드릴깡?'

나머지 처분을 오래 궁리하고 있을 필요가 없었다.

"팔다 남은 기궁."

여자의 목소리로는 지나치게 웅글진 여인네였다. 앉더니 옥수수를 제 것 다루듯 뒤적이기 시작했다. 선이 억센 얼굴, 몸집도 목소리와 얼굴에 어울리게 큼직했다.

이미 지쳐 있는 쌍가매다. 목소리와 함께 몸집 큰 여인네한테 까닭 없이 억눌리는 심정이었다. 그러나

"어찌 이럼메?"

탁, 여인네의 사내 손 같은 손을 쳐 뿌리쳤다.

"앙이 팔겠음?"

큰 눈을 부라리면서 여인네는 쌍가매를 보았다.

"팔아두 그렇기 주물구서리, 남은 거, 다른 사램이 어떻기 사겠관데?"

"모두 사문 될 기 앙임메."

여인네는 우선 한 묶음을 풀어 큰 것 한 송이를 입에 갖다 대고 탐스럽게 먹기 시작했다.

군것질도 무던히 좋아하는 여편네군 생각하면서 쌍가매는 말했다.

"값두 정하쟁쿠."

"모두 얼매르 받겠음?"

"모두? 열한 개잉까, 한 개는 거저 가지구 열 개 값으로 십 전으 냅세."

"십 전에? 홍, 고르구 난 찌트레기르, 손때 값으 덧붙이는 겝메? 뉘귀 제 값으 다 주구 사겠관디. 칠 전으 합세."

"칠 전에는 앙이 되겠소꽝이."

"그러믄 한 닢으 더 놓지."

"한 닢으 더 노문 팔 전이란 말임둥?"

"싫슴?"

"한 닢으 더 놉세."

"애구, 요가조가두 함메. 나는 성미가 급해서 단마디 흥정임메. 팔 전에 팔겠으문 팔구 앙이 팔겠으문 그만둡세."

여인네는 일어설 채비였다.

애석했다. 그래 쌍가매는 광우리를 밀어 놓았다.

"가제갑세."

3

돼지고기를 먼저 사기로 했다. 그리고는 쇠고기를 살 생각이있다.

돼지고기는 중국사람이 외바퀴 구루마에 싣고 다니며 파는 게 값이 싸다.

붐비는 장꾼들 틈에서 쌍가매는 쉽게 돼지고기 외바퀴를 찾을 수 있었다.

"한 근 게바(달라는 중국말)."

"한 근?"

탐탁지 않은 눈치였으나 중국사람은 그 이상 아무 말 없이 칼을 집었다. 시퍼렇게 날이 서 있는 엄청나게 큰 칼이었다. 낮에 나온 반달이 연상되었다. 자루가 따로 달려 있을 뿐, 그 비슷한 모양이었다. 그 칼로 썩, 구루마 위의 고기를 볐다. 저울에 달았다. 많도 적도 않은 모양, 그대로 신문지에 싸주었다.

"조금 더 놓소"

고기 사는 여인네들이 으레껏 하는 버릇대로 쌍가매는 말했다. 힐끔 중국사람이 쌍가매를 쳐다보았다. 아니꼽다는 표정, 무어라고 볼멘소리는 했으나 가죽이 붙은 비계 한 꼬투리를 잘라 던지듯 주는 것이었다. 받지 않았다. 비계는 땅에 떨어졌다.

'이거는 개진가?'

욱 치밀었으나, 싸울 생각은 없었다. 쌍가매는 참으면서 돌아서려다 탁, 이리로 바싹 다가오고 있는 중국 여인과 맞부딪쳤다.

"아얏."

발등을 밟힌 모양이었다. 전족(纏足)의 중국 여인이 비명에 가까운 소리를 지르더니 두 주먹으로 쌍가매의 가슴패기를 마음껏 쥐어박았다. 숨이 막혔다. 그렇기도 했으나 고기 장수한테서 받은 불쾌감이 가시지 않고 있다.

"무시래 줴박는 기야?"

날카로운 소리와 함께 쌍가매는 발등 밟힌 중국 여인을 떼밀었다. 뒤로 물러서면서 중국 여인의 입에서 가시 돋친 말이 함부로 튀어나왔다.

"왕바."

"무시기라구?"

"왜 남의 발을 밟는 거냐?"

"모르구 밟았다."

"눈이 없니?"

"너네는 발에두 눈이 있니?"

"사람이 오는 걸 왜 보지 못했느냐 말이다."

중국 여인이 쌍가매에게 다가서려고 했다. 또 한 번 주먹으로 쥐어박으려는 동작과 함께.

"장날이 앙이오, 사람이 많은 중에 그러는 쉬두 있지비."

중국 여인과 쌍가매 사이에 끼어든 사람이 있었다. 목소리와 몸집이 큰 여인, 옥수수를 떨이로 가져간 군것질 좋아하는 여인이었다.

"너는 무언가?"

중국 여인이 군것질 여인에게 대들었다.

"너?"

군것질 여인이 순간 얼굴이 굳어졌으나 이내 능글맞게 말했다.

"이러지 맙소. 중꿔렌 한꿔렌(中國人 韓國人) 퉁퉁디(모두) 이거양(一個樣=같다)인데 싸우지 맙소."

웃으면서 전족의 여인의 어깨에 두 손을 얹었다.

"흥, 뭐라구? 어째서 우리와 너희와 같다는 거야."

중국 여인의 손이 획, 어깨에 얹힌 군것질 여인의 손을 잡아 뿌리쳤다.

무안을 당한 군것질 여인의 그 굵은 목소리가 더 굵어졌다.

"싸움으는 말리구 불으는 끄랬다구, 싸우지 말라는 기 무시기 잘못인가?"

"그게 싸움을 말리는 뽄새냐?"

"그러문 무시기냐?"

"역성을 드는 게지."

"무시기 어째?"

몸집 큰 아낙네의 큼직한 손이 중국 여인의 가슴팍을 떼밀었다. 그다지 세게 민 것은 아니었다. 그랬으나 중국 여인은 하잘것없이 쓰러지고 말았다. 전족인 탓일 것이었다.

알아들을 수 없는 비명 섞인 욕설이 쓰러진 여인의 입에서 마구 쏟아져 나왔다.

그러자, 군것질 여인의 턱을 쥐어박는 주먹이 있었다. 돼지고기 장수였다.

"어찌 때리니?"

"저것 봐!"

고기 장수가 눈으로 쓰러진 여자를 가리켰다.

"내가 그런 줄 아니?"

"그럼 누가 그랬어?"

"절루 그랬지."

"제절루 쓰러졌어?"

다시 한 대 고기 장수의 주먹이 군것질 여인의 턱으로 올라가려고 했다.

"엣다 때려라."

군것질 여인이 그 주먹을 그러잡고 늘어졌다.

"아낙네를 때리는 법이 어디메 있어?"

쌍가매도 돼지고기 장수의 가슴을 쥐어질렀다.

두 여인의 공세에 중국 남자는 그 이상 손찌검을 단념한 모양이었다. 그저 씩씩거리면서 군것질 여인과 쌍가매를 번갈아 노려볼 뿐이었다. 그러면서 뒤로 물러섰다.

"쌍년!"

군것질 여인이 잡고 있던 중국 남자의 손을 놓고 흩어진 머리를 쓰다듬어 올리려는데 뒤에서 등을 되게 지르는 주먹이 있었다. 숨이 콱 막힘을 깨닫는 순간 돌아다보니 쓰러졌던 전족의 여인이었다. 일어나던 맡에 퍼붓는 거센 일격이었다.

"이 간나가……."

가라앉으려던 분통이 다시 터졌다. 목소리 큰 여인의 두 손이 전족 여인의 머리에 올라갔다. 큰 손아귀에 머리칼이 다부지게 움켜쥐어졌다. 잡아챘다.

"아얏!"

전족의 여인이 위태위태한 다리를 헛디디면서 자신은 머리를 끌린 채 두 손으로 상대편의 머리를 더듬어 마침내 꽉 그러잡고 말았다.

"왕빠딴!"

"화냥년의 간나!"

머리를 끄을고 끌리고, 군것질 여인도 만만치 않았으나, 전족의 여인도 하반신이 휘춘휘춘하는 것 같으면서, 그 대신 손과 윗몸에 집중된 다부진 힘을 얕잡아 볼 수 없었다.

이대로 두면 두 여인네의 머리가 몽땅 빠져 버릴 듯했다. 안 됐다. 거기에 그렇게 봐서 그런지 군것질 아낙네는 몸집이 큰 데 비겨 힘이 부치고 있다고 쌍가매는 생각했다.

쌍가매는 반사적으로 탁, 중국 여인의 어깨박죽을 밀쳤다.

"머리르 놓구는 말으 못 하니?"

"응, 너희들이 한패가 돼서 뭇매로구나."

"뭇맨 기 앙이다. 머리르 놓구 이얘기르 하라능 기다."

"뭐라구?"

그러나 어느 결에 두 여인은 서로 끌고 있던 머리를 놓았다. 각각 두 손아귀에 한 움큼씩 머리칼이 쥐어져 있었다.

중국 여인은 쌍가매에게 달려들었다. 머리에 손이 올라간 건 아니었다. 주먹이 뺨으로 날았다.

"이 미친 간나르 봐라!"

쌍가매도 악에 치받쳤다.

둘은 치고받고…….

군것질 아낙네가 이번엔 쌍가매를 응원하는 위치에 서게 됐다.

두 조선 여인이 한 사람의 중국 여자에게 폭행을 하는 것으로 되고 말았다.

"한꿔렌이 우리 사람을 때린다!"

사람들이 모여들었다. 구경꾼들인 듯했으나, 그런 게 아니었다. 분노에 찬 중국사람들이었다. 5~6명이던 게 점점 늘어나고 있었다.

욕설을 퍼부으면서 쌍가매와 군것질 여인의 등덜미를 잡아 끌어당기는 사람도 있었다.

"안깐들에게 손으 붙이는 개새끼들이 어디메 있능야?"

모여든 사람은 중국사람만이 아니었다.

조선사람도 중국사람의 수에 지지 않았다.

흰 두루마기에 고운때가 묻은 사람이 군것질 여인의 목덜미를 끌어당기는 중국 남자의 등을 쾅 주먹으로 질렀다.

돌아보면서 중국사람은 더욱 골이 났다.

"스마디?"

"약한 여자에게 손 붙이는 법 어디 있어?"

"너희 사람 둘이 우리 사람 하날 때리지 않느냐."

"그렇더라도 말려야 될 거 아니야? 여자들인데."

"말리는 게다."

"말린다면서 때리지 않았니?"

"둘이서 나두 때렸어."

돼지고기 장수가 여자들에게 다하지 못했던 분풀이인 듯 고운때 두루마기에게 대들었다.

"너는 뭐냐?"

멱살을 잡았다. 서로 주먹이 가고 오고

고운때 두루마기가 힘에 부쳤다. 옆에서 잠자코 보고 있지 않았다. 조선사람들이 고운때 두루마기의 편을 들었다. 중국사람들은 저희 편을 들밖에⋯⋯. 싸움은 확대됐다. 박치기에 나뒹구는 중국사람, 휘두르는 쾅즈 멜대에 얻어맞는 조선사람, 시장 한 귀퉁이가 수라장으로 변했다.

"꾸오리빵즈!"

"똥되놈우 새끼들!"

서로 욕설을 퍼부으면서 한창 난투가 벌어지고 있을 때였다. 군것질 여인이 앞장을 서서 뛰어오는 순사 한 사람이 있었다. 영사관 순사, 일본사람이었다.

"이건 뭐야?"

순사가 현장에 채 닿기도 전이었다. 쾅즈 멜대가 순사를 향해 휘둘러졌다. 그러자 욱 중국사람들이 순사에게 공격을 가했다. 위기일발. 순사는 허리에서 권총을 뽑았다.

'탕!'

4

세계대전이 일어나자, 일본은 영일동맹(英日同盟)을 구실로 독일에 선전을 포고했다.

처음(1902년) 러시아의 동진(東進)을 견제하기 위해 맺은 이 동맹조약에서 인도(印度)에 심어 놓은 영국의 세력과 중국에서 얻고 있는 일본의 권익에 대해 두 나라는 서로 현상유지를 인정하기로 규정했다. 그러나 마침내(1905년) 공수동맹(攻守同盟)으로 발전하고 말았던 것이다.

영국의 대독선전(對獨宣戰)은 1914년 8월 4일의 일이었다. 중국 침략에 호시탐탐 때만 기다리던 일본에겐 영국의 참전이 절호의 기회요, 구실이 아닐 수 없었다.

영일동맹의 조약에 따라 끌려든 것이 아니었다. 일본이 좋다고 자진해 끌려 들어간 것이다. 일본의 대독선전은 영국의 뒤를 이어 그해 8월 23일에 있었다.

곧 독일이 중국에서 조차하고 있던 교주만(膠州灣)을 공략했다. 11월엔 칭따오[靑島]를 점령하고 산동반도(山東半島)를 완전히 손아귀에 넣었다.

독일이 중국에 갖고 있는 권익을 무력으로 탈취한 것이었다. 유럽에서 사면초가인 독일이 미처 손쓸 사이가 없었다. 일본군은 무인지경을 달리듯 했다.

승승장구, 거칠 것이 없는 일본은 다음해 정월에 주중 일본 공사를 통해 북경 정부에 21조로 된 요구조항을 제출하고 승인할 것을 강요했다.

산동성에서 이번에 차지한 일본의 특수 권익을 그대로 인정할 것, 남만(南滿)과 몽고에 대한 발언권을 확대할 것, 제철사업(製鐵事業)과 광산경영과 정치와 경찰권의 확충 등등 일본인의 중국에서의 실력행사를 승인하라는 조항이 있었다.

북경 정부의 수반은 원세개였다.

손문의 신해혁명 때에 반동의 깃발을 듦으로 해서 얻은 대가로 지금은 대총통의 자리에 앉아 있고, 육해군의 대원수로서 완전히 독재자가 되고 있었다.

그러나 원세개에겐 제정(帝政)에의 대야망이 끈덕지게 남아 있었다. 황제의 꿈이 부르익고 있었던 것이다. 그 야망, 그 꿈을 실현시키기 위해 일·영·불·독 등 열강에 추파를 던져 오고 있었다. 권익과 바꾼 차관(借款)이 제정으로의 정치자금에 충당되곤 했던 것이었다.

그런 원세개에게 일본의 21개조 요구조항이었다. 원세개는 놀라지 않을 수 없었다. 그것을 승인한다는 것은 산동성과 만주와 몽고는 물론,

북간도 179

중국 전토를 일본의 지배하에 맡긴다는 것을 뜻하기 때문이었다.

―중앙 정부의 정치와 재정과 군사에 관한 고문에 일본인을 등용할 것(21개 조약의 15조), 고문정치(顧問政治). 1904년 8월, 일본이 한국에 대해 강제 체결한 제1차 한일협약의 수법을 그대로 옮겨 놓은 것이었다.

―대한 정부는 대일본 정부가 추천한 일본인 1명을 정부 고문으로 대한 정부에 용빙(傭聘)하여, 재무에 관한 사항은 모두 그 의견을 들어 시행할 사(제1차 한일협약 제1조).

틀린다면 외교 고문의 조항을 정하지 않은 점일까?

그때와 이때, 겨우 11년의 시간의 간격밖엔 없었다.

이 고문정치를 시발점으로 일본이 어떻게 한국의 주권을 송두리째 빼앗았던가. 그 역사적 사실을 눈앞에 생생하게 보아 온 원세개였다. 정신이 바짝 차려지지 않을 수 없었다.

"일본의 횡포를 보라!"

대뜸, 구미(歐美) 열강에 호소했다. 열강으로 하여금 일본을 견제하게 하자는 생각에서였던 것이다. 그러나 열강의 관심은 발등에 떨어진 불을 끄기 위해 자신들의 유럽 대독전에 돌려지지 않을 수 없었다. 우선 일본을 견제할 여력이 없었다.

원세개는 망지소조했다. 어쩔 바를 몰라 했다.

"꼴을 보지."

이럴 걸 미리 계산하고 있었던 일본은 회심의 웃음을 웃었다. 그러면서 원세개를 달래기도 했다.

"현재의 총통의 지위를 보장해 주마."

"그러기 위해 27일 혁명당과 중국 유학생을 엄중 단속해 주마."

"소원이라면, 황제의 자리에 올라라. 그 뒤를 밀어 주마."

이것만이 아니었다. 원세개의 측근자를 매수하는 방법도 잊지 않았다. 백만 원, 2백만 원이 그 값이었다.

그러는 한편 육해군을 집결해 위협도 했다. 산동 반도에의 출병으로 관동군은 급히 증강됐다. 그 관동군과 산동 출정군을 북경으로 집결케 했다.

"듣겠느냐?"

5월 7일엔 최후통첩을 디밀었다.

"이틀의 여유를 준다."

"조인하지 않으면 무력행사다."

군사력을 동원한 위협도 무서웠을 것이다. 못 하는 일이 없는 일본의 횡포이기 때문이었다.

그러나 그것보다도 구미열강의 협조를 바랄 수 없는 이 마당에서 일본마저 미울 필요가 없다고 계산했을 것이었다. 그렇게 되는 경우 자신의 황제에의 꿈이 여지없이 깨어지기 때문이었다.

원세개는 마침내 '21개 조약'에 고스란히 조인하고 말았다. 5월 9일(1915년)의 일이었다.

중국 민중들의 통곡 소리가 대륙을 뒤흔들었다.

"망국조약은 무효다!"

"매국조약을 파기하라!"

"침략자 일본을 죽음으로 물리치자!"

"국치(國恥)의 날 5월 9일을 영원히 잊지 말자."

일본에 대한 반항심과 분노는 원세개에게로 쏠려지지 않을 수 없었다. 당연한 일이었다.

"굴욕적인 매국 외교를 규탄한다!"

"역적 원세개를 타도하자!"

그러나 독재자 원세개가 쉽게 타도될 까닭이 없었다. 백만 원, 2백만 원에 매수된 측근자들이 공동운명체로 짜고 들었다.

원세개는 자신에게 쏘아 오는 민중의 화살을 배일(排日) 일로에로 돌리는 데 성공했다.

관하 관헌에게 밀령을 내렸다.

모든 정책을 배일로 일원화할 것. 음으로 양으로 민중에게 배일사상을 고취할 것 등등……

정부의 훈령이나 고취가 아니라도 격분에 사로잡혀 있는 중국의 상하 관민(官民)들이었다.

배일사상은 반원(反袁)의 원성을 밑에 깔아뭉갠 채 맹렬한 기세와 힘으로 번져 나갔다. 만몽 지역에서는 더욱 그랬다. 21개 조약에서 직접 대상이 되고 있는 지역이기 때문일 것이었다.

도처에서 폭동이 일어났다. 일본사람에 대한 협조를 노골적으로 거부했다.

이런 민중의 분노를 이용해 원세개는 숙원이던 제정운동을 착착 추진시키고 있었다. 부하들이 앞장을 섰다.

8월에는 심복 부하들이 주안회(籌安會)를 조직했다. 그것이 모체가 되어 전국에서 일어나는 반대 여론을 물리쳤다. 제정 찬성의 언론엔 원세개의 부하들만 동원된 것이 아니었다. 미국인 고문도 필봉을 휘둘렀다.

마침내 심복들로 임명되고 있던 각 성(各省)의 장관의 찬성을 얻어 그들이 뽑은 국민 대표들이 단체 투표한 결과 원세개는 중국의 황제로 추대된 것이었다. 1916년 정월 초하루부터 홍헌(洪憲) 원년으로 연호도 고치고 말았다.

"민주공화제의 이 시대에 제정 복구라니?"

"구루마 바퀴를 뒤로 굴리는 법도 있나?"

뜻있는 민중들은 다시금 놀라지 않을 수 없었다.

혁명당의 지도자들은 운남성(雲南省)의 장관을 움직여 귀주(貴州)와 광서(廣西)의 두 성과 연결하면서 원세개 토벌군을 일으켰다. 제3혁명이었다.

제3혁명군의 세력에 눌려 원세개는 즉위 3개월 만에 실각하지 않을 수 없었다.

중국 대륙에 다시 손문이 터놓은 민주공화제(民主共和制)가 실시되기로 된 그해(1916년) 6월에 원세개는 그 나름의 유한을 품은 채 병으로 죽고 말았다. 매국 외교의 수반이 이 세상에서 사라지고 말았으니 그나마 남아 있던, 민중의 원세개에 대한 분노와 원한이 오로지 배일 외곬으로 줄달음치지 않을 수 없었다.

"일본은 물러가라!"

"21개 망국조약을 즉각 철회하라!"

지금은 그 원세개가 죽은 지 서너 달밖에 되지 않은 가을이었다.

5

용정 주변의 중국인들도 배일사상에 젖어 있기로는 다른 고장에 뒤질

바 없었다.

길림성 동남로 도윤공서(道尹公署)와 연길현청(延吉縣廳)이 30리 상거, 동북으로 산 하나 너머의 국자가에 있다.

용정은 중국 측, 이 지방 정치 중심지의 등잔 밑인 셈이었다.

중앙 정부의 정책이나 민중의 여론이 곧장 전달 반영될 수 있는 위치요, 계제였다.

그런데다가 여기는 일본 총영사관이 있는 곳이 아닌가. 일본 정부의 간도에 대한 정책이 실시되는 근원지인 것이다.

용정의 중국인이 국제적인 정치의 움직임에 민감하지 않을 수 없는 까닭이다. 그리고 조약체결 후에는 일본 영사관의 태도가 현저히 달라졌다. 전부터 영사관이 경관대를 데리고 와 있기는 했다.

함경북도 경찰부의 경관이었다. 치외법권 구역 안에서 가끔 위세를 뽐내 보기도 했다.

그러나 그러면서도 어디까지나 조심성스러운 점이 없지 않았다. 경관도 정복보다는 사복으로 거리에 나돌아 다니는 편이 많았다. 그러나 조약체결 후에는 갑자기 경관의 수를 늘리고 있었다.

용정이나 다른 도시에서만이 아니었다.

영사관이 없는 곳이라도 조선사람이 많이 살고 있기만 하면 기설 영사관 경찰서의 지서(支署)라는 명목으로 그곳에 경찰서를 설치하고 있었다. 모든 일에 노골적이요, 적극성을 띠게 됐다.

이것이 중국 관민들의 분노를 자아내게 하지 않을 수 없는 일이었다.

그뿐이 아니었다. 용정에는 조선사람이 날로 늘어 가기만 했다. 영사관 설치이래 늘어 가기만 하던 조선사람이 조약 후엔 갑자기 불어 가고 있었다. 지금은 중국 주민의 5배는 될 것이었다.

조선사람 등쌀에 밀려 이 고장을 떠나지 않아서는 안 되는 중국사람의 수가 늘어날 밖엔 없었다.

"누가 주인이고 누가 손님이야."

텃세를 해서만이 아닐 것이었다.

내 고장에서 살지 못하고 남부여대로 떠나지 않아서는 안 되는 동포를 볼 때, 떠나는 사람이나 보내는 사람이나 감회가 어떠했을까?

이민족 간에 있을 수 있는 생활감정의 불협화가 더욱 날카로워지지 않을 수 없는 일이다.

용정 주변의 서민층, 중국사람들의 조선사람에 대한 감정이 다른 때보다 더욱 험악해 가고 있었다.

이게 또 조선사람을 자극하는 작용을 할밖에 없었다.

"되지못한 것들이……."

일반 조선사람들도 중국사람들에게 까닭 없이 적개심과 모멸하는 마음을 품게 되었다.

"되놈우 아이들으는 콧대를 꺾어 놔야 된당이."

―이럴 무렵이었다.

이창윤의 처 씽가메가 전속의 중국 여인의 발을 밟은 사건이 생긴 것은…….

장터에서 흔히 있을 수 있는 일. 잘못됐다고 사과하면 그만인 일이 쉽게 두 민족의 패싸움으로 번진 까닭은 이런 정세 밑에서였다. 거기에 일본인 순사가 바로 그 싸움의 장본인인 조선 여인네의 인도로 뛰어왔다.

6

탕!

운동회는 절정에 달하고 있었다. 그리고 지금은 오늘의 경기 종목 중 가장 장관일 것이라고 미리부터 기대하고 있었던 기마경기(騎馬競技)의 순서에 접어들고 있었다.

지난봄, 국자가에서의 학생연합 대운동회 때 제일 감격을 불러일으켰던 종목이었다. 명동(明東) 중 소학교 학생들이 들고 나왔다. 세 사람으로 말을 짜고, 한 사람이 기수(騎手)가 되어 그 말에 올라탄다. 그리고 두 편이 접전해 기수의 모자를 벗기는 경기―경기 자체는 평범해 복잡할 것도 재미있을 것도 없으나, 기수를 태운 양편의 기마가 쭉 대치해 노려보고 있다가 선생이 터뜨리는 총 한 방에 소리를 지르면서 접전하는 광경은, 경기에 참가한 학생이나 구경꾼들에나 투지를 불러일으켜, 가슴을 울렁거리게 만들었다.

더구나 싸움 끝에 날렵한 기수가 상대편의 모자를 벗겨 휘두를 땐 저절로 박수를 보내지 않을 수 없었다. 그런 기마경기. 그 경기가 시작되고 있는 것이었다.

흰 운동복에 흰 운동모의 주인태 교사가 운동장 한가운데 서서 공중을 향해 터뜨린 총소리에,

"와아―."

전교생의 홍백 두 편 기마들은 기수를 태운 채 서로 달려들고 있다. 그 우렁찬 고함 소리―.

연습할 때에 '약하다. 더 우렁차게' 귀가 따갑게 잔소리를 들어가면서

고함지르는 것만을 몇 번 거듭거듭 연습했던가.

그 보람이 있는 셈이었다. 학부형인 관중들의 뱃속을 흔들어 놓았기 때문이었다.

정수는 기수였다. 기수는 몸이 작고 가벼우면서도 날렵하고 투지만만 해야 한다.

정수는 4학년이었다. 그러나 같은 학년에서도 제일 나이 어리고 작았다. 기수로서는 적격이 아닐 수 없는 일이었다.

백군이었다. 창이 없는 흰 운동모를 꼭 끼워 썼다. 그리고 끈으로 두어 번 모자 위를 꽉 감아 맸다. 얼른 벗겨지지 말라고―.

기수는 날렵했으나, 기마도 다부진 학생 셋으로 짜였다.

대뜸 붉은 모자 하나를 쉽게 벗길 수 있었다. 그것을 오른손에 치켜 쥐고 흔들었다. 스스로 생각해도 멋이 있었다.

또 하나, 이번엔 고전이었으나 아슬아슬하게 벗겨 냈다. 그리고 또 하나, 세 번째는 처음만큼이나 쉬웠다. 그걸 또 흔들고 있는데 저쪽에서 곤경에 빠지고 있는 백군 기수가 보였다. 그리로 뛰어갔다. 닿았을 땐 이편이 모자를 막 벗긴 뒤였다. 정수는 막 흰 모자를 벗긴 홍군 기수에게 달려들었다. 모자를 벗긴 백군이 채 자빠지기 전이었다. 와라락 무너졌다. 덮치고 넢쳤다.

어떻게 된 것인가? 홍군 기수 아이가 맨 밑에 깔려 있었다. 그 위에 건장한 기마 학생들이 덮치고 덮치고

그러자 시간이 되었다.

"탕!"

주 교사가 총소리를 냈다.

"아이구, 아이구!"

밑에 깔렸던 홍군 기수의 머리에서 피가 흐르고 있었다. 이렇게 부상자 한 명이 생겼으나, 운동회는 흥분과 감격 속에 끝났다.

시상식이 있었다. 기마경기엔 백군이 단체로도 이겼으나, 개인으로 모자를 많이 벗긴 정수네 기마대에 상이 주어졌다. 그리고 박성회 교장의 폐회사였다.

"……오늘 부상자 한 사람을 냈으나, 그것은 거어룩하고 영광된 부상이란 말씀이오. 왜 그런고 할 지경이면 기마전은 비록 운동이지마는 그 정신은 적과 싸우는 것과 조금도 다름이 없으므로, 적과 싸우는 마당에서 입은 부상은 나라와 민족을 위해 거룩거룩하고 영광스러운 부상이라는 것을 잊어서는 아니 되는 것이오……."

7

"똑똑히 대답하오"

조선사람 순사가 똑바로 보면서 다짐했다. 쌍가매는 와들와들 떨리는 것을 겨우 참으면서 순사의 얼굴을 맞보았다.

"누가 먼저 손을 붙였다고 했지요?"

"손으 붙인 것은 중국 안깐입메다마는……."

"중국 여자면 중국 여자겠지, 입니다마는은 뭐요"

"발등으 밟은 거는 내가 먼저 밟았응이 그러는 겝지."

"하하, 발을 밟은 걸 묻는 게 아니오 손을 누가 먼저 댔느냐, 즉 누가 먼저 때렸느냐 그걸 묻는 거요."

순사는 안타깝다는 듯이 책상에 두 팔굽을 박고 손으로 턱을 괴고 나서 말했다.

학교에서는 운동회가 흥분 속에 끝나고 있었으나 정수 엄마 쌍가매는 용정 영사관 경찰서에서 순사에게 문초를 받고 있는 중이었다.

장터 싸움 현장에서 잡혀 왔다. 하룻밤을 경찰서 보호실에서 자고 지금 끌려 나온 참이었다.

일본 순사의 권총 발사로 다행히 사상자는 없었으나, 중국사람들은 기세가 꺾이지 않을 수 없었다. 도망치듯이 흩어졌다. 그러나 뒤이어 나온 일본 무장 경관들이 시장을 뒤지다시피 해, 싸움의 주동자로 지목되는 중국사람 다섯을 잡아 상푸쥐(商埠局) 경찰에 넘겼다.

"대일본제국의 정복 경관에게 폭행을 가한 너희 나라 백성을 너희 손으로 처벌해 달라."

이것은 일본 측의 정치적 항의를 겸한 것이었다.

중국 측에서는,

"그러면 우리나라 사람에게 집단폭행한 조선사람 주모자를 색출해 처벌해 다구."

이렇게 나올 것이었다. 진상도 알아볼 겸, 이것에 미리 대비해서만이 아닐 것이다. 영사관 경찰에서는 현장에서 우선 싸움의 시초를 빚어 낸 여자를 찾았다.

그러나 군것질 여자는 시내에 사는 모양, 약삭빠르게도 집으로 가 버린 듯 찾을 수 없었다. 쌍가매는 아직도 쇠고기를 산다, 다른 찬거리를 마련하느라고 장터에서 서성거리고 있다가 연행된 것이었다. 고운때 두루마기와 또 한 사람과 함께—.

상푸쥐에서는 영사관 경찰이 예상한 대로 패싸움의 조선사람 주동자를 체포해 처벌하라고 나왔다.

"이미 체포하고 있다."

일경은 서슴지 않고 대답했다. 우리는 법에 어긋나는 일은 하지 않는다는 걸 강조하는 듯이……. 그것은 또 일경에 폭행한 중국인의 처벌을 어쩔 수 없게 하기 위한 방편이기도 했다.

―이렇게 해서 하룻밤 죄 없이 경찰서에서 자고 지금 순사 앞에 불리어 나온 쌍가매였다.

쌍가매는 떨리기만 했다.

떨리는 것은 실수로 남의 발등을 밟은 것밖에 죄라곤 될 것이 없는 일에 난생 처음 경찰서 신세를 지고 있다는 생각에서만이 아니었다. 정수와 주 교사의 도시락을 만들어 주지 못했다는 안타까움, 거기에 그렇게 기대했던 운동회를 볼 수 없었다는 분한 생각에서였다. 기마경기가 제일이라고 정수가 몇 번 이야기했던가.

"이번에 한사쿠 상으 타도록 하겠소꼬마."

이렇게 느물대던 정수. 그 정수의 기마경기를 보지 못하고 갇히어 있다. 그리고 지금 순사 앞에서 죄인처럼 문초를 받고 있는 게 아닌가? 지난밤에는 한잠도 자지 못했다. 주는 음식도 목구멍으로 넘어가지 않았다. 보호실 안은 추웠다. 잠을 자지 못하고 속이 비고, 마음속에서 분이 치밀고…….

떨고만 있는 쌍가매를 보고 순사는 말했다.

"묻는 대로 대답하면 곧 나갈 수 있소"

"내게 무스기 죄가 있음둥?"

"하하, 아주머니에게 죄가 있어서 그러는 게 아니오. 되놈 아이들이 요즘 콧대가 세서 그걸 콱 꺾어 놓지 않아서는 아니 되거든요. 그래서 그러는 게니까, 마음을 놓소."

조선사람 순사는 턱을 괸 채 웃으면서 말했다. 쌍가매는 다소 마음이 놓였다. 더욱 마음이 놓이는 것은 순사가 계속해 하는 말 때문이었다.

"아주머니, 생각해 보오 장터 같은 사람이 비벼 대는 데서 실수를 해서 발등을 좀 밟았기로서니 그랬다구 계집이 남의 머리를 끄을구 치구 받구 할 수 있겠소? 그게 다 가아들이 콧대가 세져서 그러는 겝니다. 내가 억울한데 당한 아주머니야 얼마나 분하겠소."

이젠 놓이는 듯한 마음으로 쌍가매는 싸움의 자초지종을 두서를 잡아 이야기할 수 있었다.

묻고는 대답하는 대로 받아쓰더니 순사는 붓을 놓고 그 종이를 내밀었다.

"지금 한 말에 틀림이 없지요?"

"없습메다."

"그럼, 여기 도장을 찍소."

"도쟁이 없소꼬마."

순사는 도장즙이 담긴 통울 끌어 쌍가매 앞에 놓았다.

"엄지손가락에 묻히오."

하라는 대로 쌍가매는 손도장을 눌렀다.

"이제 됐소 가오."

돌아서려니 순사는 또 말했다.

"이걸루 끝난 게 아니오. 후일에 여기서 오라구 하면 꼭꼭 와야 되

북간도 191

오."

"또 와야 됨둥?"

"와야 된다니까. 갸들, 콧대를 딱 하고 분질러 놓자면 몇 번이구 와야 되지요"

"그래두……"

"안 오면 잡아 올 테오"

밖에 나오니 현관 근처에서 창윤이가 현도와 함께 서성거리고 있었다.

"에구망이나!"

두 사람을 보자 입에서 나가는 말―.

창윤이 어두운 얼굴에도 반가운 빛을 띠면서 뛰어와 아내가 들고 나오는 함지를 받았다. 옥수수 대신 돼지고기와 쇠고기와 숙주나물, 두부 같은 것이 신문지에 싸인 채 볼품사납게 헌 보자기와 함께 담겨 있었다.

"어떻게 된 기오?"

창윤이는 물었다. 그러나 눈물이 뺨에 흘러내릴 뿐 쌍가매는 말이 나가지 않았다. 창윤이도 더 묻지 않았다. 머릿속에 팍 떠오르는 것이 있었기 때문이었다.

비봉촌에서의 일, 동복산 송덕비각 뒤의 살인 사건 때 계사처에서 아들 정수를 대하던 광경이었다. 계사처 순경은 피살 시체를 발견했다고 보고하러 간 정수를 가뒀다. 그뿐이 아니었다. 어린 정수를 위협해 창윤이가 살인범이라고 말하도록 했다. 그 아들을 찾아 계사처에 가서 감방에서 나오는 정수를 보았을 때의 장면이 떠오른 것이었다. 그때 정수는 아버지를 보자, '지애바아' 하고 소리를 지르고 풀이 죽었던 얼굴에 생기가 돌면서 창윤이의 다리를 두 팔로 감아 안고 울음을 터뜨렸다.

"이놈아, 울긴!"

그랬으면서도 가슴이 메어지던 기억이 이 순간에 되살아난 것이었다. 그리고 지금의 이 광경!

"아주망이 욕으 봤수다."

창윤이 멍해 있는 대신 현도가 데불데불한 성격대로 웃으면서 말했다.

치마꼬리를 집어 올려 코를 풀고 쌍가매는 그제야,

"걱정으 끼체 미안합꼬망."

현도에게 인사를 치렀다. 그리고 남편이 받아 들고 있는 함지를 도로 받아 머리에 올려놓고 걸었다.

"집에 들러 쉤다 가기루 하게오."

영사관 구내에서 벗어나 길거리에 나와서였다. 현도가 끌었으나 창윤이 부부는 사양했다.

"어디메, 그럴 시간이 있능가?"

벌써 다섯 시가 지났다. 캄캄하기 전에 집에 닿아야 한다. 가족들이 걱정하고 있기도 했다.

"오늘 폐 많았네."

"이 사람이 갑재기……."

"정수 운동으는 어떻게 됐음?"

현도와 갈라져 둘이 되자, 쌍가매가 묻는 말이었다.

"했겠지."

창윤이 대답했다.

"못 봤음?"

"어떻기 보겠관디. 아침에 떠나와 진종일 여기 있었는데……."

오밤중에라도 와야 할 아내가 오지 않아 창윤이는 뜬눈으로 새고, 오늘 아침 일찍 용정으로 달음질쳤던 것이다. 현도를 찾았다. 함께 어제 장이 섰던 앞십자거리에 가보았다. 어제 사건을 대충 들었다. 현도가 연줄을 놓아 영사관에 알아보았다. 곧 석방된다는 것이었다. 경찰서 앞에서 기다렸다. 그러나 거의 반나절 만에 겨우 쌍가매의 초췌한 모습을 보게 된 것이었다. 정수네 운동회를 볼 시간이 있을 까닭이 없는 일이었다.

"쨋쨋, 애비두 못 봤궁."

정수와 함께 그 어미 쌍가매도 측은했다. 그런 정을 담아 창윤이는,

"중국 안깐 발이 무시기 그리 크다구 밟아 가지구!"

익살스럽게 발음했다.

"밟지 말라구 죄구많게 만든 거 밟았응이 더 해(화)가 치민 모양입지."

쌍가매도 농담이 나갔다.

"나는 여엉 중대가리가 된 줄 알았덩이."

"내가?"

"그래."

"서루 머리를 끌구 한 거는, 중국 안깐과 옥숙구 사간 안깝입지."

"둘 다 양 손아귀에 머리끼를 한 움큼씩 빼 줬더라문서리?"

"그랬소꽝이."

하면서도 쌍가매는 남편 앞에 창피한 생각이 들었다. 제 한 일이 아니지마는―.

"구경스러웠겠궁."

"이얘기를 들었음둥?"

"거리가 짜아합두구만—."

"어쩌잔 말이?"

"나는 정수 에민가 하구 당장 내쫓아 버리자구 맘먹었는데."

"애개개, 그거는 어째서?"

"여중으는 절루 가야 될 기 앙임메. 집에서 아이들으 가리우구서나 품에서 잠으 자구 그래서는 앙이 되거든."

"애개개?"

쌍가매는 창윤이의 옆구리를 손으로 툭 쳤다.

"어째 침메."

"벨말으 다 하잉까 그럽지."

그리고 이번엔 남편을 정이 담뿍 담긴 눈으로 흘겨보았다.

촌길은 처음엔 희부옇다가 차츰 컴컴하게 어둠이 짙어 가고 있었다. 그 길을 집으로 향해, 창윤이 부부는 오랜만에 정답게 걷고 있었다. 억울하고 분한 심정을 가슴속 맨 밑바닥에 깔아 놓은 채—.

8

"운동 운동 하지마는 운동이면 그만이란 말이오? 사람으 쥑예두 무방하구 대가리가 박살이 나두 가만히 있어야 된다는 말이오?"

"그렇게 말씀해서야 어디 이야기가 되겠습니까?"

"어째서 이얘기가 되지 않는다는 말이오?"

집에 닿아 마당에 들어서던 창윤이 부부는 걸음을 멈추지 않을 수 없었다.

주인태 교사 방에서 들려 나오는 말다툼 때문이었다.

"흥분하고 계시고 오해도 많으신 모양인데 진정하고 내 말을 들으십시오."

"흥분한 것두 앙이구 오해는 또 무슨 썩어빠진 오해란 말이오."

"바개박가구나."

목소리와 어조로 창윤이는 주교사의 상대가 농감(農監)임을 대뜸 알 수 있었다.

구제회에 진 빚을 갚지 못해 몰수당한 사람들의 논밭을 연줄을 놓아 소작하는 사람이었다.

구제회에서 이 사람을 통해 이자 납입고지서를 배부하기도 하고 빚 독촉도 하곤 했다.

그걸 구제회의 정식 직원이나 된 듯 대견히 여기고 우쭐거리고 있었다. 스스로 '농감'이라고 했다.

누구 하나 박만호(朴萬浩)라고 이름을 부르는 사람이 없었다.

'농감, 농감' 동네 사람들은 웃음거리와 미움의 대명사로 불렀으나, 장본인은 그렇게 불리는 걸 좋아하는 눈치였다. 그게 더 우스워 점점 농감, 농감으로 부르고 있었다.

거친 성격이기도 했다. 남과 시비하기를 좋아하고 창윤이와도 몇 차례 말다툼이 있었다. 창덕이의 노투거우에서의 장사 밑천으로 논문서를 잡히고 얻은 돈 때문이었다.

"앙이 물 작정이오?"

"물던 앙이 물던 당시잉한테 무슨 관계가 있음?"

"어째 관계가 없단 말이오?"

"당싱으는 심부럼만 하문 되는 기오."

"독촉으 하는 것두 심부름이 앙이오?"

"당신이 꿔준 돈이오?"

"무시기라구?"

말이 막히면 손찌검하기가 일쑤였다. 창윤이와는 육박전을 벌인 일은 없었으나 서로 누구보다 감정이 좋지 못한 사이였다.

그런 농감 박만호가 주인태 교사에게 시비를 걸고 있는 것이다. 긴장해졌다.

'무슨 일이 있었능가?'

그러나 창윤이도 아내와 함께 주 교사의 방 앞을 조심스럽게 지나치고 말았다. 창윤이는 제 방 안으로 들어가고, 쌍가매는 부엌문을 열고 들어가고

"지엄마!"

일곱 살배기 딸아이가 몹시 기다렸던 모양, 눈물이 글썽해 어머니를 맞이했다. 다섯 살짜리 막내 놈은 벌써 잠에 곯아떨어졌고

"이제 옴메?"

허리가 구부정했을 뿐 아직 정정해 보이는 창윤이 모친이 며느리의 함지를 받아 내려놓았다. 그러나 가장 반가워해야 할 정수가 시무룩해하고 있었다.

"운동으 잘했니?"

쌍가매는 대뜸 이것부터 물었다.

"쉬 떠들지 맙소"

정수는 손을 내저으면서 침울하고 신중한 표정이었다. 쌍가매는 열었던 입을 다물지 않을 수 없었다. 아들의 표정이 심각해서만이 아니었다.

"응, 그래 이 집 밥으 먹는다구 해서 이 집 아아안테 상으 잔뜩 앵게 주는 법은 어디메서 배와 가지구 온 기오?"

갑자기 주 교사의 방에서 박만호의 목소리가 더 높게 들려 왔기 때문이었다.

"허허, 딱두 하시우. 상이야 이긴 사람에게 주기로 된 것이지, 내가 하숙하고 있는 집 아이라고 해서 따로 사를 본 일은 없소"

"사르 앙이 봤다는 기오? 이 집 아아 운동모자는 벳게지지 말라구 끈으로 칭칭 동여맨 거 아이들이 다 알구 있는데두 그런 말이 나오오?"

"옛?"

"아이들한테서 다 들었소 운동회 때만이 앙이랍데다. 공부르 할 때두 이 집 아아만 잘한다구 하구……."

쌍가매는 숨죽은 듯이 박만호와 주 교사의 말다툼을 들리는 대로 듣고 있었으나, 괴롭게 얼굴을 찡그리던 정수는 마침내 분통을 터뜨렸다.

"저거는 어디서……."

"가망이 있어라."

이번엔 쌍가매가 아들을 제지하는 말이었다.

"치백(致伯)이 새끼 무시기 공부를 잘한다구……."

박만호의 아들과 정수는 같은 반이었다. 영 꼴찌는 아니었으나 정수에겐 공부나 운동에나 따를 수 없는 게 박치백이의 실력이었다. 아버지를 닮아서인가, 싱거운 성미, 평소에 정수에 대해 까닭 없이 시샘이 많앉다. 그랬는데 오늘의 기마경기였다. 모자를 빼앗긴 것도 분한 일이거든 머리를 깨기까지 했다. 아버지에게 원통하다고 울부짖은 모양이었다. 삼대독자 외아들이었다. 사랑하는 아들의 원통해하는 모습과 심정이 갑자기 뼈아프게 되새겨지는 듯 박만호의 목소리가 더 악에 치받치고 있었다.

"다시 그래 보오. 가만이 놔두지 않을 텡이까!"

"그건 무슨 말이오?"

주 교사도 참을보가 터진 모양이었다. 목소리가 높아졌다.

"눈으는 어째 똑바루 뜨구 대는 기오?"

"나한테 무슨 원한이라도 있는 거요?"

"교사 노릇으 똑똑히 하라는 말이오."

"내 잘못한 건 뭐요?"

"교사 교사 하구 떠받들어 중이까 우쭐해서……."

"가시오. 후에 술을 깨구 와서 이야기하시오."

주인태 교사의 목소리가 단호했다.

"가라구? 못 가겠다."

"이놈 썩 가지 못하겠니?"

눈을 얼빈서 지르는 창윤이의 호통이었다. 칭윤이 어느 틈에 그 방에 갔는지 정수도 쌍가매도 알 수 없었다.

"이건 무시긴데 내한테 호령으 하니?"

"너한테는 호령 못 하니?"

"무시기라구?"

철썩, 툭탁, 박만호와 이창윤이 맞붙은 모양이었다.

"이건 무슨 짓들이오?"

주인태 교사의 더욱 높아진 목소리에 위엄이 깃들여 있었다.

"어쩌잔 말이!"

쌍가매도 정수도 주 교사의 방으로 뛰어나갔다.

9

"주 선생이 농감한테 뒤들게 맞았다문서리?"

"주 교사가 맞은 기 앙이라 농갬이 맞았답메."

"농갬이 맞았다구? 곧이 들기쟀소꼬망."

"그래두 그랬다등데."

우물 녘에서의 아낙네들의 이야기였다.

"그랬을 택이 있음? 그 새 각시 같은 주 선생이 어떻게 농감 같은 부라앙한 사람으 때렸겠음메."

"그래두 그랬다쟴메. 농갬이 코피르 흘리문서리 주 교사가 나르 때렜다, 나르 때레 피르 흘리게 했다, 소리르 지르문서리 잉잉 울구 가는 거 봤는데……."

다른 아낙이 끼여들었다.

"그렁 기 앙이랍메. 농갬이 주 교사르 때릴라구 하는 거 정수 지애비가 뛰어들어 욕으 하문서리 되레 농감으 때렛담메."

"그런 것 같잖튼데? 정수 애비한테서 맞았다는 말으는 한마디두 없고 주 교새가 나르 때렜다, 주 교새가 우리 아 대가리를 깨 놓구 그게 모자라서 나르 피투셍으루 만들었다, 이러든데…….”

"그기야, 그렇기 뀌메 댕기겠지비."

한 아낙이 또 끼어들었다. 두레박줄을 연성 사려 올리면서,

"그래, 주 선생이 정말 맞지는 않았담둥?"

스물 서넛의 나이 어린 예쁘장한 여자였다.

"어디메 감히 주 교사를 때레 내겠음. 베락으 맞을 일입지."

삼십 이전의 희멀겋게 생긴 아낙이 물동이 갓을 손으로 훔치고 바가지를 띄워 놓으면서 대꾸했다.

"그 말이 옳소꼬망."

머리채가 치렁치렁한 큰애기가 물동이를 이면서 말했다.

우물 녘에서만이 아니었다. 논밭에서도 그 이야기가 꽃을 피우고 있었다.

"운동으 하다가 아이들이 다치는 기야, 예상새(如常事)지, 교사 잘못이겠는가? 그거어 따지구 들었당이 맞을 만두 하지비."

"삼대독재 외아들이 돼나서……."

"외아들이 앵이라 금싸래기라두 그렇지비. 그렇기 귀하다문 핵교구 무시기구 고만두구 집 안에 가다 둘 기지!"

"아아가 귀해서 그런 것망이 앙일 겝메다."

"그러문?"

"달리 무슨 앙심이 있쟎구서리야, 갬히 교사한테 대들어 네냄즉(너, 나)하구 손으 붙이자구 했겠관디."

"앙심으는 무슨 앙심이 있겠음. 밤낮 목이 터지게 아아드르 배와 주구 하는 게 웬쑤가 될 게 뭐겠다구."

"창윤이두 얌전해서 그쯤 했지."

"나 같으문 다리 동갱이르 하나 분질러 놓든지 갈빗대 몇 개르 꺾어 놓든지 했을 기야."

"그놈 아아는 동니서 모아서 퇵퇵히 혼으 내조야 된다이."

학교에서는 나많은 학생들이 들고일어났다.

"학부형이 선생님에게 폭행을 가하다니!"

욱하고 몰려가려고 했으나 주인태 교사가 말렸다.

"취했었소 그리고 폭행을 당한 게 아니오 두 사람의 다툼을 말렸을 뿐이오. 그게 잘못 전해졌을 따름이오."

그런데다가 이틀 지나서였다.

"그날 밤에 술으 몇 잔으 먹었덩이 취해서……. 잘못됐습메다."

박만호가 주인태 교사를 찾아 헤헤하면서 사과했다.

10

"아주망이네 집이댔군."

마당에서 검불을 그러모으고 있던 쌍가매는 가슴이 철렁하지 않을 수 없었다. 마당에 들어서면서 알은체하는 사람이 전에 경찰서에서 문초하던 순사이기 때문이었다. 그땐 정복을 입었으나 지금은 사복이었다. 그래도 얼굴을 대뜸 알아볼 수 있었다. 목소리 때문에 더욱 쉽게 알 수 있었는지 모를 일이었다. 또 하나 사복한 사람과 함께였다.

그 후 다시 오라는 말은 없었으나, 그때의 일은 영 잊혀지지 않고 불안만 자아냈다. 까닭 없이 날마다 잡으러 오는 것 같은 강박관념에 사로잡혀 있었다. 요 며칠은 더욱 그랬다. 주 교사가 학교에서 용정 경찰서에 불리어간 뒤 사흘 됐는데도 돌아오지 않았기 때문이었다.

'나를 오라고는 하지 않을까?'

그랬는데 바로 그 순사가 마당에 들어서면서 알은체하는 것이다.

쌍가매는 철렁했던 가슴이 후들후들 떨림을 깨달았다. 그런 가슴으로 뻥하니 순사를 보고만 있었다.

순사는 벙글벙글 웃었다.

"이젠 발등을 밟지 않소?"

또 뜨끔했다. 대답할 말이 더욱 없었다. 그러나 그건 농담이라는 듯 채근하지 않고 순사는 다른 것을 물었다.

"주 교사 방이 어느 거요?"

"이겝꼬망."

방을 가리켜 주면서 쌍가매는 내 일이 아니구나 마음이 놓였으나, 다시 주 교사의 일이 불안해졌다.

방 안에 들어가더니 무얼 찾는 모양이었다. 책상을 뒤지고 고리짝 속을 조사해 보는 듯, 그러나 찾는 것을 발견 못 한 것인가? 빈손으로 나왔다.

"아주망이, 똑바로 대답해야 되오"

순사는 아까와는 달리 웃는 얼굴이 아니었다. 순간 쌍가매는 와락 경찰서에서의 일이 떠올랐다. 그때에 하던 말과 꼭 같았기 때문이었다. 그제야 마음을 가누어잡았다.

"무슨 말임둥?"

"주 교사한테 수상한 사람들이 더러 찾아오는 일이 없습니까?"

"집에는 통 그런 일이라구는 없었습메다."

"집에는 없다? 그럼 다른 데는 있었다는 말이오?"

"다른 데 꺼야 어떻기 알겠관디."

"모른단 말이오?"

"앙이, 어떻게 알겠음둥."

"좋소 그럼 주 교사를 동네에서들 어떻게 이야기하오?"

"어떻기 이얘기르 하당이?"

"사람으 때린다든가……."

"애구망이 그 얌전한 주 교새가 사람으 치다니?"

"얌전해서 그러는 일은 절대 없다? 그럼, 학생 아이들을 충동시키구, 나쁜 사상을 불어넣는 일은 있겠군."

"그기야 내가 핵교오 댕겨 봐서 알겠습메까?"

"집에두 학교 댕기는 애가 있겠지요?"

"있소꼬망."

"그 애 말을 들어 보면 알 게 아니오?"

"벨말이 없었소꼬망."

"운동회날에 독립군들이 부르는 노래를 불렀다면서요?"

"그날에 나는 경찰서에 있어 놔서 운동으는 구경두 못 했소꽝이."

"바로 그날이었던가요? 그럼 독립을 하자, 그런 따위 나쁜 말을 평소에 학생들에게 했다는데, 집에 애가 그런 말 안 합디까?"

"하지두 안 했지마는 그기야 무시기 나쁜 말임둥."

"뭐요?"

다른 사복이 끼어들었다.

"이 아주망이 부정(不逞) 사상을 가졌군."

그러나 별일이 없이 둘은 쌍가매네서 나가 버렸다.

"농감 새끼가 찔러 넌 모얭이다."

"주 교사한테 넙죽하게 빌구두 또 찔러 넣다이?"

"개를 주구두 못 바꿀 놈으 새끼랑이."

쌍가매한테만이 아니었다. 두 사복 순사는 동네 다른 사람들에게도 은근스럽게 주교사의 행장과 사상에 대해 물은 모양이었다. 둘이 돌아간 뒤, 수군거리고들 있었다.

"그때 반죽음시켜 놔야 되는 긴데."

"그랬다구 제 버릇으 개르 주겠능가? 그랬으문 그랬다구 더 찔를 끼 아잉가?"

동네가 뒤숭숭하고 있을 무렵이었다. 그날 저녁때 주인태 교사는 동네로 돌아왔다. 걱정하던 끝이라 모두들 반겼으나, 먼저 교장 선생님 댁에 들렀다 나오면서 모자를 벗고 동네 사람들에게 인사하는 주인태 교사의 머리가 빡빡 깎여 있은 걸 보고는 놀라지 않을 수 없었다. 더욱 놀란 것은 창윤이었다.

"너리는?"

쌍가매 사건 때, 중국 여자와 조선 여자가 서로 머리를 끄을고 늘어졌다는 사실을 떠올리면서 물었다.

"머리? 허허, 귀찮아 깎아 버렸습니다."

창윤이는 심각한 얼굴이었으나 주인태 교사는 장난처럼 웃으면서 빡빡 깎은 머리를 슬근슬근 어루만지고 있었다.

"선생님이 깎았습메까?"

"중이 제 머리를 못 깎는다는 말이 있는데, 중두 그렇거든 속인인 내가 제 손으로야 어떻게 제 머릴 깎았겠습니까? 이발사가 깎았죠."

"앙이! 선생님이 깎기 싫어서 깎았느냐 말입메다."

"허허, 깎구 싶어 깎지 않구, 누가 깎으라구 해서 깎았겠습니까?"

"나는 또……."

창윤이는 그런대로 주 교사에게 머리를 깎은 이유를 물어보기는 했으나 정수는 당장은 그럴 수도 없었다. 한집에 있으면서도 주 교사한텐 늘 어려운 생각만 들고 있기 때문이었다.

그러나 머리를 빡빡 깎은 주인태 선생의 모습은 정수에게 강렬한 인상을 주었다. 우선 얼굴이 달라져 보였다.

갸름한 얼굴이 멀쑥해 보였다. 그 얼굴에, 숱이 많은 새까만 머리를 올백으로 넘겼다. 올백 한 머리가 머리통을 풍부하게 뒤덮고 있어 갸름하고 흰 얼굴과 더불어 거룩한 조화를 이루고 있었다. 가는 몸이 큰 키를 훨씬 크게 보이도록 했다. 동정이 새하얀 깜장 두루마기에 코끝이 주먹 같은 단화를 신고 학생들 앞에 나서면 멋이 있고 믿음직스럽고 인자하고 새로운 게 팡팡 풍겨지는 듯했다. 학생들이 따르는 까닭이었다. 학생들만이 아니었다. 동네 젊은 아낙네들, 그보다도 과년한 아가씨들의 가슴을 두근거리게도 했었다.

그렇던 얼굴에서 그 새까맣고 멋있게 풍부한 올백이 없어져 버리고 말았다. 남아 있는 것은 그저 멋없이 긴 얼굴뿐이었다. 머리[頭]끝이 뾰족하게 보였다. 뾰족한 머리끝이 유난히도 머리통이 작구나 하는 인상을 주었다. 딴사람 같지 않을 수 없었다.

딴사람 같은 건 얼굴 모양뿐 아니었다. 그 얼굴에 나타나는 표정도 그랬다. 창윤이의 물음에 웃음과 익살로 응수하면서도 얼굴에는 부드럽지 않은 것이 숨겨 있는 것이라고 정수는 어린 눈으로 보았다.

'무슨 일이 있었던가?'

공연히 정수는 마음이 무거워졌다. 더욱 마음을 무겁게 만들어 주는 것은 주 교사의 눈이었다. 머리 깎기 전에는 눈이 그렇게 우묵하고 시선이 그토록 날카로운 줄 몰랐다. 올백 머리의 풍부한 부드러움에 가려 있었기 때문일까? 그런 것만도 아닌 성싶었다.

어떻든 정수에겐 머리 깎은 주인태 선생의 인상은 강렬하게 왔다. 그리고 까닭 없이 가슴이 뭉클해졌다.

주 선생은 이튿날엔 학교에 나가지 않았다. 몸을 쉬는 것인가? 그렇지도 않은 모양이었다.

순사들이 와서 뒤적이고 간 책상 서랍이며, 고리짝이며, 그런 것을 정리하고 있었다. 그렇더라도 방 안에 사람이 있어 그런 일을 하고 있는 것 같지 않았다.

"선생님, 괜찮으십메까?"

저녁상을 들고 들어가, 놓고 정수는 물었다.

"으응, 아아니, 별로."

"어째 머리를 깎았습메까?"

어려우면서도 마침내 정수는 묻지 않고는 견딜 수 없었다.

"허허, 너두 우스우냐?"

"그렁 기 앙입메다."

"그럼?"

"그저……."

정수는 호기심보다 깊은 까닭을 알고 싶다고 말하고 싶었다. 그러나 그런 말이 어려운 선생님 앞에서 입 밖에 나가지 않았다.

"그저?"

주선생은 오른손을 펴 머리를 쓰윽쓰윽 여러 번 대견스럽게 어루만지면서,

"이게 얼마나 간편해 좋으냐? 자주 감지 않아두 되구, 빗도 소용 없구, 비듬도 끼지 않구……."

웃어 보였다. 그러더니,

"후에 알게 될 거다. 정수 네가 더 크고 철이 더 들면 자연히 알게 될 거다."

그리고는 밥상을 당겨, 주발 뚜껑을 열고 식사를 시작했다.

정수는 개운치 않은 마음을 그대로 안은 채 방에서 나오지 않을 수 없었다.

11

"머리르 깎아 내보낸 거는 앙이겠지비."

"잠깐 물어볼 말이 있다구 불러갔는데 무슨 죄잉(罪人)이라구 머리를 깎았겠음?"

"그렇지비, 감악소에 들어가 징역으 살구 나왔다문 모릅지마는……."

"그랬는디 어째서 머리르 깎았으까?"

주인태 교사의 삭발 사건은 또 숱한 추측과 더불어 화제를 던져 주고 있었다.

박만호의 모함에 주 교사가 불려갔을 것이라는 추측은 거의 사실로 단정이 되어 그 이상 화제에 오를 것도 없었다. 동네서 합력해 농감 놈에게 혼뜨검을 내줘야 된다는 결론으로 낙착이 났었다. 이제 신기할 것 하나도 없는 일이 되고 말았다.

그러나 주인태 교사의 삭발 사건이 화제에 오르게 된 것은, 일이 생생하대서만이 아니었다. 그렇다고 주 교사의 신수를 돋보이게 했던 올백이 자취를 감춘 데서 생기는 젊은 아낙네들이나 아가씨들의 서글픔 때문에서만도 아니었다.

학교에 대한 영사관의 간섭이 시작되고 있었기 때문이었다.

―학생들에게 독립군의 노래를 가르치지 말아라.

―교수 시간에 독립에 대한 사상 고취를 하지 말아라.

주인태 교사를 통해 영사관 경찰서가 신명학교에 요구한 것은 이런 것이었다.

주 교사가 오던 날 교장 선생님 댁을 찾아 전한 내용이었다.

그것이 전해지고 있었다. 그럴 수가 있을까? 우리가 우리 손으로 세운 학콘네 무일 가르치든 무슨 상관이 있느냐? 독립사상이 왜 나쁜가? 아직 영사관이 학교에 대해 감독권이 있거나 그런 것은 아니었다.

이렇게 이야기하던 끝에 주 교사가 삭발한 까닭이 자연히 화제에 오르게 된 것이었다.

"아무래두 순사한테 머리를 끄들린 것 같애."

"무시기라구?"

"그러쟁쿠서리야 주 교새두 제 머리가 좋은 줄으 알 텐데 새파랗게 중대가리르 만들었겠습메?"

"주 교사 성미에 만약에 순사가 머리에 조곰치라두 손으 댔다문사 데럽다구 깎아 버리자구 했겠지."

"왜놈우 순사라구 해두 어디메 감히 주 교사 머리에 손으 댈 수 있었겠관디."

"왜놈우 아이들으 모두 믿는 모앵입네마는 되놈우 순계(巡警)나 다를 기 어디메 있겠음."

이런 화제 속에서였다. 주인태 교사는 갑자기 기와골을 떠나고 말았다.

어디로 간다는 말은 없었다. 학생들을 모아 놓고 정식으로 사임(辭任) 인사를 한 것도 아니었다.

박성회 교장에게나 가는 곳을 이야기했을까? 그러나 웃기만 할 뿐 박 교장도 모른다고 했다. 다른 교사들도 알고 있지 않았다.

"어디메루 갔을까?"

"머리르 빡빡 깎은 것두 그래서 그런 긴 모양이군."

걸음을 멈추고

1

"자네 고집에 한번 먹은 마음이라 영 벤통이 없을 줄으 아네마는 그 놈우 쌈 때문에 세계가 뒤숭숭하쟁가? 아라사 안두 조용하지능 않은 모애잉갑네."

현도네 가겟방에 붙은 온돌방에서였다. 현도가 창윤이에게 하는 말이었다.

"그런 소문이 없는 것두 앙이데마는……."

창윤이 걱정스럽게 응수했다.

"그렁이까, 고치(다시) 생각해 보랑이. 대뜸 이렇기 솔가르 해가지구 떠날 거느 앙이네."

"나두 그런 줄으느 아네. 그래서 혼자서 갔다가 사정이나 알아보구 와서 가속으 데려가려구두 생각으 해봤네마느……."

"그런데 어째서?"

"가숙들두 홀 떠나자는 기네."

"그래애?"

"앙이꼽아서 한 시각두 거기서는 살기 싫다는 기네."

"앙이꼽다구 훌쩍 떠나서야 고생문으 열구 들어가는 깁지."

"앙이꼽은 것만두 앙이라……."

주인태 교사가 동네에서 가버린 뒤 영사관에서 전에 왔던 사복한 순사가 뻔질나게 기와골에 찾아왔다.

"주 교사가 어디로 갔느냐?"

"갈 때에 무슨 말이 없더냐?"

"가서 편지가 없느냐? 사람을 보내거나 무얼 전해온 일 같은 건 없느냐?"

주민들은 영사관 순사가 된 조선사람을 두려워하거나 받들지 않는 심정들이었다. 도리어 경멸하고 놀림감으로 삼고 있는 시대 분위기였다. 그걸 알고 있으므로 순사는 동네에 와서도 주민들에게 강압적인 태도를 스스로 취하지 못했다. 만만한 어린이와 부인네와 안노인들을 상대로 슬그머니 알아보는 방법도 쓰고 있었다.

그러나 쌍가매에겐 전에 중국 여인의 발등을 밟은 사건 때부터의 친면이 있어 그러는 것인가? 주 교사가 하숙을 하고 있었던 집 안주인이라고 해서 그런지도 모를 일이었다. 자세하게 묻고 때로는 농 섞은 어조지마는 협박하기도 했던 것이다.

쌍가매는 이것이 귀찮고 싫었다. 그 얌전한 주 교사를 죄인 다루듯 하는 것이 아니꼬워 견딜 수 없었다. 더구나 불안했다.

그뿐이 아니었다. 한때 잠잠했던 발등 사건이 다시 일본 영사관과 중국 정부 사이의 정치 문제로 변해 쌍가매는 몇 번 경찰서에 불리어 다니게 됐다. 영사관에만이 아니었다. 상푸쥐 경찰에도 출두해서 묻는 것에 대답을 하기도 하고……

참고로 불려가는 것만 이라면 귀찮은 대로 견딜 수도 있는 일이었다. 그러나 그것으로 그친 것이 아니었다. 마침내 쌍가매는 정식으로 구금됐던 것이다.

일본인 순사에게 폭행한 중국인 5명을 일본 경관이 체포해 중국 측에 넘긴 뒤의 일이었다. 중국 측은 5명에 대해 약간 문초하는 정도로 처벌도 없이 석방해 버렸다. 이걸 안 일본 측이 항의를 한 것이었다.

중국 측에서는 이에 맞섰다.

"너희는 왜 우리 국민을 때린 사람을 처벌하지 않았느냐?"

"처벌하지 않은 게 아니다."

"그럼?"

"지금 조사 중이다."

"하루만 재우구 석방시킨 게 아닌가?"

"여자니까, 할 수 없었다."

"남자들도 그리지 않느냐?"

"처벌의 대상이 되지 않는다."

"그건 무슨 말이냐?"

"부인네들의 싸움이 도화선이 돼서 군중들이 서로 치고 때리고 한 것이니까."

"그렇더라도 주동자나 책임자가 있을 게 아닌가?"

"그렇기에 싸움의 도화선을 만든 부인을 문초하고 있는 게 아닌가?"

"석방하구서두 문초야?"

이렇게 해서 쌍가매의 문초가 다시 시작된 것이었고, 마침내는 구금까지 하기에 이른 것이었다.

"연약한 여자지마는 우리는 책임자를 처벌하기 위해, 정식으로 구금까지 했다."

일본 측은 당당하게 내밀었다.

그러나 쌍가매는 억울해 견딜 수 없었다. 사건이 일어났던 날 하룻밤 보호실에서 샌 것도 억울하고 난생 처음 당하는 일이었는데 이번엔 정식으로 유치장 신세였다.

울음이 터지고 몸이 떨리고…….

그러나 더 분통이 터진 것은 남편 창윤이었다. 영사관에 뛰어가서 고함을 질렀다.

"안깐한테 무슨 죄가 있다구 갖다 옇는 기오?"

그 조선인 순사가 상대해 주었다.

"허허, 댁 부인한테 처음부터 양해를 구한 일이오 개들의 콧대를 짓무어 놓기 위해선 할 수 없소 미안하오."

"콧대르 꺾겠으문 꺾어 놓구, 다리뼉다귀르 퉁게 놓겠으문 놓구, 그거는 재개내들 맘대루 하오마는 어째서 애무한 내 안깐으 죄인 다루듯 하느야 말이오."

창윤이의 어조는 격렬했다.

"몇 번 이야기해야 알아듣겠소?"

"열 번 스무 번 들어두 매한가지요 얼피덩 내놔야 되오."

"구금했다고 해도 보통 죄수들과 달리 대우를 잘하고 있어요 걱정 말고 며칠만 기다리오. 곧 해결이 날 거요."

"대우르 정경부인처럼 한대두 싫소 당장에 내놓소."

"이런 벽창호라구 있나?"

하더니 순사는 억지로 웃으면서 물었다.

"댁은 조선사람 아니오?"

"어째 앙이겠소!"

"그런데, 되놈 아이들 콧대를 문질러 놓기 위해 처가 조금 고생을 하는 걸 마다고 하는 거요?"

있을 수 있는 일이다. 그러나 조선사람을 위해서 다만 그것 때문에 쌍가매가 유치장 신세를 지고 있는 것인가? 창윤이가 처음부터 못마땅한 것은 이 점이었던 것이다. 그걸 순사가 말하는 게 아닌가?

"우리 사람으 위해 내 안깐이 고생으 한다? 나는 그렇기 생각으 하지 않습메다."

창윤이도 흥분을 가라앉혀 말했다.

"그러면 누굴 위해 고생을 한다는 말이오?"

순사의 눈이 번쩍했다.

"일본 순사 때뭉이 앙임둥?"

"뭐요?"

하더니 순사는 창윤이를 훑어보면서 몸을 추스리고,

"부정사상을 가졌군."

어조가 날카롭게 변했다.

"부정사사앙?"

"주 교사한테서 물든 게 아니오?"

그리고는 말문을 돌려 주인태 교사의 행방과 연락 여부에 대해 아까와는 달리 위협을 섞어 진땀이 나도록 물었다.

일주일 뒤에 쌍가매가 별일 없이 석방되긴 했다. 그러나 부정사상을 가졌다고 의심받게 된 창윤이에 대한 영사관 경찰의 주목은 마음을 편하게 하지 못했다. 거기에 박만호의 꼴이 메스꺼웠다. 부지런히 창덕이의 빚을 갚긴 했으나, 얼른 끝장이 나지 않았다. 주인태 교사가 박만호 때문에 떠났다고 주민들의 비난을 받고 있었으나 그렇지 않다, 억울하다고 말하고 다녔다.

이건 주 교사 하숙 주인이던 사람이 조작해 모함하는 말이라고 도리어 창윤이에게 따지고 들기까지 했다. 그리고 나머지 구제회 빚을 제 돈처럼 독촉했다. 몇 번 주먹으로 삿대질을 하면서 싸우기도 했으나 창피하기만 했다.

그런데다가 학교도 주 교사가 떠난 뒤에는 김이 빠진 셈이었다.

독립군의 노래 같은 것을 부르지 않는 것은 아니나, 조심하지 않아서는 안 되었다. 거기에 박성회 교장도 늙은 몸에 병석에 눕는 날이 많아졌다.

"뜹세."

창윤이 외삼촌 정세룡이를 찾아 해삼위로 떠나자는 의견을 끄집어냈을 때 쌍가매가 대뜸 찬성했다.

마침 정수도 학교를 졸업했다.

오래 망설일 것도 없었다.

"이렇게 하구 살 바에능……."

정세룡이 무척 그리워졌다. 외삼촌이 닦아 놓은 새 고장에 가서 자유스럽게 살아 보자.

기왓가마와 집과 논밭을 헐값에 팔아 구제회 빚을 갚아 버렸다. 그리고 나머지 현금을 뭉쳐 놓고 나섰던 것이었다.

용정에 들러 현도네 집에서 하룻밤 쉬게 됐다.

2

"사정은 대강 알 수 있네. 그러나 그렇게 가는 데마다 뿌리를 박지 못하고 뜨기만 해서야 되겠능가? 자네두 이저는 사십이 되잤는가?"

잠자코 창윤이의 이야기를 듣고만 있던 현도의 말이었다.

"나두 그런 줄으 아네마는······. 그렁이까 더 가구 싶네. 거기 가서나 마음으 푹 놓구 뿌리도 박아 보자는 길세."

"한새쿠 말리지는 못하겠네마는 사람이 사는 데가 어디메라구 다르겠능가? 아무 데서나 닷서 살아가능 기 해롭지 않을길세."

온건한 현도라서만이 아닐 것이었다. 지금은 서기 하나에 점원 두셋을 두고도 손이 모자라도록 해란상점을 확장하고 있다. 이것도 한곳에서 한 가지 일에 지그시 참고 견딘 탓이라고 생각하고 있는 현도다. 그런 현도로서는 창윤이의 가족을 끌고 떠다니는 유랑생활이 불안하지 않을 수 없었다. 소꿉친구로서의 걱정. 이런 심정에서 하는 말이었다.

창윤이도 현도의 마음을 알 수 있었다. 그러나 이제 와서는 뒤로 물러설 수 없는 일이었다.

"허허!"

"주인님, 투두거우[頭道溝] 손님 가신답니다."

문이 열리면서 점원이 얼굴을 디밀었다.

"가시려구요? 볼일 다 끝났습메까?"

"예, 그런데 물건 꼭 보내 주시오 나머지 대금은 그 편에 보내겠습니다."

"걱정 마시오 그럼 발전을 축하합메다."

가겟방에 나가 손님을 보내고 들어와 현도는 창윤이에게 말했다.

"투두거우에서 새로 가게를 펴는 사램이야. 우리 물건 대놓고 쓰겠다고, 뒤르 봐달라는 긴데 벨루 신용이 가지 않아서……."

이젠 지방에 대해 도매상도 겸하고 있었다.

"그런가?"

창윤이 현도의 사업에 그저 감탄만 하고 있는데 문이 부산하게 열렸다. 들어온 사람은 만석(萬石)이었다. 현도의 아들. 코를 훌쩍훌쩍하던 아이가 이젠 튼튼하게 컸다. 정수보다 두 살 아래쯤 되어 보였다. 그러나 응석으로 키우는 탓일까. 한창 개구쟁이의 탓인지도 모를 일? 그렇지 않고 창윤이가 못마땅해서 그런지도 알 수 없었다. 방 안에 창윤이 있다는 것도 아랑곳하지 않고 들어오던 맡에 현도를 보고 투덜대고 있었다.

"학교 앙이 댕길 테야."

"뭐?"

"정수가 놀려조"

"정수가?"

"앞에 행주치마를 두르구 체따라끼를 메구 왜놈우 사환 노릇으 하자구 그 학교으 댕기는가구 놀려조"

"뭐?"

하면서 현도는 어색한 표정으로 창윤이를 보았다.

창윤이는 눈이 퀭해 만석이와 현도를 번갈아 보았다.

이 무렵 용정에는 조선사람들이 설립한 학교가 적지 않았다. 천도교(天道敎)에서의 동흥소중학교(東興小中學校), 유교에서의 대성(大成)중학교, 예수교회에서는 영신(永新)소중학교, 그 밖에 캐나다 선교부가 설립한 은진(恩眞)중학과 명신(明信)여자중학교, 천주교의 독일인 신부들이 세운 해성(海星)학교, 그뿐이 아니었다. 자동(滋洞)에는 정동(正東)중학교, 명동(明東)에는 명동소중학교. 이 외에도 곳곳에 이름이 알려지지 않은 학교가 수를 헤일 수 없이 많았다. 정수가 졸업한 신명 학교 같은……

조선사람들의 불타는 교육열과 향학심에 자극이 되어서가 아니었다. 모든 학교에서들 독립군의 노래를 높이 부르면서 독립정신을 고취하고 있는 걸 잠자코 보고만 있을 까닭이 없는 일이었다.

일본 영사관 안의 조선 총독부 파견소에서 서두르지 않을 수 없었다. 용정을 위시해 영사관 분관이 있는 도시에 조선 안과 같은 보통학교를 세우기 시작했다. 사립학교의 사상교육에 대상해 일본식 교육을 실시하기 위해서였던 것이다. 그러나 얼핏 그 학교에 아이들을 넣는 부형들이 없었다.

학교가 문을 열 수 없게 됐다.

"교과서는 물론 연필과 공책을 준다."

"그뿐 아니라, 한 달에 장학금으로 현금을 꼬박꼬박 지급한다."

외치고 있었다. 그래도 원서에 이름을 써 접수시키는 학생들이 없었다.

"허허, 학생이 물건짝인가 돈으로 사 가게."

"나중에 벨일이 다 있네. 사탕발림으 하는 깅가?"

그렇더라도 혹 그리로 가는 학생이 있으면 무엇보다 아낙네들이 그 부형을 비웃었다.

"왜놈우 가게 사환 노릇으 시키자고 그 학교에 여었음둥?"

그 학교에서 일본말이나 배우고 나오면 고작 일본 상점 반또(番頭=사환)밖에 될 것이 없다는 뜻이었다.

그런 학교에 만석이가 입학해 지금 다니고 있는 중이었다. 그것을 아버지를 따라온 정수가 알고 놀려 댄 모양이었다.

정수로서는 그럴 수밖에 없는 일이다. 신명학교에서 박성회 교장과 주인태 교사의 교육을 받았다고 해서만이 아니었다.

소학교 4학년을 졸업한 정수는 이번 기와골을 떠나게 된 까닭을 잘 알고 있었다. 무엇보다 주인태 교사를 존경하고 있었다.

"주 선생은 어디메로 갔을까?"

왕청현(汪淸縣) 밀림 속에 중광단(重光團)이 있었다. 북로군정서(北路軍政暑)의 전선이다. 경술국치(庚戌國恥)의 다음해(1911년), 두만강을 건너온 의병들을 모아 재기를 꾀하는 군단이었다. 서일(徐一)이 단장이었다.

처음엔 무기가 미비해 군사행동을 할 수 없었다. 주로 청년들의 정신 교육과 교련에 힘을 기울이고 있었다. '독립군의 노래'며 여러 '애국의 노래'와 용감한 응원가가 여기서 나오고 있는 셈이었다.

"중광단에 간 게 아잉가?"

정수도 중광단에 가고 싶었다. 주인태 교사가 꼭 가 있으리라고 믿어서만이 아니었다. 거기서 군사교련 외에 글을 가르치고 있다고 했다. 주

교사가 거기 있다면 반드시 교편을 잡고 있을 것이었다. 만날 수 있다면 그 지도 밑에 정신과 몸을 단련하고 싶었다.

꿈이었다. 숨결 거센 꿈이 무르녹고 있었다. 소년다운 꿈이기도 했다. 그런데 만석이가 하는 말이었다.

"우리 학교에 고등과가 있어. 거기 입학으 하능 기 어때?"

두 살이 아래나 철은 대여섯 살 아랜 것 같았다.

"무시기라구?"

"보통과 4년으 졸업한 학생이 들어가는 데야. 중학교와 같애."

"그래 나르 거기 들어가라는 말이야?"

"보통과르 졸업하잰았어? 고등과는 돈두 더 많이 주는 모양이더라."

욱 치밀었다. 주먹도 쥐어졌으나 철없는 아이를 때릴 수 없다고 정수는 생각했다.

"너나 그 학교 잘 댕겨, 앞에 행주치마르 두르구……"

이런 소리를 질러 했다.

만석이로서는 아버지를 따라 노령으로 떠나는 초라한 정수의 정경을 동정해 한 말이었는데 도리어 핀잔이었다. 그것도 악담인 일본 상점의 '반또'가 되라는 말을 퍼붓는 것이었다.

"무시기라구?"

"너나 얼피덩 왜말으 배와서……"

도리어 만석이의 주먹이 정수의 턱으로 올라갔다.

"요것 봐라."

정수가 잠자코 있지 않았다. 몇 대 주먹으로 만석이의 머리통을 쥐어박았다. 그러지 않아도 동네 아이들에게 놀림감이 되어 있는 만석이었다. 정수가 같은 학교에 다니게 되면 외롭지 않으리라는 생각도 없지 않았다. 그랬는데 정수마저 공박이요, 놀려 대는 것이 아닌가?

만석이가 아버지에게 뛰어 들어와 투덜거리는 것은 이 때문이었다.

"나가 놀아라. 어른들이 이야기르 하는 데서 도산(騷亂)으 피우지 말구……."

더 투덜댈 말이 있는 듯했으나 만석이는 못마땅한 표정으로 창윤이를 힐끔 보고 나가 버렸다.

"아아르 보통학교에 옇었덩이……."

현도는 겸연쩍게 창윤이를 보았다.

"그거는 어째서?"

창윤이도 못마땅한 생각이었다.

"어쨌든 일본말으는 알아야 할 기구."

"그래야 아아 출세가 빠를 기라는 말잉가?"

"나는 이 용저엉서 얼피덩 뜨구 싶은 생각이 없네."

"그래서 아아르 왜놈으 만들자는 겡가?"

"왜놈으 만들어?"

"그러문?"

잠깐 입을 다물고 얼굴이 굳어져 있었으나 현도는 침착하게 말했다.

"보통학교에 옇는다구 왜놈이 되겠능가? 내지에 살고 있는 셈으 치면 될 게 아잉가?"

"해필 여기까지 와서 내지에 살고 있능 것같이 생각할 거는 어디메 있능가?"

"우리가 여기서 고생으 하는 이유가 어디에 있능가? 성공으 해서 내지 고향으루 돌아가자는 생각에서가 앙이겠는가? 나는 그렇기 생각하구 살아가네."

현도가 만석이를 보통학교에 넣은 것은 결코 박만호가 구제회나 영사관 순사의 등을 대고 우쭐대는 것과는 다른 생각에서임을 처음부터 알고 있는 창윤이었다. 불어오는 폭풍에 맞서 그것과 대항해 싸우려는 자세가 아니다. 그것을 그것대로 받아들이면서 몸의 안전을 꾀하자는 생활태도, 그것은 할아버지 장치덕이로부터 내려와 혈통적으로 몸에 밴 생활신조이기도 했다. 월산촌에서의 일, 청국 관청에서 우리 사람에게 변발흑복을 강요했다. 그때 현도의 할아버지 장치덕은 동네 사람들의 머리를 빡빡 깎도록 했다. 뒤로 드리워 청국사람의 것처럼 만들 머리를 숫제 없애 버린다는 생각에서였던 것이 아닌가? 그 정신이 현도에게도 이어받아져 있는 것이었다. 창윤이의 할아버지 이한복 영감과는 다른 생각이었다. 이한복 영감은 왜 머리를 깎느냐? 상투를 튼 대로 버텨 이겨야 된다는 신조였었다. 그 생각이 창윤이의 중국 소년이 된 모습을 보고 가위로 손자의 머리를 자르다가 쓰러져 비참한 최후를 갖게 한 원인이 아니었던가?

할아버지의 현실에 대한 그런 수법의 적극성이 현도에게는 현실에 대한 적응성으로 이어받아진 모양이었다. 그리고 그것은 생활신조로 전해지고 있었다. 해란상점의 확장이 그 결과로 나타났고 앞으로 더 큰 성공이 내다보이게 했다.

아들의 교육 문제도 현도의 이런 생활신조에서 나온 것이었다. 이 점을 창윤이 이해하지 않는 것은 아니었다. 그러나 너무나 현실에 앞질러 적응하려는 심리가 약삭빠르게만 보아졌다. 그래서 한마디,

"세상 사램이 다 자네 같은 생각으 가지구 살아 나간다문 나라구 무시기구 아무것도 없을 기 앙이겠능가?"

현도가 응수했다.

"자네같이 한군데서 뿌리르 박지 못하구 처자를 끌구서리 바램에 불리는 것대루 떠댕게서 시원할 기 무시기겠능가?"

그리고 도리어 정수를 맡겨 놓고 가라고 했다.

"보통학교 고등과에 옇세."

사실 창윤이 현도네 집에 들러 하루를 묵게 된 것은 정수의 교육 문제를 의논하기 위해서였던 것이다. 노령에 가서의 생활은 미지수다. 그것을 각오하고 떠나기는 하나, 겨우 소학교만 마친 정수를 끌고 다닌다는 게 견딜 수 없는 일이었다.

할아버지가 손자(창윤)한테 이루지 못했던 일을 창윤이 대신 제 아들에게서 이루어 보자던 다짐이 좌절될 위험성이 없지 않다. 현도와 의논해 정수로 하여금 교육기관이 많은 용정에서 중학교 하나는 완전히 졸업시켜 주자는 생각이었다.

"입이 떨어지지 않아 그 말은 못 했는데 맡겨 두랑이 그건 고맙네마는······."

"보통학교는 싫다는 말잉가?"

"거기는······."

"하하하, 스무 살을 넘어 서른이 다 된 사람들두 고등학과에 많이 댕긴다네."

"그기사 정말 왜말을 배와 일본 놈우 등에 업히워 살자는 새끼들이겠지비."

224

"내가 만석이를 그 학교오 연 기나 정수르 그 학교오 옇자는 거는 그런 뜻으루 하는 기 앙이랑이까?"

"그거는 알 수 있네."

"소학교만 시키구 말겠능가? 앞으루 중학교 전문대학으로 올라가자문 내지에 유학으 해야 될 기구 그러자문 여기 보통학교오서 공부는 해야 되네."

현도의 여유 있는 말에 창윤이는 또 공연히 역증이 치밀었다.

"자네나 만석이르 그렇게 공부시키랑이."

"하하, 그렇게 팩하게 굴지 말구, 잘 생각해 보게."

3

정수는 중국 거리를 거닐고 있었다. 만석이와 싸우고 난 뒤 화풀이 겸 중국 거리나 구경하자는 생각에서 혼자 이리로 발을 돌렸던 것이다.

용정의 중국 거리는 연길의 것만은 못했다. 그러나 개방지, 조선사람의 거리에 비해 그다지 손색이 없었다.

원제 용정 전체가 자기네 거리여서 중심지는 처음부터 번창했었다. 그런데다가 개방지 안의 조선사람들의 시가 건설에 대항해 중국사람들도 길을 넓히고 벽돌집을 지어 거리의 면목을 새롭게 하고 있었다.

길 양쪽에 유리창이 달린 검은 벽돌집들이 늘어서 있었다. 상점들이었다. 약국, 이발소, 목간집 등 큰 건물 중에서도 음식점이 으뜸이었다.

개방지의 가게들이 해바라져 보이나 그 대신 밝은 데 비해 중국 가게

들은 음침한 인상이었다. 그러나 깊이와 무게가 느껴졌다. 그렇게 느끼면서 정수는 가게 앞에 달아 놓은 여러 가지 표지(標識)를 재미있게 보고 있었다.

마름모꼴의 흰 판때기에 껌정 동그라미를 그려 여러 개 연이어 매달아 놓은 약방의 표지, 책 종이를 길게 시루처럼 생긴 테에 뭉치를 매어 장대 끝에 달아 바람에 펄럭거리게 한 음식점의 표지 등등─.

그런 것을 두리번거리고 있는데,

"앗, 정수 아닌가?"

음식점에서 나오는 중국사람의 또렷한 조선말 발음이었다. 누구? 한참만에야!

"주 선생님!"

주인태 교사를 알아볼 수 있었다. 머리가 빡빡 깎여져 있지 않았다. 그러나 그전처럼 풍부한 올백이 아니었다. 한가운데에 가리마를 낸 짧게 깎은 머리 거기에 콧수염을 기르고 있었다. 일 년 남짓밖에 되지 않는데 이렇게 변할 수 있을까?

그쪽에서 알은체하지 않았으면 똑바로 보고도 알아낼 수 없었을 것이다.

두 사람과 함께였다. 그 두 사람도 청복이었다. 청복한 조선사람? 그건 미처 알아낼 수 없었다. 정수는 아랑곳도 없이 가버렸기 때문이었다.

주인태 교사는 한참 정수를 물끄러미 보고만 있다가 물었다.

"어떻게 왔느냐."

"노령으로 가는 길입니다."

"노령으로?"

"이사를 갑니다."

"이사를? 그럼 아버지랑?"

"예, 아저씨네 집에 묵고 있습니다."

잠깐 생각하더니 주인태 교사는 은근한 어조로 말했다.

"떠들지 말고, 가서 아버지를 모시고 올 수 있을까?"

"아버지를 모시구 오랍니까?"

"그래, 날 만났다구 다른 사람에게 이야기하지 말구……"

하더니 회중시계를 꺼내 보면서 말했다.

"한 시간 뒤? 한 시간 가지구는 안 되겠군. 넉넉히 두 시간 뒤에 올 수 있겠니?"

큼직한 회중시계에 정수는 다시금 어리둥절하면서 대답했다.

"예, 넉넉합니다."

"어떻게 넉넉하단 말이냐?"

주 교사는 정수의 이마를 손가락으로 튕기면서 빙그레 웃었다. 정다운 동작-.

'정말, 어딘지도 모르고……'

정수는 흐뭇한 마음으로 따라 웃는데,

"영국덕이 알지? 거기 병원이 있어. 제창병원(濟昌病院), 거기 와서 날 찾아! 미리 일러 놓을 테니까, 조용히……"

주인태 교사의 말이었다.

"예, 영국덕이 압니다."

"……그래서 노령으로 가시는군."

두 시간 뒤, 제창병원 깊숙한 방에서였다.

주인태는 창윤이로부터 기와골의 그 후의 이야기와 거길 뜨게 된 사연을 듣고 말했다.

"그런데 한 가지 걱정으는 야 때문입메다."

"정수 때문에요?"

"소핵교오만 마치구 들어 팽개칠 수는 없구ㅡ."

"그렇겠죠. 머리가 좋은데."

"멀리 외가 편이 되기두 하구 어릴 때 친구 되는 사람이 장사르 하구 있습메다. 야르 맽기구 가라구 하는데, 학비가 들지 않는다구 보통핵교 고등과에 옇어 주겠다는 이애깁메다."

"그래요?"

"보통핵교오는 싫구. 어쨌으문 좋을지 걱정이 됩메다."

"걱정이 되겠군요."

하더니 주인태 교사는 정수의 뺨을 가볍게 꼬집어 쥐어흔들고 나서 말했다.

"우선 맡기구 가라면 그러는 게 좋겠지요."

"보통학교오 옇라는 말입메까?"

"흐훗, 그거야, 지금이 학기 초두 아니니까, 우선 그 집에 맡겨 두고 가시지요. 그리고 정수는 보름 뒤에 날 찾아 여기 오고."

"보름 뒤에요?"

정수의 따지듯 되묻는 말에,

"그래."

그리고 주인태 교사는 머리를 갸우뚱했다.

"노서아가 지금 어수선한데⋯⋯."

4

"아라사 안이 뒤죽박죽인 모양이야."

혼춘에서는 노령 소식을 어느 곳에서보다 자세히 들을 수 있었다. 만로(滿露) 국경도시, 바로 노서아의 문 앞이기 때문이었다. 거기서 들리는 소식도 현도나 주 교사의 말과 마찬가지였다.

정수를 현도네에 맡겨 놓고 한시름 놓았다 싶은 심정으로 창윤이는 나머지 가족들을 데리고 혼춘에 왔었다. 국경을 넘기 전에 객줏집에 머물러 있으려니 들리는 소리가 이런 것이었다.

"시끄럽고 뒤숭숭해 넘어오는 사람들도 많으니까."

참전(參戰) 3년에 노서아는 막대한 전화(戰禍)를 입었다. 제1년에 3백80만 명이 넘는 사상자를 냈다. 1916년 말경에는 노동자의 70퍼센트가 군수산업(軍需産業)에 종사하고 있었다. 전쟁에 승리할 아무 전망도 보이지 않고 있다. 도시에서는 심각한 식량난과 연료난에 허덕이고 있었다. 평시의 반밖에 먹을 것이 차례지지 않았다. 반전사상(反戰思想)이 끈덕지게 퍼져, 페테르부르크에서 노동자는 파업, 시민들은 데모, 하급군인들은 반란을 일으켰다. 걷잡을 수 없는 기세였다. 마침내 3월(1917년)엔 황제 니콜라이 2세를 퇴위시켜 3백 년간의 전제정권 로마노프 왕조를 거꾸러 뜨리고 말았다. 3월혁명이었다. 케렌스키가 정부 수반이 되었다. 케렌스키 정부는 대독전(對獨戰)을 그냥 밀고 나가 연합국의 승인을 얻으려는 외교정책을 발표했다. 국내의 시급한 경제개혁엔 천연책을 쓰면서······. 이에 반기를 든 것이 사회주의 혁명파였다. 국외에 망명중인 레닌을 데려와, 그 지도 밑에 소비에트공화국을 수립하기 위한 곡절이 많은 싸움을 벌이고 있었다. 케렌스키 정부가 와해되고, 무정부상태를 빚어내고……. 이런 과정을 거쳐, 멘세비키와의 대결에서 승리를 얻은 볼세비키가 레닌을 정부 수반으로 소비에트정권을 수립하려고 치달음치고 있는 것이 러시아 국내정세였다.

이 무렵 아직 레닌이 최후의 승리를 얻고는 있지 않았으나 전쟁에 피폐해진 나라에 엎치락뒤치락 정치적인 혼란이 빚어지고 있었던 것이다.

그 나라 사람들도 갈피를 잡을 수 없는 일이었다. 이주자인 조선사람이 뒤숭숭하지 않을 수 없을 것이다. 앞으로 어떻게 될 것인가? 조선사람이 슬금슬금 되넘어오는 것은 이런 정세 밑에서였다.

이런 노령으로 대뜸 어떻게 건너갈 것인가?

그러나 여기서 엉거주춤할 수도 없는 일이었다.

'흥, 가던 날이 장날이라구…….'

쓴입을 다시면서 시원한 소식이나 얻어들으려고 거리에 나가 서성대고 있을 때였다.

"이기 뉘깅가?"

보니 진식이었다.

비봉촌 서당에서의 고추친구, 창윤이 그곳을 떠난 뒤에는 통 소식을 몰랐던 사이였다.

얼마 만인가? 서로 얼른 알아볼 수 없게 변모하고 있었다. 사십을 바라보고 있어서만이 아니었다. 원체 겉늙은 것이다. 피차에 그동안의 생활을 얼굴에서 읽을 수가 있었다.

"어떻기 된 깅가?"

"저기 가세."

진식의 입에서 술내가 풍기고 있다. 그래도 덮어놓고 창윤이를 끌고 조그만 중국 음식집으로 들어갔다. 배갈과 간단한 안주를 청해 놓고 둘은 지난 일을 이야기했다.

창윤이 먼저 대강 비봉촌에서 떠난 뒤의 이야기를 하고 진식이를 보았다.

"……그래서 지금 노령으루 가는 걸음일세."

"노령으루? 아예 고만두랑이."

진식이 술에 젖은 눈을 거슴츠레 뜨고 손을 내저었다.

"어째서?"

"나두 갔다가 두 달 전에 되비 넘어왔네."

"그랬능가?"

"말으 말게."

진식이 하는 이야기—.

비봉촌을 마침내 떠나지 않아서는 안 된 진식이는 수소문하고 있던 산판으로 찾아갔다. 압록강 건너의 서간도의 산판.

"재미있는 일도 있었으나……."

마침내 거기서도 견딜 수 없었다. 윤치관이를 따라 노령에 간 쩡낭쇠 아버지와 후에 서기로 간 황 선생의 일이 생각났다. 황 선생과는 편지 왕래도 있었으므로 그 사람들을 의지하고 국경을 넘었다.

먼저 쩡낭쇠 아버지를 찾아 연추에 들렀다.

거기서 해삼위에 가 있던 황 선생이 세상을 떠났다는 소식을 들을 수 있었다.

연추에서 쩡낭쇠 아버지와 함께 2년 동안 지내다가 나왔다는 것이었다.

"그러문 해삼위에는 앙이 갔군?"

창윤이의 물음이었다.

"못 갔지."

"우리 외삼춘 소식으는?"

"들었느냐 말이지? 들었지. 들었기 때문에 아예 가지 말라는 거야."

"어떤 소식인데?"

"전에 비봉촌에 온 해삼위 나그네가 있재였음?"

"윤치관이라는 사람?"

"그래, 그 사람 말이 세룡이 아주방이 두박(豆粕)공장에 콩으 무역해 댄다구 했잖았관대. 그랬는데, 두박공장두 세계대전 때문에 시원치 않았던 모앵이야. 거기다가 금년에 들어서는 나라 안 싸움으루 영 문을 닫아 버렸다는 기네."

"문을 닫았으문 콩으 대지 못하겠궁."

"콩으 대지 못하는 것두 그렇지마내두 빚으 굉장히 지구 있는 모앵입데."

"빚으?"

"공장에서 돈이 나올 거 믿구서리 콩으 외상으루 무역으 해왔는데 문으 닫았응이 어떻게 되겠능가?"

창윤이의 얼굴이 심각해졌다.

"콩값으 내라, 빚으 내라, 영 말이 앙이라는 이얘기네."

"정말잉가?"

"이 사램이 내 거짓부레르 하겠능가? 그래서 애초부터 내떨지 않았능가."

232

정세룡이의 얼굴이 창윤이의 머릿속에 떠올랐다. 이젠 오십을 바라볼 정세룡이었으나, 비봉촌에서 밭일을 하면서 토호 동복산이의 송덕비 때문에 찾아온 얼되놈 최삼봉이와 노덕심이를 향해 손으로 나팔을 만들어 입에 대고 욕설을 퍼붓던 젊었을 때의 그 장면과 그 모습이 눈에 선했다.

목구멍에서 꽉 치미는 것이 있었다. 그걸 억누르면서 불쑥 말이 나왔다.

"그러문 얼피덩 나오쟁쿠."

"빚으 지구 도망칠 사램잉가?"

"하기는 그래."

"그렇기두 하지마는 한번 가문 쉽기 나올 쉬 없다네."

"그럴 기야."

"가나오나 마찬가지 앙이겠능가?"

"가나오나 마찬가지라?"

"돈이나 잔뜩 벌어 가지구 나온다문 모르지마내두······."

"그러문 자네는 돈으 벌어서 나왔능가?"

"내가 돈으 벌어?"

진식이 기가 차다는 듯이 웃었다.

"그런데 어째서? 노령 안이 너무 뒤숭숭해서 선손[先手]을 쓴 셈잉가?"

"선손으?"

전작도 있으나 부지런히 마시는 술이 점점 취해 오르는 모양이었다. 진식이 또 소리 높이 웃었다.

"선손이 무슨 선손이겠능가. 웬만하문 버테보자구 했네. 그러나 너무 재미르 보지 못해 놔서……."

"어떻게?"

"2년 동안에 상처두 하구, 다 큰 아이두 하나 쥑이구-."

"그렇기 인패가 났등가? 그거 앙이 됐네."

후를 집어 진식이의 잔에 술을 부어 주면서 창윤이는 그 이상 무어라고 위로의 말을 찾아낼 수 없었다. 술잔을 비우더니 진식이는 서글픈 어조로 말했다.

"그래두 비봉촌 있을 때가 제일 좋은 셈이었구, 이따금씩이 생각이 나는 기 산판에 있을 때 일이데."

"그래서 산판으로 되비 찾아가겠다는 말잉가?"

"어디메 가문 쉬원하겠네마는……."

갑자기 더 취해 오르는 듯, 진식이는 젓가락을 쥐어 상을 두드리면서 노래를 불렀다.

> 내가 이곳에 온 사정 생각하니
> 옷 밥이 그리워서 온 것이 아니로다.
> 경상도 본가를 곰곰이 생각하니
> 양전옥답에 조곡이 흐즈려졌다.
> 열두거리 암소는 왜놈이 부리고
> 백일경 전답은 척식회사에 갔도다.

비봉촌에 있을 때에도 진식이는 원래 목청이 좋고 노래 부르기를 즐겨 했다. 그러나 지금 부르는 노래는 더욱 목소리가 터져 있었다. 애원과 원한이 뒤섞여 애조를 띤 가락이었다.

중국사람들이 잘한다는 듯이 진식이 노래 부르는 모양을 기웃거리고 있었다. 진식이 더욱 신명기 난다는 듯이 목청을 다듬어 부르고 있었다.

"잘이 했소"

끝나자 중국사람이 벙글벙글했다.

"서간도 산판에서 부르는 겔세."

진식이 얼굴에 깊은 감회의 표정이 떠오르더니 창윤이를 보고 말했다.

"망국 후에 넘어온 삼남 사람들이 많은 모양이구."

"말으 말게."

그러더니 진식이는 이번에는 손으로 도끼를 쥐고 나무를 찍는 흉내와 톱을 갖고 나무통을 써는 흉내를 내면서,

"이렇게 디립다, 찍구 썰구, 내 도끼에 찍혀서 아름드리나무가 쿵 하구 넘어간단 말이야. 내 톱니에 썰기어서 통나무가 쩍쩍 갈라져 반듯한 널판이 된다 말이야. 생각해 보랑이. 얼매나 통쾌하겠능가? 내 갈 곳으는 산판이네."

그리고는 눈이 거슴츠레해, 또 헛헛헛 미친 사람처럼 웃어 제꼈다.

"이 사람아, 자네 여기서는 몇 잔으 앙이 먹었는데 그렇게 취하는가?"

"술뱀이(밖에) 동무 되능 기 있는 줄으 아능가? 그래 닥치는 대로 먹어 버릇으 했덩이 지금으는 두서너 잔에두 취하네."

창윤이는 비봉촌에서는 술이라고는 그렇게 좋아하지 않았던 진식이를 생각하고 마음이 어두워졌다.

5

"아주바님, 펜안했슴둥?"

혼춘에서 겨울을 나면서 노령의 행세를 관망하는 수밖에 없었다. 객주에 묵고 있는 가족을 방 한 간을 얻어 옮긴 지 보름이 지난 뒤였다. 창윤이가 밖에 나갔다가 들어오니 좁은 방 안에서 창덕이의 처가 인사를 하고 있었다.

"앙이 어떻기?"

반가움보다는 놀람이 앞섰다.

마적의 습격이 있은 뒤, 천보산에서 재기해 본다고 안간힘을 썼으나 뜻대로 되지 않는다고 가족을 데리고 어디론지 자취를 감춘 지 2년이 넘었다. 편지 한 장 던져 주지 않았는데 불쑥 제수의 얼굴이 보였기 때문이었다.

창덕이 처는 대답을 못하고 눈물만 흘리고 있었다.

"아아애비두 왔음둥?"

어머니를 보고 물었다.

"앙이 왔음메."

"앙이 오당이?"

어머니도 눈물을 닦으면서 며느리한테서 들은 이야기를 옮겨 놓았다.

"그동안에 천보산으로 떠나서 노투거우, 웅출나재[饔城摺子], 왕청, 여러 군데르 돌아댕겠담메. 아무 데서두 발으 붙이지 못하구 애만 썼구메. 그러다가……."

할 수 없이 가족을 다시 한 번 형님에게 맡기기로 하고 어디론지 종적 없이 떠났다는 것이었다.

창윤이는 욱 치밀었다.

그러나 제수의 초라한 모습, 다섯 살배기 큰아이와 젖먹이의 남루한 옷, 그동안 소식을 전해 주지 않고 불쑥 가족만 보낸 동생이 괘씸하면서도 그 가족이 측은해 견딜 수 없었다.

"얼마나 고생을 했음?"

창윤이의 목소리가 부드러웠다.

그제야 창덕이 처는 입을 열었다.

"이루 할 말이 없음등. 구제회 빚 땜에 아주방이안테 죄르 지었다구 그 빚진 돈으 꼭 싸줘구서리 성님으 찾아본다구……."

편지도 하지 않고, 소식도 전하지 않았다는 것이었다.

"그랬다가, 넉 달 전에는 날더러 지애골에 가서 아주바님 신세르 조금만 더 지구 있으라구 합두구만. 싫다구 했습지. 그랬등이 그러문 친정엉집에래두 가 있으라는 기 앙임둥."

두 가지의 하나도 내키지 않는 일이었다. 한사코 싫다고 거듭 머리를 가로저었더니, 그럼 네 마음대로 해라였다는 것이다. 그리고는 어디론지 자취를 감추고 말았다. 운출라즈에서의 일이었다.

석 달 동안 날마다 돌아오기를 기다리고 있었다. 그러나 견딜 수 없었다. 어린것들을 업고, 데리고 기와골로 가려고 용정에 들렀다.

용정에서 살던 친정집에서는 벌써 투두거우에 옮겨간 지 오랜 뒤였다. 현도네 집에 들러 우선 기와골 소식을 알리고 했다.

"그 아주방이 말이 혼춘에서 펜지가 왔는데 아직으는 거기 있을 기라구 해서……."

염치불구하고 찾아왔다는 것이었다.

"그래 어디매 간 줄으 죄곰두 모른다는 말이?"

"소식으 전해 주쟁이 알 수 없소꼬망."

창윤이의 이마에 주름살이 굵게 잡혀졌다. 무겁게 입을 열었다. 울화통이 터지는 목소리였다. 그러나 제수 앞이라 되게 욕은 하지 못했다.

"그놈우 새끼 정신이 쑥 빠졌궁."

"정수, 핵교오 들어갔담메."

남편은 동생 때문에 울화가 치밀었으나 쌍가매는 아들의 소식이 대견하다는 듯이 말했다.

"무시기라구?"

창윤이 처를 보았다.

"영국덕이 핵교오, 댕기게 됐담메."

"영국덕이 학교오?"

"옛꼬망."

창덕이 처가 대답하고 말을 이었다.

"뱅원에서 일으 보면서 핵교오 댕기게 됐다구 좋아합두구만."

"주 교사가 주선으로 한 모앵이군."

"옛꼬망, 주 선생님의 은혜가 많다구 합두구만."

창윤이는 흐뭇한 마음이었다. 그러나 그걸 밖으로 드러내지는 않았다.

"제대루 공부나 해내겠는지—."

6

"용정 냉면옥이 제일이야."
"육수가 갑절 맛이 있거덩."
"비빔이 맛이 좋지비."
"나는 꽁괴기가 좋두군."
"뼈가 아작아작 씹히는 게 숨이 간간 넘어가덩가?"
"가세. 오늘 점심은 내가 살게."
"용정 국숫집으루?"

창윤이네 국숫집은 혼춘 거리에서 이름을 놓고 있었다. 시작한지 한 달도 채 되지 못했다. 그랬는데도 벌써 명물의 하나가 되어 버렸다. 국수도 맛이 있었으나 여자가 앞자리를 보고 있는 게 이채였다.

그 여자 앞자리가 또 수수하게 미인이라는 소문이었다.

스물네댓밖에 되지 않았다. 동그스름한 얼굴이긴 했다. 건강감이 풍길 뿐 실제로는 예쁠 것도 없으나 짓궂은 젊은 손님들이 입으로 미인을 만들어 놓고 있는 셈이었다.

"아주망이 국수 마는 솜씨가 보통이 아입메다."

"내 국수만 맛있게 마는 깁지요?"

슬그머니 말을 걸어 보는 사람도 있었다. 그러나 여자 앞자리는 좀처럼 대꾸를 하지 않았다. 벙어리인 듯 다소곳이 국수만 말고 있는 태도, 그것이 얼굴이나 몸매보다도 손님들에겐 매력이 아닌지 모를 일이었다.

누가 그 여자의 입을 열게 만드는가?

누가 그 여자로부터 친절한 대꾸를 들을 수 있는가?

그 여자를 손아귀에 넣는 사람은 누군가? 이런 농담까지 하는 젊은이들도 있었다.

"국수 먹으러 가능가? 앞자리르 보라 가능가?"

"뽕두 딸 겸, 임도 볼 겸."

앞자리는 창덕이의 처였다.

혼춘에서 겨울을 나지 않아서는 안 된 창윤이는 이젠 동생의 가족까지 합친 큰살림을 국수 장사로 꾸려 나가기로 했다.

혼춘은 노령으로 내왕하는 사람이 모였다가 흩어지기도 하나 최근에는 일본 영사관 분관이 들어와 있었다. 용정에 비길 수 없으나, 갑자기 조선사람도 많이 모여 오고 있는 고장이다.

그러나 국숫집이 없었다. 더욱 그 영업을 하게 된 것은 창덕이의 처가 결혼 전 친정의 국숫집에서 일을 거들었던 경험이 있었기 때문이었다. 창덕이 처가 자신이 있다고 시형의 뒤를 밀고 나간 것이다.

시형에 대해 남편 못지않게 미안한 생각을 갖고 있는 창덕이의 처였다. 그걸 갚음하기 위해 곁눈도 뜨지 않고 일을 했다.

처녀 적의 경험과 곁눈도 뜨지 않는 창덕이 처의 근면, 또 창윤이 전체를 지휘해 준다.

노령에 가서 발을 붙이자던 약간의 돈으로 시작한 영업이 예상보다 잘돼 나갔다. 그리고 건강미 풍기는 여자 앞자리가 이채를 띠어 간판 노릇을 하기도 했다.

"집낭인가?"

"어째, 집낭이면 건드레 보자구?"

"집낭이르 거져 돌려보내서야 어디메 친정집 동네서나 자식들이 멘목이 서는가?"

어린 신랑에게 시집간 과년한 새댁이 친정에 돌아와 한두 달 지내다가 가는 풍습이 있었다. 당분간 각처(各處)를 시킴으로 해서 그나마도 어린 신랑의 건강을 돌본다는 배려에서이기도 했고, 휴가를 준다는 뜻에서이기도 했다.

친정에 돌아온 새댁은 몸과 마음이 그대로 자유였다. 고추보다 더 매운 시집살이에서 얼마 동안 해방되기 때문이었다.

처녀 때와는 달리 흥실흥실해지고 있다. 가끔 머리를 곱게 빗어 쪽을 찌고, 노랑 저고리, 다홍치마의 새댁 차림으로 친정집을 찾아 이 동네, 저 마을로 놀러 다니기도 한다.

동네 젊은 사나이들의 눈을 끌지 않을 수 없는 일, 시집가기 전에 짓궂게 굴던 늙은 총각이나 동네의 젊은 오입쟁이가 말을 건넨다. 이젠 앵돌아지지 않아도 된다는 심정, 마침내 어린 신랑과는 경험하지 못했던 황홀한 비밀을 간직한 채 시집으로 되돌아가는 결과까지 버르집게 되곤 하는 것이었다.

그러나 이것은 원체 품행이 좋지 못한 집난이의 경우다. 얌전하게 시집으로 돌아가는 집난이를 보내 놓고는 동네 젊은 장난꾼들이 말하는 것이었다.

"집난이를 그저 보내다니 면목이 없군."
"멘목이 없어두 집난인 것 같지 않구만."
"그럼 무시긴가?"
"주인 영감 제수님이라는가 봐."
"제수님?"

"그래."

"그래두 혼자가 아닌가?"

"팽개치구 어디루 뺑소니를 쳐버렸다나 봐."

"그래?"

유난히도 용정 냉면옥의 여자 앞자리에 관심을 기울이고 공연히 열을 올리는 사람도 있었다.

7

창덕이, 처 짐순이는 친정어머니의 초상을 치른 뒤 며칠을 묵다가 훈춘으로 돌아가는 길이었다.

투두거우에서 용정을 거쳐 국자가에 도착했다. 친척집에서 하룻밤을 지내고 지금 훈춘행 마차를 타고 가고 있었다.

국자가에서 훈춘까지는 2백4십 리의 먼 길, 도중에 고려령(高麗嶺)과 대반령(大盤嶺) 등 두 개의 높은 고개를 넘어야 한다.

6월 그믐께, 긴긴 해였으나 새벽에 떠나도 도중에서 하룻밤을 자고 가야 되는 노정이었다.

짐순이는 젖먹이를 등에 업고, 머리에는 조그만 봇짐을 이고 아직 어둠이 채 걷히지 않은 거리를 마차 타는 곳을 찾아가고 있었다.

차 타는 넓은 터에는 십여 대의 마차에 벌써 사람들이 타고 있기도 하고 타려고 하기도 했다. 훈춘으로 가는 마차만이 아니었다. 왕청 방면과 돈화 방면으로 가는 마차도 여기 한군데서 떠나는 것이다.

"혼춘으루 가는 차가 어느 김둥?"

"여기오."

그러나 그 차에는 사람이 꽉 차 있었다. 겨우 한 사람쯤 자리가 있을까. 타고 싶지 않았다. 자리도 좁았으나 조선사람은 두어 사람밖에 보이지 않고 나머지 5~6명은 중국사람이기 때문이었다.

"다른 차는 없음둥."

두리번거리는데,

"용정 면옥 아주망이 앙이오?"

짐순이, 소리 나는 쪽에 머리를 돌렸다. 눈이 떼굴떼굴 큰 얼굴의 남자, 여자 앞자리 짐순이에게 유난히 관심을 가지고 공연히 열을 올리고 있는 단골손님이었다.

반갑기는 했다. 그러나 국수 먹으러 와서 추근추근, 말을 걸어 보고, 이상한 눈짓을 하던 일이 생각나서 반가움을 솔깃이 표현할 수 없었다.

마차 위 한가운데 좋은 자리에 앉아 있던 남자는 일어서서 열심히 손짓을 했다.

"아주망이 얼피덩 이리루 오오."

오라고 해서만이 아니었다. 그 마차에는 아직 자리가 넉넉했다. 짐순이는 그 마차를 타지 않을 수 없었다. 옆에 가자, 남자는 짐순이의 머리 위의 봇짐을 마차 위에서 받아 내렸다. 짐순이는 바퀴통을 딛고 차에 오르려고 했다. 그러나 등에 업힌 애기 때문에 가볍게 오를 수 없었다. 안간힘을 쓰는데 덥석 단골손님의 큼직한 손이 짐순이의 오른 손목을 으스러지도록 잡아당겼다. 손목에 아찔한 느낌—.

그러나 그 서슬에 짐순이는 몸을 추스려 쉽게 차에 오를 수 있었다.

등에 업힌 애기가 충격에서인가 쐐기울음을 터뜨렸다.

"여기 앉소."

단골손님 옆에 앉았으나 짐순이는 까닭 없이 가슴이 두근거렸다. 남자에게 등을 돌릴싸하고 가슴을 헤쳐 우는 애기 입에 젖꼭지를 물렸다. 처음엔 울음을 그쳤으나 이내 젖꼭지를 뱉어 버리고 애기는 그냥 울었다.

"야가 어째 이러니?"

그러면서도 짐순이는 단골손님 옆에서 부끄러운 생각만 들었다. 잡혔던 손목이 아직도 아픈 것 같다.

"갸가 바늘에 찔린 게 앙이오?"

짐순이의 어깨 너머로 남자의 목소리였다.

짐순이는 애기를 흔들면서 또 젖꼭지를 물렸다. 이번엔 젖꼭지가 아프도록 세게 빨고 있었다.

"어디메 갔다 오는 길이오?"

단골손님의 물음이었다.

"친정집에―."

"무시래?"

"야, 외큰아매가 돌아갔소꼬망."

"아주망이 친정어망이가?"

"옛꼬망."

"몇인데?"

"쉰둘입꼬망."

"쉰두로, 아직으는 한창 살 나이궁……."

짐순이는 와락 어머니를 여읜 설움이 치받쳤다.

젖이 양껏 나오지 않는 모양이었다. 애기는 젖을 빨다가 또 울기 시작했다. 애기의 울음소리를 들으니 짐순이도 눈물이 글썽해졌다.

"애통할 겝메다."

남자의 말이 짐순이의 마음에 잦아들었다.

"여자들에게는 친정어머니가 제일인데……"

눈물이 뺨에 흐르는 걸 깨달았다.

"야가 어째 이러니?"

짐순이는 애기의 입에 또 젖꼭지를 틀어넣으면서 눈물을 감췄다.

"눈물두 나올 겝메다. 그런데 아아애비 소식으는 듣습메까?"

짐순이는 선뜩했다. 마음을 가누어 잡으면서,

"아아애비 소식으?"

"들었습메다."

"옛? 어디메 있다구 합데?"

"어디메 있다는 게 앙이라, 어디멘가 가구 없다는 말으……"

"나는 또"

"주인 소식도 모르는데, 친정어망이꺼정 돌아갔응이 아주망이두……"

추근추근 구는 남자가 싫으면서도 짐순이는 또 눈물이 치솟았.

남편이 시형에게 진 빚 때문에 불평 한마디 녛지 못하고 고된 앞자리의 일을 하고 있다. 그것뿐인가? 거센 맏동서의 은근한 구박, 철없는 아이들의 싸움질, 짐순이의 가슴속은 썩고 타고 있는 것이었다. 그 가슴속을 단골손님이 알아주는 투의 말이었다.

"말으 맙소꼬망."

"국수 먹으러 가서 아주망이를 보면 늘 불쌍한 생각이 나서……"

"불쌍하기사, 무슨─."

"용정 냉면옥이 어째서 그렇게 손님이 많은 줄 암둥?"

"……."

"아주망이 때문입메다."

"무슨─."

"아주망이 앞자리 솜씨가 여간이 앙이거든, 그런 디다가 아주망이가 음전하구……."

"간대루(아무려면)."

"도삽(거짓말)이 앙이라잉까. 그런데 주인 아방이 그거 알아줌둥?"

"알아주고 앙이 주구 있겠관디. 집안찌리 하는 일인데."

"그래두. 알아주는 것 같쟎두구만. 제수씨라면서 막 부레먹는 게 아임둥?"

"……."

"그래, 설에나 단오에 치매라두 한 감으 끊어준 일이 있었음둥?"

"싹으 받구 하는 기래야 말입지, 지 집 일인데 멩실에 새 입성 해 입구 어쩌구 아직으는 그렇기 풍성하지 못합꼬망."

"그래두 욕으 보는 사람으는 알아조야지."

"……."

"고 아방이 순전히 노랭이라, 긁어모우기만 하는 기 아임둥?"

"그렇지는 않소꼬망."

"어째 앙이 그렇겠음메까? 우리 국시 먹으라 댕기는 사람들이 다 알구 있는데……."

"아주망이르 모두 일칼루구 있소꽝이."

"아주망이 없는 사이에 그 두생이 국시를 말았는데 맛이 없어서 아주망이 이얘기를 몹시 했당이까……."

짐순이가 혼춘을 떠나 있은 지 보름이 가까웠다. 그동안 그랬을 거라고 짐순이는 생각하면서 입을 열었다. 이젠 눈물을 손님 앞에 감추지 않고―.

"말이 났응이 말이지, 말으 맙소꼬망."

"그럴 끼오."

"가슴에 재가 한 자나 쌓여 있당이."

"그럴 끼오."

"철없는 것들이 쌈지르 하구."

"그럴 끼오."

"아주망이, 우리 다른 디 가서 국수장시르 하쟁캤소?"

도중에서, 하룻밤 묵고 이튿날, 함께 마차를 타고 갈 때에는 단골손님과 짐순이 사이는 어제보다도 더 가까워졌다.

"별말으 다 한당이."

"동사(同事)르 하잔 말이오."

"동사랑이?"

"내가 자본으 대겠응이 아주망이가 도맡아 하란 말입메다."

"에구."

"혼춘에서 멀리 떠나서…… 통포슬(銅佛寺)이나 개산툰(開山屯)이나……."

"에구."

"처자르 팽개치구 종적으 감춘 주인으 생각할 기 어디메 있겠관디."

"그런 말으는 농으루두 그만둡세."

"농이 앙이라니까."

"나르 뉘귄 줄으 알구 함부루 그런 말으 함둥?"

짐순이는 정말 앵돌아져 입을 꽉 다물고 말았다.

처음부터 이 사람과 헤프게 말을 주고받고 했다고 뉘우쳐졌다. 차에 오르느라고 손목도 쥐게 하고…….

'나를 뉘귀라구…….'

분노가 치밀었다. 국숫집 앞자리 노릇을 하고 있대서 깔보고 하는 말임에 틀림이 없다. 그렇게 생각하니 더욱 남편이 원망스러웠다.

'그기 사람잉가? 어디에 가서 생각이나 하구 있는지.'

창덕이와 그나마도 재미있다 싶게 살림을 누려 보기는 천보산의 2~3년밖엔 없다. 그 외에는 시형과 만동서 밑에서의 괴로운 기억밖에 남는 것이 없었다.

방랑벽이 있는 남편, 기상천외의 저돌적인 행동과 가족도 안중에 없는 성격.

앞으로의 생애가 빤히 내다보이는 듯도 했다.

'차라리 이 사람과 어디 가서 국수장시 동사나 해볼까?'

그러나 이런 생각이 가져지는 자신을 책하면서 짐순이는 입을 꽉 다문 채 그 사람이 말을 걸어도 응하지 않았다.

그러면서 마차는 혼춘에 닿았다.

어두워서였다.

애기 업은 포대기의 띠를 꽉 졸라매고 봇짐을 이고 짐순이는 집으로 들어섰다.

"지엄마."

큰놈이 밖에서 놀다가 다리에 감기면서 즐거운 목소리였다.

"애비 왔다."

"무시기라구!"

"애비 왔다."

방 안에 들어가니 남편이 시형과 함께 이야기하고 있었다. 무슨 이야 기가 형제 사이에 긴장한 분위기가 감돌고 있었다.

힐끔 아내를 쳐다보는 창덕이의 얼굴은 새까맣게 타고 있었다. 천보산에 있을 때는 물론 운출라즈에서 한창 궁하게 지낼 때에도 저처럼 초라한 모습이 아니었다. 고생 끌이 꽉 박혀 있었다. 눈만이 빛난다고 할까? 그런 눈으로 아내를 보고는 이내 창윤이와 이야기를 계속했다.

"······그래서 이번에 이렇게······."

하면서 창덕이는 호주머니에서 꼬깃꼬깃 접은 종이를 끄집어내 펴서 형에게 주었다. 창윤이의 얼굴이 더욱 심각해졌다.

심상치 않다고 짐순이는 생각했다. 이내 방에서 나가 버렸다.

"이긴가?"

창윤이 물었다. 창덕이 대답했다.

"옛꼬망."

창윤이 종이에 씌어 있는 글을 한자 한자 읽어 내려갔다.

8

종이에 씌어 있는 글은 독립선언서(獨立宣言書)였다.

청소년들의 정신교육에 중점을 두어 독립정신과 한문을 가르치고 있던 중광단(重光團)에서는 1918년 봄에 동삼성(東三省)의 혁명거두들의 명의로 독립선언서를 발표했다. 다음해에 있을 기미(己未) 독립선언서의 전주곡이었다.

무오(戊午) 독립선언서라고 한다.

제1차 대전의 전세가 연합국의 승리로 확정되자, 미국 대통령 윌슨은 강화조약의 기본조건으로 독립에 대해 14개 조항을 제출했다(1918년 1월).

그 조항 중에 민족자결주의(民族自決主義)가 들어 있었다.

'각 민족의 운명은 그들 스스로가 결정한다.'

전 세계 피압박 민족에게 이것은 큰 충격이 아닐 수 없었다. 우리 민족도 독립을 바라는 심정이 불같이 타올랐다.

운동은 해외에서 먼저 일어났다.

상해(上海)에서는 여운형(呂運亨), 김철(金澈) 등의 협의로 김규식(金奎植)을 파리 강화회의에 보내어 우리나라의 독립을 호소케 했다. 미국에서는 안창호(安昌浩), 이승만(李承晩), 정한경(鄭韓景) 등이 운동을 전개했다. 이동휘(李東輝)가 중심이 되어 연해주 지방에서 활약했고, 동경(東京)에서는 유학생들 사이에 암암리에 운동이 벌어졌다. 국내에서도 뜻있는 사람들이 들먹거리고 있었다.

북간도의 의병대 후신인 중광단에서 선언서를 발표한 것은 당연한 일이 아닐 수 없는 일이다.

국수영업을 한 뒤부터의 창윤이는 전과는 달라, 국제정세 같은 것에 그렇게 신경을 쓸 겨를이 없었다. 그러나 들리는 풍문으로 윌슨의 민족자결의 원칙은 알고 있었다.

'우리의 운명은 우리 스스로의 손으로 해결한다.'

옳은 말이었다. 그러나 어떻게 될 것인가?

잠 오지 않는 밤에 곰곰이 생각에 잠겨본 일도 있는 문제였다.

그 독립선언서를 창덕이 가지고 온 것이다.

한문의 실력이 짧은 창윤이는 아무리 천천히 읽기로 문면의 뜻을 완전히 이해할 수는 없었다.

그러나 그것은 글자와 문자에 대해서다. 글자나 문장은 한 자 한 구절 낱낱이 풀이 못 하더라도 그 안에 담겨 있는 뜻은 이해하고도 남음이 있었다.

벌써 있어야 될 일이라고 거듭거듭 생각하면서 엄숙한 마음으로 읽어 내려갔다. 더욱 엄숙한 심정이 북돋아지기로는 서명한 이름을 읽어 내려갈 때였다.

"여준, 정안립⋯⋯."

으로 시작해, 창윤이는 박성태, 박찬익, 정신, 유동렬, 신팔균, 김동삼, 송일민, 김동평, 나우, 서상용, 황상규, 한 사람 한 사람 이름을 나직이 소리를 내어 읽었다. 얼굴은 본 일이 없으나 벌써부터 이름은 잘 알고 있는 애국지사들이었다. 존경심과 더불어 그 얼굴들을 상상으로 그리면서,

"⋯⋯김좌진, 서일⋯⋯."

읽기를 마치자,

"이분들으 너는 대한 일이 있겠구나."

부러운 듯이 창덕이를 보았다.

"서른아홉 분으 모두 뵙지는 못했지마는 그 중에서 몇 분으는 뵙기도 하고 글을 배우기도 하고 훈련을 받아 보기두 했습니다."

북간도 251

"그랬겠구나."

창윤이는 무겁게 머리를 끄덕였다.

"여기 이름이 없는 분으루서두 훌륭한 분들이 많습니다."

"그렇겠지."

"내 직속상관이 되는 분은 여기 이름은 없지마내두, 여간 훌륭하지 않습니다. 팔자수염이 나고……."

"팔자수염?"

창윤이는 신용팔 대장의 얼굴이 눈에 선했다.

"이름이 뉘긴데?"

창덕이 이름을 댔다. 의병싸움에서 전사했다는 신용팔 대장이 살아 왕청에 가 있을 까닭이 없는 일이다. 으레껏 '신용팔'이라고 대답하지 않을 걸 예기했으면서도 창덕이의 입에서 다른 이름이 불리어지니 서운하지 않을 수 없었다. 서운한 생각은 사포대 무렵의 일을 회상하게 만들었다.

'그때에 중광단 같은 게 있었더라문…….'

그러나 지금은 신 대장도 저세상 사람이 되었고 창윤이 자신도 창덕이처럼 산속에 들어가 모진 훈련에 견디어 낼 용기와 체력이 없는 것이다.

세월의 흐름을 새삼 서글프게 생각하고 있노라니 창덕이,

"형님!"

"어째서?"

"이번에 이렇게 일부러 형님으 찾아온 일이 있습니다."

"무시긴데?"

"지금 본 독립선언서에두 그랬지마는 이제부터는 일본하구 무력으로

싸와야 됩메다. 그러자며는 군자금이 필요하거든요. 우리 동지들이 동삼성은 물론이고 국내에도 들어가 군자금을 널리 모우기루 했습니다."

어린 처자를 길가에 팽개치다시피 하고 소식도 전하지 않았던 창덕이 불쑥 나타났을 때, 창윤이는 주먹을 쥐고 때리려고 했다. 더구나 그 새까맣게 탄 얼굴과 초라한 옷매무시를 보고는 쥐었던 주먹이 떨리기까지 했다. 그러나 창덕이는 넓적 형 앞에 절을 하더니,

"용서해 주십시오"

그리고,

"중광단에 가 있습니다."

의젓하게 말했다.

"중광단에?"

"옛."

끝을 짧고 또렷이 맺는 군대식 대답이었다.

"왕청의?"

"옛."

"어떻기?"

"장사르 다시 회복해 보자구 했으나, 암만 애르 써두 되지는 않아, 여기저기 가속을 끌구 댕겼습죠. 그러다가 운출라즈에서 중광단의 동지를 사괴게 됐습니다. 형님에게 진 빚을 갚아 드리지 못하는 게 미안했지마는, 중광단에 갔다면 형님이 용서해 줄 것 같아서 그냥 가 버린 겁니다."

처에게 사실을 이야기하지 못한 것은, 안다면 한사코 말릴 것이었고 그대로 뿌리치고 간다면 그런 이야기를 펼쳐 놓을 것이라고 생각한 때

문이라고 차곡차곡 이야기했다.

"입단한 후 편지를 올리지 못한 것도……."

"알겠다."

당당하게 이야기하는 동생의 말과 몸가짐에서, 창윤이는 다른 창덕이를 발견하고 흐뭇하고 믿음직하지 않을 수 없었다. 긴 이야기를 듣지 않아도 짐작이 가는 일이었다. 사사로운 일보다도 창윤이는 중광단의 소식을 자세히 물었다. 묻는 대로 대답하던 끝에 독립선언서를 내놓았고 지금 군자금 이야기를 무겁게 이야기하고 있는 것이다.

"그래야지, 군자금이 있어야지."

창윤이 또 머리를 끄덕였다.

"형님도 내야 되겠지마는, 낼만 한 분을 소개도 해주어야겠습니다."

"그럭허지."

"그리고 이번 한 번만이 아니라, 형님이 혼춘에서는 책임을 지구 모집해서 저를 통해 보내 주도록 부탁하겠습니다."

창윤이 무겁게 대답했다.

"알겠다. 염려 말아라."

"그럼 가겠습니다."

"가당이?"

"밀정들이 많이 들어와 있습니다."

"밀정이?"

"조심해야 됩니다."

"조심으는 하겠다마는 어디메루 가는 길잉야?"

"내지루 들어가는 길입니다. 밤을 도아 강을 넘어야 됩니다."

"그렇겠지."

"동지들이 기다리고 있습니다."

"그래두 잠깐만 기다리랑이."

그리고 창윤이는 얼른 방에서 나왔다.

"얼피덩, 들어가 봅세."

초췌한 남편의 모습과 형제 사이에 떠돌고 있는 긴장한 분위기를 본 짐순이가 아직도 어리둥절하고 있는데 시형의 말이었다.

창윤이 등을 밀다시피 했으나 부끄러운 생각에 선뜻 내키지 않았다. 시형이 일부러 둘만의 자리를 만들어 준다는 데 대한 새삼스러운 부끄럼만이 아니었다.

마차에서 단골손님에게 손목을 으스러지도록 잡히자 선뜩했으면서도 그게 야릇한 쾌감으로 느껴졌던 일. 어디 멀리 가서 국수 장사 동업을 하자는 말에 앵돌아지기는 했으나, 내심으로는 남편을 원망했던 일이 너무도 생생하기 때문이었다. 그러나 문을 열고 방 안으로 들어가지 않을 수 없었다. 마치 신방에 들어가는 것 같이 두근거리는 가슴이었다.

두 장례

1

지하실이었다. 가스불이 켜져 있었으나 희미했다. 어두컴컴하기까지 한 방 안은 을씨년스러웠다.

그런 방 안에서 조그만 책상에 몸을 착 붙이고 나무의자에 앉아 등사원지를 긁는 사람이 있었다.

소매 긴 검정 다부쇼즈 차림의 중국옷을 입고 있었다. 중국 신사처럼 깎은 하이칼라 머리에 코밑수염이 잔디밭처럼 무성했다. 주인태였다.

옆에는 이정수가 허리를 구부정하고 서서 주인태가 긁고 있는 원지와 원고를 대조해 보면서 선생의 일을 거들어 주고 있었다. 원고의 글자를 빠뜨리지 않고 옮겨 쓰게 하기 위해서인 것이다.

방 한가운데는 조금 큰 테이블이 놓여 있었다. 위에는 등사판이 원지 긁기가 끝나기를 기다리고 있었고, 그 책상 옆에도 한 청년이 있었다.

키가 크고 가슴이 벌어진 건장한 체격이었다. 미리 종이를 등사판에 끼워 넣기도 하고 유리판에 잉크를 이기기도 하고, 고무롤러에 잉크를 묻히기도 했다.

주인태는 엄숙한 표정으로 등사 철판에 빨려들어 가듯이 철필을 움직이고 있었고 거들어 주는 청년들의 얼굴도 긴장하고 있었다.

3월 초순이었으나, 아직도 겨울이 물러가지 않은 듯 날씨는 추웠다. 땅 속의 방, 더구나 밤이라 습기가 축축, 추위가 더 느껴질 것이었다.

그러나 방 안의 사람들은 추위도 축축한 습기도 아랑곳이 없었다. 오히려 주인태의 이마에는 땀방울이 함초롬히 맺혀져 있었다. 청년들도 가슴이 벅찬 듯 숨결이 거셀 뿐 추위를 느끼지 못하는 모양이었다.

이윽고 주인태는 철필을 놓았다. 원지를 집어 펴들고 불에 비춰 읽어 보았다.

"됐어."

그리고 자리에서 일어서 등사판 있는 데로 갔다. 대기하고 있던 청년이 대기하고 있던 등사판에 원지를 끼웠다. 잉크를 묻혀 두었던 롤러가 원지 위에 굴렀다. 잉크가 진한 첫 장. 그러나 단정하고 정성이 스며 있는 글씨였다.

첫 장을 넘기고 다음 장을 찍었다. 아직도 진하다.

"박 공! 인 주오."

박문호(朴文浩)는 정수보다 두세 살은 위인 듯이 보였다. 학생이 아니었다. 그러나 주인태가 몹시 신임하는 청년임에 틀림이 없는 모양이었다.

롤러를 두 손으로 내밀었다. 주인태는 박문호의 손에서 롤러를 받아 유리판에 몇 번 굴렸다. 잉크를 조절하기 위해서인 것이다. 그리고 원지

위를 조심스러우나 적당하게 힘을 주어 밀었다.

박문호가 등사판 종이를 빼냈다.

"됐습니다."

그러면서 주인태에게 주었다.

"됐군."

그리고 주인태는 박문호를 보고 싱긋이 웃었다. 박문호도 빙긋했다.

주인태가 천천히 소리를 내지 않고 읽어 내려갔다.

"……오등은 자에 아 조선의 독립국임과 조선인의 자주민임을 선언하노라……."

읽고 있는 주인태의 얼굴이 씰룩씰룩했다. 몇 번 읽어 보는 글인지 모를 일이었다. 적어도 처음에는 원고를 읽었고 원지에 쓰느라고 정독(精讀)했고, 끝나자 통독했고, 지금 유인된 것을 또 한 번 읽고 있는 것이다.

읽을 때마다 장중하고 엄숙해 가슴이 뿌듯한 문장.

기미 독립선언서인 것이다.

독립선언서는 국민회의 경성(京城 : 서울) 연락책임자 강봉우(姜鳳羽)가 전해준 것이었다.

김약연(金躍淵), 김영학(金永學), 구춘선(具春先), 강백규(姜百奎), 유찬희(柳瓚熙), 마진(馬晋), 정재면(鄭載冕) 등 합방 이전에 북간도에 이주한 기독교인들이 중심으로 조직한 것이 연변 교민회였다.

중국 측 연길 도윤공서(道尹公署)와의 협정으로 교포들의 행정사무와 교육기관의 관리 등을 처리하고 있었다. 그러나 1914년 망명 중의 이동휘(李東輝)가 명동(明東)을 거쳐 노령(露嶺)으로 간 뒤부터 행정 자치기관의 성격을 넘어 독립운동 대중단체로 방향을 돌리게 됐다. 이름을 국민회(國民會)로 고쳤다. 본부는 연길 중국 거리에 두고 각지의 교회를 중심으로 지부를 두고 있었다.

경성에는 연락원을 두고…….

그 서울 연락원이 보내 온 독립선언서였던 것이다. 종전(終戰) 전부터 민족자결원칙에 독립정신을 불러일으키고 있는 국내외 국민들에게 대전 종결(1918년 11월)의 소식과 더불어 체코슬로바키아의 독립(1918년 10월)이 전해져 왔다. 유고슬라비아는 왕국을 선언하고(같은 해 12월) 다음해 1월에는 아일랜드 공화국이 독립을 선포한 뒤를 이어 2월에는 영불(英佛)이 폴란드의 독립을 승인하였다.

유럽대륙에서 착착 실천되고 있는 민족자결의 원칙.

"우리도 독립을 선언해야 된다."

유럽 약소민족 국가의 독립선언에 뒤늦어지고 있다는 초조감들이었다. 그런데다가 1월 22일(1919년)에는 고종(高宗)의 갑작스러운 승하(昇遐)가 발표되었다.

"독살이다."

"어김없다."

격분하는 민중.

"망국의 가련한 임금이여!"

애통하면서 망곡(望哭)하는 백성들.

"인산(因山)날을 기해 서울에서 독립선언식이 있을 것이다."

이런 암시도 서울 연락원이 국민회에 전해 주었다. 그리고 3월 1일을 전후해 선언서와 식순 등 필요한 서류를 보내 왔었다.

국민회 간부들은 비밀집회를 가지고 간도에서의 선언식을 지내고 독

북간도 259

립 만세를 부르기로 결정했다.

날짜와 시간은 3월 13일 정오. 장소는 간도 조선사람들의 서울이자 일본 총영사관이 있는 용정의 개방지 밖 중국 관청 관할 밑에 있는 지역으로 정했다.

그 준비의 하나로 각지에 보낼 개회통지서와 선언서와 식순과 시위행렬에 쓰일 태극기 제작 등, 주의사항을 등사하지 않아서는 안 되었다.

주인태가 그 임무를 맡았다. 중진 간부여서가 아니었다.

신명학교에서 떠난 뒤 주인태는 고향에서부터 친분이 두터웠던 캐나다 선교부의 영국 선교사와의 인연으로 그 구내에 기거하면서 국민회의 일을 거들어 주고 있었다.

정수를 쉽게 선교부가 경영하는 중학교에 넣은 것도 이 때문이었다.

동산(東山) 캐나다 선교부가 자리 잡은 구역에는 치외법권(治外法權)이 실시되고 있었다. 일본 관헌은 물론, 중국 측에서도 이 지역엔 간섭을 하지 못했다.

비밀문서를 다루고 그것을 등사하는 일에 알맞은 장소가 아닐 수 없었다.

주인태에게 그 일이 맡겨진 것도 이런 계제에서였다. 그러나 이 지역에 치외법권이 실시되고 있다고 해서만이 아니었다. 또 주인태와 영국인 선교사가 친한 사이라고 해서만이 아니었다.

선교사가 우리의 독립선언에 이해를 갖고 있었기 때문이었.

"좋습니다. 얼마든지 하시오."

주인태가 방을 빌려 달라고 했을 때 선교사는 선뜻 승낙했다.

"우리나라도 애란을 독립시켰습니다."

그리고 구내의 은진중학교 지하실을 제공했다.

등사의 일만이 아니었다. 각 지부에의 연락, 동원 등등 처음부터 끝까지 극비리에 행해져야 했다. 일경의 귀에 들어가서는 안 되기 때문이었다.

그런 중에도 등사는 절차의 시초였고, 기본이 아닐 수 없었다.

가장 믿는 정수와 또 박문호를 데리고 밤중에 일을 하고 있는 것도 이런 조심성에서였다.

"조심하면서 얼른 밀어요."

주인태는 주의를 주었다. 흐리거나 진해서 잘 읽어지지 않을까 걱정되기 때문이었다. 박문호가 힘 있게 대답했다.

"예."

"예."

정수도 나직이 그리고 힘 있게 대답하면서 롤러 굴리는 박문호를 도와주고 있었다. 주인태는 책상에 가서 마주 앉았다.

철필을 집었다. 또 원지를 긁기 시작했다.

입 속에서 원고를 읽으면서…….

"……각각 태극기를 만들어 감춰 가지고 왔다가 식장에서…….."

2

'국어[日語]' 시간이었다.

금테 모자에 짧은 환도를 찬 판임관 제복의 훈도(訓導)가 교단에서 교과서를 한 줄씩 읽고 있었다.

선생의 목소리가 끝나자 학생들이 그대로 받아 읽어야 되는 교수법이었다. 그러나 선생의 목소리가 끝났으나 학생들의 받아 읽는 목소리가 들릴락 말락 했다.

"왜들 힘이 없는가?"

선생이 책을 교탁 위에 놓고 학생들을 둘러보았다.

심각한 얼굴들이었다.

"왜들 그러는 거야?"

그러나 선생은 다시 책을 들고 읽었다. 아까보다는 높은 소리였으나 여느 때 받아 읽는 목소리는 비교가 되지 않았다. 읽는 학생도 있었으나 입을 다물고 있는 학생들이 많았다. 읽는 학생들은 나이 어린 축이라고 할까?

어린 장만석이는 건성으로 받아 읽는 편이었으나 4학년이다. 가슴이 두근거리지 않을 수 없었다. 태극기를 감춰 가지고 있는 탓이었다. 그리고 이제 시간이 되면 바로 학교 뒤인 독립선언식장에 보통학교 학생 전원이 참가하기로 되어 있기 때문이었다.

주인태와 이정수 들이 밤을 밝혀 등사한 문서들은 비밀리에 배부되었다. 용정 시내뿐이 아니었다. 명동, 국자가, 왕청, 운출라즈 등지로 릴레이식의 전달방법을 썼던 것이다.

보통학교에는 정수가 직접 만석이를 통해 고등과 학생에게 연락해 두고 있었다. 그 고등과 학생이 극비리에 전교생에게 그날 태극기를 만들어 가지고 등교했다가 시간이 되면 일제히 식전에 참석하도록 지시하고 있었다.

오늘이 바로 그날 3월 13일인 것이다. 그리고 지금이 첫 수업 시간이었다.

내색을 하지 않기로 약속이 되어 있었으나 '일어'를 '국어'로 일본말을 가르치고 있는 수업에 성의가 북돋아질 까닭이 없는 일이다. 그러나 그런대로 훈도에게 눈치 채이는 일이 없이 수업을 받고 있을 때였다.

복도에 바쁜 걸음 소리가 들리더니 일본인 교장과 훈도들이 이 교실, 저 교실의 문을 열고 긴장된 얼굴로 수업을 하고 있는 선생에 귀엣말을 하고 다녔다.

만석이네 방에 들어온 선생은 교장이 아닌 다른 일본인 훈도였다.

만석이네 선생의 얼굴도 굳어지면서 일본인 훈도의 귀엣말을 머리를 끄덕이면서 듣고 있었다.

"그래요?"

"엄중 감시를 하도록."

"알겠습니다."

"수업이 끝나도 교실에서 내보내지 말도록."

"옛!"

일본인 훈도는 바쁘게 나가 버렸다. 갑자기 긴장이 서린 교실. 만석이네 교실은 2층이었다. 그리고 만석이는 창가에 앉아 있었다. 힐끔 내다보았다. 어느 사이에 교문이 굳게 닫혀 있었다. 교문 밖에는 영사관 순사들이 서성거리고 있었다.

"저거 봐라."

창가에 앉은 아이들이 눈을 교문 있는 데로 돌렸다.

'들켰구나.'

회장은 학교 뒤였다. 그러나 2층 교실에서 회장은 보이지 않았다. 그

쪽에 복도가 있어 교실에 앉아서는 볼 수 없기 때문이었다.

보였기로 개회 시간 열두 시까지는 두세 시간 남아 있었으므로 회장에는 아직 군중들이 모여들고 있지 않았다. 정각에 임박해 우르르 몰려들어 식을 지내기로 했기 때문이었다. 역시 치밀하고 조심성 있는 계획이었다.

그 철저한 비밀주의와 치밀하고 조심성스러운 진행으로 일경들은 이날 아침에야 비로소 알게 됐다.

곧 중국 관청에 통고했다.

"조선인들의 다수 동원이므로 우리가 경비를 해야겠다."

그러나 중국 측에서는 안 된다고 완강히 거절했다.

"조선인들이지마는 장소가 개방지 구역 밖이다. 우리가 경비를 하겠다."

이렇게 나온 데는 까닭이 있었다. 국민회 간부들이 미리 장 연길 도윤에게 이번 거사에 대해 알리고 경비를 요청했기 때문이었다. 도윤이 대뜸 응낙했다.

영사관과 도윤공서와의 사이에 약간의 옥신각신이 있었다.

그러나 영사관은 경찰대를 갖고 있다고 하나 수효가 얼마 되지 않았다. 정보로는 만여 명 가까이 동원될 것이라고 하였다.

차라리 중국 측에 경비의 책임을 지워 놓고 하회를 보기로 하자. 이런 생각에서였을 것이었다.

"그럼, 경비는 맡아라. 그 대신 만약 불상사가 생길 경우의 책임은 전혀 우리한테 없다."

그리고 얼른 보통학교 교장에게 학생을 감시 단속해서 부정선인들의 부정 집회에 한 사람도 참석하지 못하도록 시달한 것이었다.

"만약 어기면 교장에게 책임을 묻겠다."

3

흐리터분한 날씨였다.

바람도 불고 있었다. 방금 눈이 내릴 기세였다. 벌써 싸락눈이 휘몰아치는 듯도 했다. 그러나 그것은 눈이 아니었다. 모래였다. 모래를 휘몰고 바람이 불고 있었다.

봄을 재촉하는 몸부림, 나무에 눈을 틔우는 바람인가? 그런 모양이었다. 그러나 겨울처럼 맵짠 날씨였다. 그 아픔 속에서 새싹이 트는 모양이었다. 덜덜 떨렸다. 솜옷을 입지 않아서는 안 될 추위와 바람.

그런 차림으로 멀리는 2백 리에서, 가깝게는 2~30리의 간도 각지에서 태극기를 감춘 학생과 군중들이 하루 이틀 전부터 용정에 왔다가, 지금 개회 시간이 박두하자, 갑자기 식장으로 몰려들고 있었다.

시내의 사립학교 학생들은 우선 등교한 후 시간을 맞춰 대열을 지어 사방에서 식장에 들어오고 있었다.

연길 도윤의 명령으로 국자가 남영혼성여보(局子街南營混成旅步) 제2단 장인 맹부덕(孟富德)이 군인을 데리고 경비하러 와 있었다.

개식 시간 15분 전이었다.

동흥중학교 학생들이 들어왔다. 그 뒤를 이어 대성중학교 학생들의 대열이었다. 명동중학생이 들어왔다. 30여 리의 먼 길을 걸어서 왔으나 피로의 빛이 없었다.

10분 전.

영신중학교가 들어섰다. 그 뒤에 정수네 학교 은진중학생이 들어오고 있었다.

정수는 선두에 서지는 않았다. 중간쯤에 서 있었다. 그러나 가슴에는 태극기를 감추고 있었다.

정수만이 아니었다. 어느 학교나 학생들은 깃발을 들거나 휘두르거나 그러지 않았다.

식장에 오기까지는 일절 기는 보이지 않기로 되어 있었기 때문이었다. 중국 구역에서의 집회는 중국 측이 양해하는 일이 있더라도 개식 전에는 조심해야 된다는 지시에 따른 것이었다. 그 대신 기는 감춰 가지고 있었다.

5분 전엔 벌써 넓은 빈터가 꽉 메워졌다. 8천 명은 될 것이었다.

군중들은 천주교당의 종소리를 조바심으로 기다리고 있었다. 군중이 의외에도 많았으므로 경비책임자 맹부덕 단장은 긴장되지 않을 수 없었다.

부하를 독려해 만반태세를 갖추고 있었다.

3분 전!

국민회 간부들의 본부석 착석이 끝났다.

뗑 뗑 뗑!

마침내 천주교회의 삼종 소리가 울리기 시작했다. 뒤를 이어 뗑그렁 뗑그렁……. 시내의 다른 기독교회에서도 일제히 종소리가 울려 퍼졌다. 그러자, 미리 식장 본부석 앞에 파묻어 두었던 큰 태극기가 기수의 손에 의해 파헤쳐져 우뚝 세워졌다. 그와 함께 가슴에 감춰 두었던 태극기를 군중들이 일제히 꺼냈다.

태극기의 물결이 이루어졌다.

흥분과 긴장 속에 부회장 배형식(裵亨湜)이 간부석에서 앞으로 나왔다.

"지금부터 조선 독립선언식을 열겠습니다."

"독립선언서……."

김영학이 힘찬 목소리로 선언서를 낭독하는 도중이었다.

"와아!"

고요한 회장에 유리창을 깨고 교실에서 뛰어나와 함성을 지르고 태극기를 흔들면서 달려오는 학생들이 있었다. 감금되다시피 하고 있었던 보통학교 학생들이었다. 군중들이 환히 볼 수 있는 위치에서의 행동이었다.

군중들의 흥분과 감격은 더욱 북돋아졌다.

그런 중에서 선언서는 그냥 낭독되고 있었다.

"……아, 신천지가 안전에 전개되도다. 위력의 시대가 거하고 도의의 시대가 내하도다. 신춘이 세계에 내하여 만물의 회소를 최촉하는도다……."

4

선언서를 읽는 사람의 목소리가 울먹거렸다.

군중들의 흥분이, 더욱더 높아지고 있었다. 흑흑 흐느끼는 사람, 가슴이 뻐개지는 듯 가쁜 숨을 쉬는 사람들, 태극기를 마냥 흔들고 있는 사람들.

장내가 감동과 흥분의 도가니로 변했다. 맵짜고 흐리터분한 황토풍이 부는 날씨임에도 지금은 그 바람이 뜨거운 것처럼 느껴졌다.

당장 무슨 일이 터질 것도 같았다. 경비병들도 긴장하고 있었다. 총을 꼬나 쥐고 군중들의 주변을 에워싸듯이 몇 명씩 뭉쳐 돌고 있었다.

맹부덕 단장이 출동 전에 사병들에게 엄명을 내렸다.

"이 행사가 사고 없이 끝나도록 철저히 경비의 임무를 다해야 한다. 만약 사고가 생길 때에는 일본 측의 항의를 받게 된다."

일본 측의 항의가 두려워서만이 아닐 것이었다. 도윤이 지시한 일이다. 더구나 조선 민중들이 자신들의 나라가 독립국임을 세계만방에 선언하는 지극히 거룩하고 의젓한 모임인 것이다. 이미 국내에서는 십여 일 전에 선언식이 있었다. 한성(漢城)을 시초로 조선 반도 13도 방방곡곡에서 남녀노유의 거족적인 독립 만세 소리가 하늘을 뒤흔들고 있었다.

그 사실은 전파를 타고 곧장 세계 각국에 알려지고 있었다.

"잘한다."

"조선 민족도 살아 있구나!"

"암, 그래야지."

세계의 약소민족들만이 아니었다. 열강들도 박수를 보내고 있었다. 정의를 사랑하는 사람들만이 아니었다. 집권자들도 그랬다. 일본이 한국의 국권을 약탈한 사실에 불만을 품고 있기 때문이었다. 그것은 조선을 발판으로 일본이 중국대륙을 독점 침략하려는 의도를 이미 실천에 옮기고 있는 것으로 보고 있는 탓이었다.

더구나 중국은 직접 이해를 함께하고 있는 처지다. 국내외의 조선 민족이 국권을 찾기 위해 일어난 사실에 누구보다도 자극을 받고 환영의 뜻을 가지고 있었다.

연길 도윤이 국민회 간부에게 관할하의 지역에서 모임을 가질 것을 선뜻 허가한 것은 이 때문이었다.

그런데다가 전파는 국내에서 또 조선 민족의 거룩하고 정당한 외침에 일본 군경이 총부리로 맞섰다는 사실도 함께 전해 주고 있었다.

맨주먹의 남녀노유에 차별 없이 발사하는 총탄. 닥치는 대로 검거한 사람들에게 가한 무지스러운 고문…….

연길 도윤이 일경의 경비 자원을 완강히 거절하고 맹부덕 단장으로 하여금 경비를 맡게 한 것은 여기서만은 조선 군중들을 일경의 탄압에서 보호하기 위해서였던 것이다.

맹부덕은 패기 있는 군인이었다. 병력 천사백을 휘하에 두고 있는 연길도에서의 육군 최고 책임자였다.

오늘의 이 모임의 성격을 잘 알고 있는 한 사람이었다. 더구나 21개 조약 후에 슬금슬금 수를 늘리고 있는 일본 경관대를 눈엣가시처럼 보고 있었다.

그 일본 경관에 대해 미끈하게 경비의 임무를 다해 보여야 한다고 다짐하고 있었다.

지휘자의 뜻을 받들어 사병들도 바싹 정신을 차리고 있었다.

흥분과 감동이 높아지고 있는 군중의 열띤 분위기에 휘말려 긴장하고 있었다.

"……조선 건국 4252년 3월 1일 조선 민족 대표……."

대표 33인의 이름이 한 사람 한 사람 또렷이 발음되었다.

명단의 낭독이 끝나는 것으로 선언서의 낭독도 끝났다. 낭독자가 단에서 내렸다.

군중들이 갑자기 웅성거렸다. 낭독을 듣는 동안 가슴속에서만 간직하고 있던 흥분과 감동이 밖으로 터뜨려진 탓일 것이었다.

정수는 입에서 알지 못할 발음이 뇌어짐을 깨달았다. 그런대로 가슴은 울렁거리고 있었다.

전후좌우 학생들도 같은 감정인 모양이었다. 앞을 보았다.

처음부터 간부석 근처에서 일을 거드느라고 바쁘게 서두르고 있던 주인태 교사가 더욱 바쁘게 서성거리는 모습이 보였다. 오늘은 중국옷을 입지 않았다. 신명학교에서 입고 있던 철도고사 검정 두루마기도 아니었다. 수목 흰 두루마기를 입고 있었다. 흰 옷의 주인태 선생을 정수는 더욱 믿음과 존경하는 마음으로 바라보면서 울렁거리는 가슴을 지그시 억누르고 있었다.

'아버지에게 이 광경을 보여드리고 함께 감격에 잠겼으면 싶었는데……'

오지 않은 것이 무엇보다 아쉬운 심정이었다. 학교 때문에 직접 가서 모셔 오지 못한 것을 뉘우치고 있는데 다음 순서가 진행되고 있었다. 만세 제창이었다.

구춘선 회장이 단에 올라섰다.

"이 사람이 먼저 부르겠으니까 동포 여러분은 따라 불러 주시기 바랍니다."

그리고 회장은 두어 번 마른기침으로 목소리를 가다듬고 나서 두 손을 높이 쳐들고 외쳤다.

"조선 독립 만세!"

맨 앞의 기수가 큰 기를 높이 치켜드는 것과 함께 군중들이 태극기를 든 손과 다른 손을 일제히 쳐들면서 목청이 터지도록 소리를 질렀다.

"조선 독립 만세!"

"만세!"

"만세!"

"만만세!"

"만만세!"

정수도 군중 속에서 두 팔을 쭉 펴 위로 올리고 목청이 찢어지도록 만세를 불렀다. 눈시울이 뜨거워졌다.

"만만세!"

"조선 독립 만만세!"

선창자가 단에서 내린 뒤에도 군중들은 제가끔 기를 흔들면서 만세를 외치고 있었다. 더욱 어수선해지고 있는 장내.

"이제부터 행진을 하겠습니다."

사회자의 말이었으나 웅성거리는 군중의 소리 때문에 잘 전달되지 않았다.

주인태 교사가 마분지로 만든 나발통(메가폰)을 입에 대고 소리를 질렀다.

"행진을 허겠이요 국기를 선두로 서리를 행진하겠습니다."

다른 사람이 주인태 교사의 나발통을 빼앗듯이 받아 입에 대고,

"오층대(五層臺) 거리를 지나서 영사관 앞으로 가겠습니다."

소리를 질렀다.

"영사관으로!"

"때려 부수자!"

군중 속에서 이런 소리가 들려 왔다.

기수가 태극기를 버썩 치켜들고 힘차게 앞장을 섰다. 박문호였다.

"나가자!"

"와아!"

탕.

경비 중인 중국군인들 틈에서 터지는 총소리였다.

팍. 기수가 기를 든 채 쓰러졌다.

탕, 탕.

명동중학교 충렬 대장의 조카인 김병영(金秉英)이 피를 뿜으면서 쓰러졌다. 그냥 앞으로 나가는 군중들도 있었으나 대부분이 거미집을 찔린 듯이 흩어졌다. 제가끔 총을 피해 도망치지 않을 수 없었다. 본능적인 행동이었다. 쓰러지는 사람, 그 위를 밟고 넘는 사람, 학생이고 여느 사람이고 뒤섞여 목숨을 살리기 위해 어지럽게 도망치고 있었다.

탕 탕 탕 탕……

총소리는 그냥 들려오고 있었다. 피를 흘리면서 쓰러지는 사람들.

탕 탕 탕 탕.

중국 측의 경비 보장 하에 안심하고 진행되고 있는 순서였기에 군중들은 의외의 발포에 더욱 당황했다.

"이놈들 봐라!"

"이런 법이 있느냐?"

정수도 악에 치받치면서 본능적으로 도망치고 있었다. 금방 등 뒤에 총알이 날아와 박히는 것 같은 무섬증이 저절로 발을 움직이게 했다. 어

느 방향 어디로 도망하는지 알 수 없었다. 마냥 뛰고 뛰고 했다. 그러다가,

"앗!"

뒹굴고 있는 학생을 보았다.

"만석이 아니야?"

달려들어 안아 일으켰다. 머리에서 피가 흐르고 있었다. 옷을 찢어 머리를 싸맸다. 그리고 만석이를 둘러업었다.

"일없다."

만석이 업히려고 하지 않았다.

"총에 맞잖았니?"

"모르겠다."

만석이는 걸을 수 있다는 것이었다. 한 팔을 어깨에 걸고 부축해 뛰었다.

발이 향해지는 곳은 제창병원이었다. 많은 사람들이 그리로 몰려가고 있었다. 이 구내가 영국의 치외법권 구역이라서만이 아닐 것이다. 빈 몸인 사람도 있었으나, 피 흐르는 부상자를 업기도 하고 부축하기도 한 사람들이 많았기 때문이었다.

병원 안은 벌써부터 붐비고 있었다. 원장 이하 의사 간호원이 총동원해 기장 중에 부상자에게 긴급 기료를 하고 있었다.

정수는 만석이를 치료실에 데리고 가서 아는 의사에게 치료를 부탁했다. 총상이 아님이 알려졌다. 뛰다가 군중에게 밀려 쓰러지는 서슬에 머리를 언 땅에 되게 부딪친 모양이었다.

그나마 마음이 놓였다.

붕대 동인 만석이를 병원 안 정수가 거처하는 방에 들어가 있게 했다. 그리고 병원에서 나갔다. 주인태 교사의 일이 생각났기 때문이었다.

총소리를 듣고 겁에 질려 군중과 함께 도망치기에 여념이 없을 때에는 미처 생각지 못했던 주인태 교사의 일이었다. 그 직전, 마분지 나발통을 입에 대고 이쪽(군중)을 향해 주의사항을 광고할 때에는 그렇게도 주의가 집중되었던 주인태 교사가 아니었던가?

정수는 스스로 부끄러움을 깨달으면서 병원 밖 내리막길을 뛰어 내려가다가 가슴이 선뜩하지 않을 수 없었다.

피에 얼룩진 수목 두루마기를 입은 주인태 교사가 두 청년에게 좌우로 부축이 되어 올라오고 있었기 때문이었다.

"선생님!"

정수는 등을 들이댔다.

"부탁하오."

두 청년은 주인태를 정수에게 맡기고 도로 뛰어 내려갔다. 다른 부상자를 운반하기 위해 현장으로 가는 것일 게다.

주인태는 허벅지에 총알을 맞는데 총탄이 박혀 있었다. 출혈도 많았다.

수술대에 눕혀 지혈조치를 하고 탄환을 뽑기로 했다. 원장인 영국인 민산해(閔山海)가 간호부 하나를 데리고 집도하고 있었다.

수술은 먼저 환부에 부분 마취를 하는 것으로 시작되었다.

비통한 얼굴로 주인태는 눈을 감고 있었다. 정수는 그 얼굴을 침통한 심회로 보면서 선생의 손을 두 손으로 꼭 잡고 있었다.

'부끄럽습니다.'

속으로 뇌면서.

그러나 주인태는 수술을 받으면서도 푸념처럼 뇌었다.

"문호가 어떻게 됐나?"

쓰러지는 기수 박문호를 달려들어 일으키려다가 날아오는 총탄에 맞아 자신도 쓰러졌기 때문이었다.

"정수, 난 괜찮아. 박문호가 어떻게 됐나 얼른 나가 알아봐 주어."

정수가 수술실에서 나갔다가 돌아왔을 때에는 수술이 거의 끝나고 있었다.

주인태는 눈을 감은 채 비통한 얼굴 그대로 수술을 받고 있었다.

"끝났소"

붕대를 감은 뒤 원장은 말하고 나가 버렸다. 다른 부상자들에게 가료하기 위해서일 것이었다.

정수는 등을 들이댔다. 주인태는 업히면서,

"어떻게 됐대?"

박문호의 소식이었다.

정수는 얼른 대답을 못 했다.

주인태의 병실은 2층에 배당되고 있었다. 층계로 올라가면서 주인태는 정수의 등에서 또 물었다.

"어떻게 됐대?"

"병원에 와 있습니다."

"병원에?"

"예."

"몹시 다치지는 않았대?"

"지하실에 와 있습니다."

"지하실에? 그럼 죽었구나."

"예."

병원 지하실에는 현장에서 절명, 희생된 시체 17구가 모셔지고 있었다. 국민회 간부의 요청으로 영국인 박결 선교사가 쾌히 받아들여 안치케 한 것이다.

부상자는 50여 명. 그 중 20명쯤이 생명이 경각에 있는 위독 상태였다.

"병원에 와서 임종했다더냐?"

"아니랍니다."

"그 자리에서……"

"그런 모양입니다."

"좋은 동지였는데…… 유망한 청년이었는데……"

주인태는 머리를 정수의 등에 부딪치듯 착 붙이면서 뇌었다.

정수도 왈칵 뜨거운 뭉치가 목구멍으로 치미는 것을 어쩔 수 없었다.

"선생님 이럴 수가 있습니까?"

5

그러나 정수는 비통과 울분과 원한에만 사로잡혀 있을 수 없었다. 중환자들을 가료하는 일을 도와주지 않아서는 안 되기 때문이었다.

흰 가운으로 바꿔 입고 있었다.

이 병원에서 고학하고 있는 지 벌써 2년이 되어 간다. 처음에는 서무의 일을 보았으나 요즘은 약국에서 거들어 주고 있었다. 갑자기 들이닥친 중상자들이라 의사는 물론 간호부의 손이 모자랐다. 힘을 보태지 않아서는 안 되었다.

시체 안치실에 드나들기도 하고, 의식 잃은 중환자를 병실에서 수술실로, 수술실에서 병실로 업어 나르는 일 같은 것도 하고, 분주하게 서두르는데,

"미스터 리."

복도에서 부르는 소리. 병실로 들어가려고 핸들을 비틀다가 돌아보았다. 선교사 박결 부부였다. 원장실에서 나오는 길인 듯했다.

"선교사님, 안녕하십니까?"

"미스터 리, 수고합네다."

"뭘요."

"주 교사 어느 방에 있습네까?"

"2층입니다."

"아픈 거 좀 어떻습네까?"

거의 구김살 없는 조선말 발음이나 낱말 하나하나를 또박또박 떼어 박결 선교사는 물었다.

"예, 수술은 잘된 듯합니다마는……"

"그 말, 원장 선생님한테서 들었소 날 그 방에 인도해 줬으면 고맙겠소"

"선교사님."

선교사가 방에 들어서자 누웠던 주인태는 일어나 앉으려고 했다.

"일어나면 안 됩네다."

그래도 주인태는 일어나려고 했다. 정수가 윗몸을 일으켜 주었다.

"부인께서도……."

"아픕네까?"

부인은 우리말이 서툴렀다. 그러나 깍듯이 인사말을 했다.

"예."

대답했으나 윗몸을 일으키고 있는 게 괴로운 모양이었다. 주인태는 다시 누웠다.

"미스터 리, 바쁘면 나가 일보시오."

선교사는 걸상에 부인과 함께 걸터앉으면서 말했다.

정수가 나가자,

"조선사람 훌륭합네다."

선교사의 말이었다.

"고맙습니다."

"하나님 은혜 많이 받겠습니다."

"……."

"오늘 구경했습네다."

"그랬습니까?"

"몰래 사진을 박았습네다."

"사진을요?"

"본국에 보내겠습니다. 조선사람이 얼마나 훌륭하고 하나님 은혜 많이많이 받고 있다는 것을 본국에 알리고 세계 사람들에게 널리널리 알리겠습니다."

"고맙습니다."

"지금 지하실에 가서 기도드리고 다른 병실에도 다녀왔습네다."

"그렇게 염려해 주시니 참으로 감사합니다."

"죽은 사람들, 하나님 은혜, 더 많이 받았습니다. 예수 그리스도 십자가에 못 박혀 세상을 떠났습네다."

"그분들 십자가를 진 셈이지요."

"지하실에서도 사진 박았습니다. 병실에서도 원장 선생님이 치료하는 것도 사진을 박았습니다. 모두모두 본국에 보내겠습네다."

부인이 손에 쥔 사진기를 바로 이것이라는 듯이 만지작거리고 있었다.

주인태는 생각했다. 선교사가 어떤 목적으로 사진을 찍었건 오늘의 일이 널리 세계에 알려지는 것은 좋다. 외롭지 않다는 심정이었다.

새삼스럽게 고마움을 되새기고 있는데, 선교사는,

"이것 뭔지 아시겠습네까?"

양복 조끼 포켓에서 까맣게 생긴 조그만 물건 한 개를 꺼내 보였다.

"그게 무업니까?"

"총알입네다."

"총알?"

"주 교사 몸에서 빼낸 것입네다."

"옛?"

"이 총알 어떤 총에 쓰는 것인 줄 압네까?"

"……"

"피스톨에 쓰는 것입네다."

"옛 단포(권총)에요?"

"그렇습네다."

그리고 박결 선교사는 탄환을 공기치기 하듯 했다가 받으면서,

"중국 병정 총은 단포가 아니었습네다."

주인태의 얼굴을 보았다.

"그렇다면?"

"이 총알, 일본사람 것입네다."

"옛?"

주인태가 윗몸을 일으키려고 했으나, 혼자서는 그렇게 해낼 수 없었다.

선교사는 회심의 웃음을 지으면서,

"그냥 누워 있으시오."

그리고

"이것이 일본사람 단포에서 나온 것입네다."

잘라 말했다.

"옛?"

"보여드리겠습네다."

주인태는 선교사가 주는 탄환을 받아 엄지와 식지로 쥐고 살펴보기도 하고 손바닥에 놓고 보기도 했다.

"여기 또 하나 총알이 있습네다."

선교사는 조끼 포켓에서 또 한 개의 탄환을 끄집어냈다. 주인태에게 주면서 말했다.

"이것과 먼젓 것과 비교해 보면 알 것입네다."

"큰 것이 중국 병정의 총에서 나온 것이라는 말입니까?"

"오라잇, 그렇습네다."

선교사가 머리를 끄덕이면서 대답했다.

"그렇습네다. 중국 병정 총에서 나온 것입네다."

주인태는 말문을 잃고 말았다. 그러나 겨우 발음할 수 있었다.

"이것도 부상자의 몸에서 빼낸 것입니까?"

"예, 죽은 사람 몸에서 빼낸 것인지도 모릅네다."

"죽은 사람의 몸에서?"

"그것 말고도 몇 개 더 있다고 원장 선생님이 말했습네다."

'일본 권총 탄환도 있고 중국 병정의 장총 탄환도 있고?'

주인태는 눈을 감았다. 그러나 벌써 중국 육군의 발포로 17명이 현장에서 사살되고 생명이 위독한 중상자가 20여 명이라는 보도가 세계 각국에 전해지고 있었다.

총영사관이 일본 외무성에 무전(無電)으로 보고한 재료를 통신사와 신문사에 제공했기 때문이었다.

총영사관은 이 외에도 즉각 연길 도윤공서에 현지 측으로서 엄중 항의했고 주중대사관은 중국 정부에 항의절차를 밟고 있었다.

"대일본제국 신민인 조선인의 집회에 경비 책임을 맡은 귀국 육군 부대가 대항도 하지 않는 맨주먹의 군중을 향해 무차별 발포를 하여 사상자를 낸 것은……."

항의문도 준엄했으나 항의하는 기세도 서슬이 시퍼랬다.

6

감았던 눈을 뜨고 스에마쯔 경시[末松警視]는 현 경부(玄警部)를 보았다.

"잘 들었소이다. 그러니까 오늘 일은 성공이었었다는 말이죠?"

사십대의 동그스름한 얼굴의 미남자인 말송 경시의 입가에 만족의 웃음이 머금어지고 있었다.

"예, 완전히."

얼굴이 개름한 현 경부가 자신 있다는 듯이 대답했다. 스에마쯔가 잔을 현시달에게 내밀었다.

"수고했소"

현 경부가 송구스럽게 잔을 받았다.

"천만의 말씀, 서장님의 지시대로 한 건뎁쇼"

스에마쯔가 만족한 얼굴로 '도꾸리'를 집어 현시달의 잔에 부었다.

현 경부가 잔을 비우고 스에마쯔에게 돌렸다. 현시달이 두 손으로 부어 주는 잔을 입에 댔다가 상에 놓고 스에마쯔가 말했다.

"이 순사도 민첩하게 잘 했지마는, 중국 육군이라는 게 숙맥들이라는 증거가 되겠소이다."

"예, 그런 줄로 생각합니다."

"아하, 황은(皇恩)이 망극하오이다."

스에마쯔는 엄숙한 얼굴로 변하더니 그 얼굴을 동쪽으로 돌릴 싸했다. 잠깐 눈을 감았다가 뜨고, 잔을 들어 나머지 술을 마셨다.

"그리고, 현 경부의 공로가 크외다."

"원, 천만의 말씀."

"그런데 이 순사는 몇 시에 온댔지요?"

"15분쯤 남았습니다."

현 경부가 벽에 걸려 있는 시계를 보고 대답했다.

"그래요? 그럼, 기다리는 김에 '찌비리찌비리(슬슬)' 합시다."

잔이 현 경부에게 건네어졌다.

"이거 죄송합니다."

"아따 그렇게 딱딱하게 굴지 말고, 우선 자축하는 '이미니 오이떼(뜻에서)'……."

"예, 맘 놓고 마시겠습니다."

스에마쯔 경시는 총영사관 경찰부장이었다. 전 간도 일경의 총지휘자요, 책임자다. 그리고 이곳은 영사관 높은 담장 안의 깊숙한 곳에 자리 잡은 그의 관사(官舍) 밀실이었다.

스에마쯔는 일본옷을 입고 있었다. 현시달은 신사복 차림이었고……. 상에는 간단한 안주 스노모노와 사시미 정도가 놓여 있었다.

잔이 두서너 번 주어지고 받아지고 했다. 스에마쯔의 미남형의 품위 있는 얼굴이 동안으로 변해 갔다. 그런 얼굴에 더 인상 좋은 표정을 띠면서 물었다.

"이 순사 어떤 사람입니까?"

"인품 말입니까?"

"그렇소이다."

"온순하고 근직한 사람이지요."

"온순하고 근직하다? 그런데 그런 일을?"

"예, 내한테 수족 같은 사람입니다."

"현 경부에게 충성심이 대단하다는 뜻이군요?"

"내 말이라면 물불 가리지 않는 처지입니다."

"그래요? 그래서 이번 일에도 목숨을 걸고……."

"예, 나도 감격하고 있습니다."

스에마쯔는 잠깐 입을 다물고 있다가,

"오늘 사상자 수가 어떻게 됐다지요?"

비로소 물었다.

"내가 부리는 아이들이 가지고 온 정보에 의하면 현장에서 17명이 사살되고 중상자가 20여 명 될 것이라는 이야깁니다."

"현장에서 17명, 중상자 20여 명? 약을 좀 과용했군."

"시체는 제창병원 지하실에 옮겨 놓고, 부상자는 병원에 입원시켜 가료 중이라고 합니다."

"제창병원에? 젠장! 영국 야소쟁이들이 국민회 부정선인들의 꾀에 또 넘어갔군……."

"서장님, 참말로 골칩니다. 그 구역 안에 들어가면 꼼짝할 수 없으니까……."

"캐나다인들도 영국인들이지마는 영국 본국 사람들하구는 다르다 그런 말이외다. 철없는 사람들이지. 아마 야소를 믿어 그러는 모양인가 보외다."

"야소쟁이는 조선인도 골치가 아픕니다."

"하하, 겐상(玄樣), 국민회 야소쟁이한테 되게 덴 모양이군."

"중국 측에 착 달라붙고 영국덕이 코 큰 사람들에게도 연줄을 놓아 솔솔 빠지는데 손을 쓸 수 있어야지요. 거기다가 이쪽은 월등 손이 모자라고……."

스에마쯔가 머리를 세게 끄덕였다.

"알았소이다, 현 경부의 심중을."

"우선 국민회를 부숴 없애 버려야 됩니다."

"그러기 위해서는 경찰력을 증강해야 된다는 말이겠군요."

"예."

이윽해서였다. 죠쮸(女中 : 가정부)가 들어와,

"손님이 오셨어요."

"도오세(들어오라고 해)."

들어온 사람은 이 순사. 사복을 했다. 꿇어앉아 두 손을 다다미 위로 착 짚고 머리가 깨어지도록 스에마쯔에게 절했다.

"고꾸로오(수고했네)."

스에마쯔가 위의를 갖춰 말했다.

"도오 이다시마시데(천만의 말씀입니다)."

이 순사가 현 경부에게도 절하고 허리를 들자,

"사, 잇빠이(자, 한잔)."

스에마쯔가 잔을 주었다. 잔을 두 손으로 송구스럽게 받아, 따라 주는 술을 마시는 이 순사. 이 순사가 잔을 돌리고 도꾸리를 두 손으로 받들어 스에마쯔의 잔에 술을 부었다.

스에마쯔가 잔을 상 위에 놓고 이 순사를 유심히 보았다. 그러다가 말했다.

"대강 현 경부로부터 듣긴 했지마는 좀 자세히 이야기해 주게."

"옛."

이 순사는 송구스러워하는 중에도 의기양양한 표정으로 말했다.

"칠팔천 명 될 겁니다. 사람들이 붐벼 대는데……."

일본말이 유창치 못했다. 서투른 일본말로 손짓 몸짓을 해가면서 설명하는 순사의 이야기를 간추리면 다음과 같은 것이었다.

─중국 육군들은 의외로 많이 모여든 군중에 처음부터 압도된 모양이었다. 선언서를 읽기 전부터 당황한 태도로 서성거리고 있었으나 만세 삼창으로 군중들의 흥분과 기세가 더욱 높아지자, 어쩔 바를 모르는 상태였다. 어깨에 메었던 총을 꼬나들고 완전히 군중의 행동을 제압하려는 태세를 갖추고 있었다.

시가행진이 광고되자, 군중들은 제가끔 함성을 지르고 장내는 대혼잡을 이루게 됐다. 경비하는 육군들과 군중이 두루 섞이는 사태가 벌어졌다. 기회가 좋다고 생각했다. 이 순사는 군중과 뒤섞여 있는 중국 육군 틈에 끼게 됐다.

혼란 속에서도 기수가 앞장을 서고 선두대(先頭隊)가 기세 좋게 앞으로 행진하려고 할 때였다. 중국 육군들이 최고조로 당황했다. 이때다. 이 순사는 감췄던 권총을 탕, 탕, 탕 연거푸 발사했다. 피를 뿜으면서 쓰러지는 사람들, 총소리에 최고조로 당황하고 긴장했던 중국 육군들이 연달아 총을 쏴댄 모양이었다. 피를 보고 더욱 정신을 가누지 못했는지 모를 일이었다. 군중이 악에 치받쳐 그냥 밀고 나갔기 때문에 그런 것인가? 이 순사가 도망치고 있는 등 뒤에서 군중을 향해 발사되는 육군의 장총 소리가 오랫동안 들리더라는 것이었다.

"용감한 행동이었군."

이 순사의 무용담을 그 입으로 들으면서도 말하는 사람의 인상을 살

피기에 게으르지 않던 스에마쯔가 말했다.

"도오 이다시마시데."

"한 잔 더 들게나."

또 한 번 잔을 이 순사에게 주었다. 이 순사가 잔을 입에 대자, 스에마쯔의 위엄 있는 목소리가 발음됐다. 추상같은 말소리다.

"이 이야기는 이 이상 입 밖에 내서는 안 되오. 목이 날아가는 한이 있더라도 없었던 것같이 생각하란 말이오. 목숨을 걸고 천지신명께 맹세해야 하오."

말소리와 함께 그 시선이 꼼짝없이 이 순사의 얼굴을 쏘고 있었다.

"옛, 가시꼬마리마시다(알아 모셨습니다)."

이 순사는 술을 채 마시지도 못하고 머리를 깊이 숙였다가 들었다. 그것으로 맹서한다는 뜻을 표한 셈이었다.

"요로시(좋다)."

"겐상, 쫏또(현씨, 잠깐만)."

방에서 나올 때였다. 스에마쯔가 현 경부를 멈추게 했다. 이 순사가 밖으로 나간 방에서 스에마쯔의 말이었다.

"입이 헤프지 않을까요?"

"다이죠부데스(걱정 마세요)."

"겐상니 마까세마스(현씨에게 맡깁니다)."

이 순사가 오래 기다리지 않아서 현 경부가 나왔다. 밖엔 눈이 날리고 있었다. 아침부터 꾸물꾸물 황토풍을 불어 대던 하늘이 이 밤엔 마침내 눈을 내리고 있는 것이다. 하늘도 무심치 않은 탓인가?

"뭐랍디까?"

이 순사가 물었다.

"말조심하라고 또 당부하데."

"무슨 일이라구 다시 입을 열겠습니까? 그러나……."

눈 속을 걸어 영사관 구내에서 나오면서 이 순사가 말했다.

"내 총에 맞아 죽은 것이라고는 생각지 않습니다마는, 17명이 현장에서 죽었다니……."

"거 무슨 소린가?"

"두렵습니다."

"몸조심은 해야겠지마는 마음을 든든히 가져야지."

"그래두."

"하아, 이 사람이, 큰일 나겠네."

"경부님만 믿습니다."

"아마 승급(昇級)이 될 걸세."

"그럴까요?"

"아암."

7

현 경부가 용기를 북돋아 주었으나, 그와 갈라져 혼자 집에 돌아오니 이기형(李基亨) 순사는 불안해 견딜 수가 없었다. 스에마쯔 앞에서는 그나마도 우쭐대는 마음이 생겼던 자신이 왜 이럴까 싶었다.

'17명이 죽었다? 중상자 중 몇이 더 죽을지 모른다지?'

17명의 망령이 들이닥치는 것 같은 무섬증이 자리에 누워서도 가시지 않았다.

'내 권총에 맞아 죽은 건 아니야. 중국 아이들이 멋두 모르고 함부로 쏜 탓이지.'

이 순사는 또 승급을 생각했다.

'경부? 경부보는 어김없을 거야. 그 다음은 경부. 경부면 어디야? 현 경부와 같은 계급이 아닌가?'

기왕, 내친걸음이니 '부정선인'을 잡는 데 기승을 부리자고 마음을 든든히 먹어 보기도 했다.

겨우 잠이 들었으나 꿈자리가 뒤숭숭했다. 또렷한 꿈은 아니었으나 괴로운 잠자리였다. 괴로운 잠을 그나마도 자고 있을 자정 무렵이었다.

문을 두드리는 기척이 있었다. 옆에서 자던 아내가 깼다. 앞으로 부리는 사람들이 여럿이었다. 그 사람들은 가끔 새벽에 찾아오는 일이 있었다. 그런 사람들이려니 생각하고 아내가 문을 열어 주었다.

들어선 사람은 셋, 복면을 하고 있었다.

"이기형의 집이지?"

이 순사가 깨어 이불 속에서 옴지락거리고 있었다.

복면한 괴한 중의 한 사람이 이불을 벗겼다.

"네가 이기형이냐? 우리는 국민회에서 왔다. 개 노릇을 한 값이다!"

탕, 그리고 셋은 내빼고 말았다. 현장에 등사한 독립선언서가 5~6매 흩어져 있었다.

8

3월 13일, 현장에서 사살된 17명 외에 입원 가료 중인 중상자 중 16명이 또 죽었다. 희생자가 33인으로 불어났다.

국민회에서는 33인의 영구를 용정 근교, 허청리의 엿방거리 뒷산에 합동 매장하기로 했다. 거룩한 희생자이요, 원통한 죽음이라 회장자(會葬者)들도 많아야 될 일이었다.

그러나 장지에는 예상과 기대를 저버리고 많은 사람들이 참석하지 못했다.

그럴밖에 없는 일이었다. 용정 시가를 중심으로 주변에는 영사관 경찰에 의한 가택수색과 검거의 선풍이 불고 있는 탓이었다.

당장, 표면의 이유는 이기형 순사 살해범을 검거하기 위해서라고 했다.

"국민회원이 이 순사를 죽였다."

"즉각 범인을 체포해야 된다."

"범인과 더불어 연루자와 그 배후를 밝혀내야 한다."

중국 측에 그날의 사상자에 대한 책임을 강력히 추궁하고 있는 일본 영사관이다. 중국 지역 안에서의 조선인의 독립만세 사건 주동자를 색출하기 위해서라는 말은 입 밖에도 내지 않았다. 그리고 일본인 순사는 물론 조선인 순사와 그 앞잡이 밀정까지 총동원해 평소에 작성해 두었던 명부에 따라 국민회 간부들의 집을 샅샅이 수색하고 한편으로 검거했다.

개방지 안에서만이 아니었다.

"개방지 안에서 일본제국 경찰을 일본제국 신민인 조선인이 살해했다. 우리 손으로 범인을 체포하겠다."

이런 명목을 내세우고 개방지 밖에도 함부로 손을 뻗쳤다.

예상외의 사상자 다수를 내놓고 정치적인 엄중 항의를 받고 있는 현지 중국 측 경찰이다. 일경의 개방지 밖에서의 수색과 체포에 강력하게 대항할 계제가 되지 못했다. 수수방관하는 미묘한 처지에 서지 않을 수 없게 됐다.

일경은 방약무인의 태도였다. 오직 영국덕이의 캐나다 선교부 구역 안만 침범 못 했을 뿐 이 기회에 국민회의 뿌리를 뽑자는 스에마쯔 경시와 현 경부와의 술을 나누면서의 대화의 즉각 실천인 것이다.

─이렇고 보니 검거되지 않은 국민회 간부들도 동산의 선교부 구내에 숨어 있지 않을 수 없었다.

합동 장례에 많은 회장자가 있을 수 없었다.

억울한 죽음이기도 했으나 장례마저 쓸쓸하지 않을 수 없었다. 그러나 그런대로 장례는 조촐하게 엄수되고 있었다.

신라 왕릉의 봉분에 못지않은 큰 봉분이 이루어져 가고 있었다.

사흘 전과는 달라 이날은 말쑥하게 갠 날씨였다. 하늘에는 구름이 한 점도 없었다. 이제 이른 봄이다 싶었다. 그러나 여기 모인 사람들의 마음엔 봄이 오지 않고 있었다. 봄이 와도 봄이 오지 않을 것이었다.

"날빛보다 더 밝은 천당……"

허청리, 연방 거리에서 기독교식으로 합동례가 진행되고 있을 무렵 용정 동편 언덕의 공동묘지에서는 또 하나의 장례가 지내지고 있었다.

"나무지장보살 지장보살……"

가사 착복한 중의 목탁 염불 소리 속에 엄수되고 있는 것은 고 이기형 경보부의 장례였다. 스에마쯔 경시가 정복 정모에 훈장까지 가슴에 주르르 달고 역시 그런 차림인 현시달 경부와 함께 각각 말을 타고 올라왔다. 경관들이 회장자의 거의 전부인 속에서 장례가 진행됐다.
 "……부정선인 취체하는 데 남긴 혁혁한 공로는 길이 빛날 것이며 그것은 승진의 영광으로 나타났습니다……. 그러나 슬프다, 이기형 경부보여……."
 스에마쯔 경시의 장중하고 구슬픈 조사 낭독을 들으면서 이기형의 아내는 몸부림쳐 울었다.

산과 땅 속으로

1

노크 소리가 났다.
"들어오시오."
임 간호일 것이라고 생각했다. 그러나 문을 열고 들어선 사람은 사랑하는 여자가 아니었다.
"선생님께서……."
책상에 마주 앉아 깊은 생각에 잠기고 있던 정수가 일어서서 인사 겸 맞이했다.
"공부 잘 하오?"
영신학교(永新學校) 교사 윤준희(尹俊熙)였다.
"예."
윤준희는 방에 들어오면서 물었다.

"주 선생은?"

"왕청에 가셨습니다."

"오늘 온댔는데."

"그래요?"

"벌써 왔을 텐데."

얼굴이 어두워지면서 윤준희는 정수가 내주는 의자에 앉았다. 방은 작았으나 의자 생활을 하도록 돼 있었다.

의자에 앉아서도 윤준희는 심각한 얼굴이었다.

다리의 중상으로 주인태는 제창병원에 입원해 있었기 때문에 3월 13일 이후의 검거 선풍을 피할 수 있었다. 그러나 신명학교 때부터의 위험 인물이었다. 한때 변장과 변성명과 개방지 구역 밖에서의 기거와 행동으로 일경의 눈을 피해 왔으나, 만세 현장에서 그것이 폭로됐다.

일경의 눈이 주인태에게 날카롭게 쏘아지지 않을 수 없었다. 그러나 역시 영국의 치외법권 구내에 들어와 잡아갈 수 없었다.

나다닐 수 있게 된 뒤 주인태는 각별히 조심했다. 그러나 경관의 증원과 밀정의 그물을 널리 펴고 있는 일경이다. 어느 코에 걸릴지 모를 일이었다. 그랬는데 오늘 정수방에서 만나기로 한 주인태가 약속 시간에도 나타나지 않고 있다. 윤준희의 얼굴이 어둡지 않을 수 없는 일이었다.

그러나 20분도 채 못 지나서였다.

"늦어졌군."

주인태가 들어섰다. 주인태일 것이라고 알고 보니 주인태일 따름 그렇지 않았다면 알아볼 수 없도록 변장하고 있었다.

언뜻 보기에 다리를 절고 허리 굽은 늙은 중국 거지 그대로였다. 그런 얼굴과 몸이 방에 들어서자부터 힘찬 모습으로 변했다. 웃으면서 윤준희와 손을 맞잡고 세게 흔들었다.

"걱정했구려."

"이런 꼴인데……."

"둔갑술이 묘하군. 여우 넋을 닮은 모양이지?"

"허허."

주인태가 정수에게 눈짓을 했다. 정수가 책을 쥐고 밖으로 나갔다.

주인태는 정수의 방을 동지와의 밀회장소로 가끔 이용하고 있었다. 그럴 때면 정수는 밖으로 나가 망을 보곤 했었다. 지금도 그대로 하는 것이다.

"……이번 회의에서 군사부와 재정부를 두기로 결의했소"

정수가 나간 뒤 주인태는 다리를 절면서도 허리를 쭉 펴고 방 안을 왔다 갔다 하다가 말했다.

"그것은 우리도 원했던 바오"

윤준희가 긴장한 표정으로 응수했다.

"두 부로 나눴지마는 결국은 재정부를 확충하고 그 활동을 활발히 하게 하기 위해 임무가 군사부만 못지않은 것이오"

"그야 그렇지요"

"재정부의 방침으로 종래의 군자금 모집의 범위를 넓혀 도회지에도 적극적으로 활동을 개시하도록 했소"

"그래야 될 것이죠"

"도회지에서도 새로 이주해 온 동포와 빈민들에겐 부담을 지우지 말고, 실업가, 상인 부유층을 상대로 현금으로 모금할 것, 그리고 농촌에서는 군량미와 미투리와 잎담배 같은 것을 받도록 구체적인 방침을 세웠소"

"잘한 일이오"

"그런데, 이 용정의 모금에 대해서는 윤 동지가 책임을 져야겠는데 어떻겠소?"

"용정의 책임이오?"

윤준희가 되물었다.

"그렇소"

"맡는 것은 어려운 일이 아니나……"

"그런데? 갑자기 주목을 받게 됐는가요?"

윤준희는 온건한 풍모의 사람이었다. 적어도 겉으로 보기엔 그랬다. 더구나 학교에서는 허튼 말이라고는 없이 수업에 충실한 교사로 통하고 있었다. 아직까지 일경의 요시찰인 명부에 오르지 않고 있다고 스스로도 생각하고 동지들도 그렇게 여기고 있었다.

실질적으로 일을 많이 하고 있는 까닭이었다.

"아니오"

"그런데?"

"무기는 대량으로 필요한 게 아니오?"

"그렇지요"

"시급한 일이고"

"그렇구말구요"

"언제 장사꾼이나 노랭이 부자들이 발발 떨면서 내는 푼돈을 모아 다량의 무기를 단시일 내에 구입할 수 있겠소?"

"그건 사실이오. 그러나 달리 방법이 없소. 거기에 상인이나 부호가 군자금을 대는 건 조국 광복을 위한 국민으로서의 신성한 의무요."

"그건 알고 있소."

"그런데?"

윤준희의 입이 한일자로 꾹 다물어졌다.

2

용정에서의 독립선언은 그대로 실천에 옮겨지고 있었다.

간도 각지의 지사들이 각각 자신들의 종래의 단체를 정비 강화해 일본과의 무력항쟁 태세를 갖추고 있었다. 국내와는 다른 투쟁방법이었다. 맨주먹이 아니었다. 실력투쟁이다. 무기를 가지고 일본을 상대로 싸워 이긴다. 우선 간도를 근거지로 삼고 국내로 밀고 들어간다. 실력으로 한반도에서 일본을 몰아낸다는 것이었다.

일경이 경관을 증원하고 밀정의 그물을 물샐틈없이 치고 있었다.

그러나 중국 측에서 뒤를 보아 주고 있었다.

세계대전이 끝난 후 파리에서 강화회의가 개최되자 영·불·이·일(英佛伊日) 등의 제국주의 제국은 독일과 오스트리아 등의 식민지를 재분배하는 데만 혈안이었을 뿐, 산동반도(山東半島)의 독일의 이권을 고스란히 일본에 넘겨주도록 결정을 짓고 말았다. 중국도 연합국으로 참전했었다. 그럼에도 이런 결과였다.

이미 21개 조약을 반대해 배일의 기세를 올린 일이 있었던 중국의 관민이었다. 다시금 닥치는 굴욕에 잠자코 있을 까닭이 없었다.

지식청년들이 먼저 반기를 들었다.

일본 유학생들은 적국(敵國)에서의 수학(修學)은 치욕이라고 학업을 팽개치고 돌아와 반일 기세를 높였다.

"산동반도에서 일본은 물러가라."

"민족자결원칙에 따라, 우리의 일은 우리의 손으로……."

1919년 5월 4일이었다. 북경 대학생이 중심으로 3천여 명의 학생들이 반일 시위운동을 일으켰다. 데모대는 친일파의 거두인 조여림(曺汝霖), 육종여(陸宗輿)의 집을 습격, 파괴하고 주일공사(駐日公使)로 귀국 중인 장종상(章宗詳)에게 중상을 입혔다.

이 사건에 대해 북경 정부의 주석 단기서(段祺瑞)는 극단의 탄압책을 썼다.

학생들이 격화했다. 운동은 전국에 퍼지고 말았다. 학생들이 대량으로 검거 투옥되었다.

전국의 국민들이 정부의 탄압에 분노하고 말았다. 학생들의 운동에서 일반 민중의 항일투쟁으로 확대되었다.

상해(上海), 당산(唐山), 장신점(長辛店), 구강(九江), 천진(天津) 등지의 노동자들이 파업을 하고 시위행진을 했다.

노동자들뿐이 아니었다. 상해를 위시해 큰 도시의 상인들도 철시하고 전국적으로 일화배척(日貨排斥)운동을 일으켰다. 그 기세는 걷잡을 수 없었다.

정부는 마침내 검거된 학생 전부를 석방하고 친일 거두들을 파면하지 않을 수 없었다.

강화회의의 대표들에게 그 조항을 삭제하도록 훈령을 내렸다.

5·4운동이다. 3·1운동이 있은 지 두어 달 만에 일어났던 중국에서의 반일운동이었던 것이다.

민족자결원칙과 반일의 슬로건, 두 운동에는 공통된 정신이 있었다. 중국 관민이 독립운동단체의 뒤를 밀어준 것은 이 때문이었다.

그렇더라도 일경의 감시가 날카로운 도회지 근처에서는 활동이 활발할 수 없었다. 전부터 일경의 손이 미치지 못하던 산림지대에 근거를 두었던 단체는 물론 도회지를 중심으로 활동하던 단체도 그런 곳으로 핵심체를 옮기지 않을 수 없었다.

더구나 각 단체는 다투어 군대를 편성하고 피나는 훈련과 더불어 국내에 침투해 주재소를 습격 파괴하거나 일경을 살해하는 등 실전을 하고 있었다.

왕청현 춘명향 서대파(汪淸縣春明鄉西大坡)의 중광단은 정의단(正義團)으로 개칭했다가 또 북로군정서(北路軍政署)로 고치고 임전태세를 갖추었다.

광복단(光復團)의 후신인 의군부(義軍部)도 왕청현 대파자(大坡子)에 근거를 두고 있었다. 유교도(儒教徒) 중심의 단체, 이범윤(李範允)이 단장이었다.

그 밖에도 왕청 봉오동(鳳梧洞)에 근거를 둔 군무도독부(軍務都督府). 가야허(嘎呀河)의 의용단(義勇團). 상식현(上石峴)의 신민단(新民團) 등등—.

북간도 국민회도 3월 만세 후 진영을 정비 강화했다. 본부를 국자가에서 왕청현 지인향 의란구(志仁鄉依蘭溝)로 옮겼다.

목총으로 훈련을 받던 청년들을 무장시켜 안무(安武)로 하여금 통솔케 했다. 3백 명에 달했다. 대한독립군(大韓獨立軍)이다.

한편 의병 출신의 홍범도(洪範圖)를 맞이해 별동대를 조직, 독군부(督軍部)라고 했다.

홍범도는 포수를 모아 2백 명의 병력을 확보하고 있었다. 운출라즈, 명월구(明月溝)에 근거를 두고 두만강을 건너 국내에 침투, 함경남도의 삼수(三水), 갑산(甲山), 홍원(洪原)군에까지 원정해 주재소를 습격 파괴하고 일경을 살해하는 등 일본인들의 간담을 서늘하게 했다. 동에 번쩍 서에 번쩍.

홍범도 하면 함경도 지방에서는 독립군의 대명사였고, 일본인의 공포의 대상이었다.

그러나 아쉬운 것이 무기였다. 국내외에서 모집된 군자금으로 구입하곤 했으나, 새 발의 피에 지나지 않았다.

무기는 얼마든지 사들일 수 있었다.

1차 대전 때 독일에 가담했던 체코슬로바키아군 20만 명이 러시아군에 포로가 됐다. 러시아가 혁명과 더불어 대독강화를 맺은 뒤, 연합국은 체코군 20만을 유럽 전선에 동원하도록 소련과도 양해가 성립됐다. 우크라이나에 있던 체코군을 블라디보스토크(해삼위)로 이송해, 거기서 바다로 유럽에 돌리기로 했다. 그 일진이 블라디보스토크에 도착한 것은 1918년 4월이었다.

그 무렵 연합국은 체코군을 유럽으로 돌리느니보다 대소련 간접 전쟁의 주축으로 만들었다. 오스트리아와 헝가리의 속국으로 노예의 고통을 겪어 본 체코였다. 이번 전쟁에도 오스트리아 때문에 출전 후 연합군에 총부리를 겨누었다. 그 연합군의 지시로 이번에 대소 간접전에 앞장을 서게 된 것이다. 소련군과의 충돌도 있었으나, 내키는 싸움일 까닭이 없다.

그들은 한국 독립군의 요구에 응해 즐겨 무기를 팔아 주었다. 그것도 싼값으로…….

절호의 기회가 아닐 수 없었다.

자금이 뜻대로 되지 않았다. 안타까운 일이었다.

윤준희가 입을 굳게 다물고 있는 것은 이 때문이었다.

그러나 윤준희의 입이 열렸다.

"주 동지."

무거운 발음이었다.

"예."

"무슨 방법이 없을까요?"

"글쎄요."

다시 윤준희는 입을 다물었다가 열었다.

"나한테 맡기시오."

"부탁하오."

둘은 서로 손을 잡았다 놓고,

"지금 시세가 얼마라지요?"

윤준희의 물음이었다.

"장총 한 자루에 일화(日貨) 십 원 정도라고 하오."

주인태가 서슴지 않고 대답했다.

"한 자루에 십 원, 한 자루에 십 원……."

그렇게 싼 무기를 대량으로 살 수 없다는 사실이 다시금 안타까운 듯 윤준희는 쓴입을 다시면서 천장을 쳐다보았다.

3

"병원에서 나가야겠어요."

"그건 왜요?"

"생각한 바가 있어서."

"생각한 바?"

하더니 임영애는 정수의 얼굴을 보았다. 어둠 속이라 표정을 또렷이 살필 수 없었으나 고민에 차 있는 정수를 그가 풍겨 주는 분위기로 느낄 수 있었다.

둘은 병원 구내의 출입문과 정수의 방 주변의 동정을 낱낱이 살필 수 있는 웅덩이 진 풀숲에 앉아 있었다. 주인태와 윤준희와의 밀담하는 방의 망을 보고 있는 것이었다.

"모두가 속임수였소."

"속임수라니요?"

정수의 분노를 머금은 무거운 목소리에 영애는 다시금 물었다. 그러나 정수는 대답하지 않았다. 마침 방에서 윤준희가 나오는 모습이 보였기 때문이었다.

"자, 그럼, 훗날 다시."

그리고 정수는 영애를 팽개치듯 남겨 놓고 제 방 쪽으로 뛰어갔다.

방에 들어갔을 땐 주인태가 심각한 표정으로 정수의 걸상에 앉아 테이블에 팔을 박고 있었다.

"윤 선생 가셨지요?"

"갔어."

정수의 흥분한 얼굴을 보고 주인태는,

"무슨 일 있었나?"

물었다. 정수는 이내 대답을 하지 않고 있다가 입을 열었다.

"병원에서 나가야겠어요."

"병원에서 나가?"

"실망했어요."

"무슨 일에?"

"우리 일은 우리가 해야겠어요."

"새삼스럽게 그건 무슨 말인가?"

주인태의 강렬한 시선이 정수의 얼굴에 쏘아졌다.

"선생님 몸에서 빼낸 탄알이 일본 거라구 선교사께서 말했다면서요?"

"그때, 그런 일 있었지."

"그 사실을 본국에 알려 세계의 여론을 일으킨다고 했다면서요?"

주인태가 곧장 대답을 하지 못했다. 그러나 이내 웃으면서 말했다.

"그랬지."

"알리기나 한 건가요?"

"그랬던 모양이야."

"그런데, 이게 뭡니까?"

주인태가 또 입을 다물고 잠깐 눈을 감았다가 떴다.

"국민회에서 도윤공서에 그 사실을 들어 진정했다면서요?"

"그러기도 했지."

"그런데 선생님은 왜 이렇게 변장하고 숨어 다니지 않아서는 안 됩니까?"

주인태가 정수의 어깨에 두 손을 얹고 말했다.

"정수, 흥분하고 있군."

"국민회는 왜 산속으로 쫓겨 들어가지 않아서는 안 되었나 말입니다. 서른세 분의 목숨을 앗은 놈들은 왜 처벌을 당하지 않습니까?"

"도윤이 갈리지 않았능가? 맹 단장이 징계처분을 받고……."

"도윤이 갈리는 것쯤으로 어떻게 서른세 목숨과 바꾸겠습니까? 그렇게 우리 사람 목숨이 값쌉니까? 문호 형의 원수는 어떻게 갚는 겁니까?"

"네 말이 옳긴 하다."

"더구나 총 쏜 사람 중엔 일본인도 섞여 있는 게 아닙니까?"

주인태는 정수의 어깨에서 두 손을 내리고 무겁게 방 안을 거닐기 시작했다.

"저는 선교사를 믿었습니다."

"그랬는데?"

"마치 지나가던 사람, 유람으 댕기는 사람이 좋은 구경거리를 보았다고 합시다. 이거 재미있구나. 그래서 사진으 찍구, 집에다가 구경했던 이야기를 편지루 써서 보낸 것에 무엇이 다릅니까?"

주인태의 눈이 번쩍했으나 이내 웃으면서 말했다.

"선교사가 한 일이 그 구경과 같다는 건가?"

"그렇지 않습니까? 선생님."

"일리 있는 얘기야. 그러나 국제관계란 정수가 생각하는 것처럼 그렇게 단순한 게 아니야."

"어떻게 복잡합니까? 영국은 일본과 동맹을 맺고 있는 나라고 일본과 함께 열강의 하나니까, 강한 놈끼리란 한속이니까, 그렇다는 겁니까?"

주인태 교사 앞에서 평소에 품고 있었던 것을 마음 놓고 털어놓는다는 의식이 새삼스러우면서 정수는 더욱 흥분했다.

신명학교 운동회 때 기수로 날렵하게 행동하던 정수. 그때에도 똑똑하고 민첩했다. 믿음직스럽고 장래가 촉망되었던 탓으로 선교사에게 소개해 병원에서 일을 보면서 중학교에 다니게 했다. 그뿐이 아니었다. 막중한 독립선언서를 등사하는 일에도 박문호와 더불어 오직 정수 둘만을 거들게 했다.

그랬던 정수가 하는 말은 나 어린 중학교 2학년생답지 않았다. 주인태는 다시금 대견하게 여기면서 나직이 말했다.

"정수 말이 옳긴 해. 그러나 그렇다고 박결 선교사가 우릴 속였거나, 그분이 구경꾼의 심정을 가지고 우리 일을 대한다고 생각해서는 도리어 정수가 잘못이야."

"그날 다친 사람 치료해 주고 왜놈들이 찾는 어른들을 감춰 주고, 그런 것은 고맙다고 생각합니다. 그리고 제가 이렇게 공부를 하고 있는 것도 그분의 덕인 줄 알고 있어요."

"그렇게 말하면서 선교사를 왜 못마땅하게 생각하지?"

"영국 사람이기 때문입니다. 일본과 동맹을 해 싸우고 이겨서……."

"하하하, 물론 선교사는 영국 사람이야. 그러나 그분은 외교관도 아니고 정치하는 사람도 아니야. 종교가야. 그 뿐도 아니야. 우리 하는 일을 도와주려고 무진 애쓰는 사람이야. 국적이 무슨 관계가 있어? 우리 일을 도와주는 사람이면 동지와 같은 거야. 얼마나 우리가 그분의 덕을 보고 있는가. 오늘 밤, 윤 동지를 여기서 마음 놓고 만나 이야기한 것도……."

정수는 얼른 말을 하지 못하다가 입을 열었다.

"그럼 우리 일을 도와준다면 일본사람도 동지일 수 있겠습니다."

"그런 사람이 있다면야……. 우리 사람이면서 민족을 배반하고, 우리 일을 훼방하고, 우리 동지를 잡아 죽이고, 그런 사람이 원수인 것과는 반대로……."

"그건 알겠습니다."

"그런데, 이 이상 또 뭣이 있나?"

"저도 산에 들어가고 싶습니다."

"산에, 허허, 그것도 좋은 생각이야. 그러나 정수는 아무 소리 말고 여기서 이대로 공부하고 있어. 산에 가서 총을 메는 것도 물론 옳은 일이지마는 네가 지금 여기서 공부하면서 하는 일도 중요한 거야."

그러면서 주인태는,

철썩!

정수의 두 어깨를 두 손으로 때리듯이 세게 잡아 흔들었다.

"여기서 네가 하는 일이 총 메는 것에 못지않다 말이야."

쾌적한 아픔을 스승의 제자에의 믿음과 사랑과 격려의 진정과 더불어 흐뭇하게 느끼면서 정수가 찡하는 콧마루로 얼굴을 창 쪽으로 돌렸다.

"불이 아닙니까?"

불이 일어나고 있었다.

"어디냐?"

주인태도 정수와 함께 창가로 갔다.

"남쪽이다."

"영사관이 아닙니까?"

"글쎄."

둘은 밖으로 뛰어나갔다. 언덕에 올라갔다.

밤하늘을 연기와 불빛으로 곱게 물들이면서 불꽃이 활활 춤추고 있었다.

기와 튀는 소리. 무엇인가 터지는 큰 소리. 사람들의 아우성도 들렸다. 소방차가 출동하는 모양이었다. 내려다보이는 현장이 수라장으로 변하고 있었다.

영사관 청사가 타고 있는 것이었다.

"가서 보구 오겠습니다."

정수는 이미 현장 가까이를 향해 뛰어 내려갔다.

"영사관이 탄다?"

주인태는 무겁게 뇌고는 입을 꾹 다물었다.

그리고 충혈이 되도록 크게 뜬 눈으로 불붙는 현장을 바라보고 있었다.

그러다가 다시 한 번 뇌었다.

"영사관이 타고 있다?"

4

"잘 탄다."

"참 좋은 불구경인데."

"이런 걸 강 건너 불이라구 하는 기야."

마침 바람이 세지 않아 번질 염려가 없었다. 그런데다가 영사관 넓은 구내 둘레는 벽돌담으로 높이 쌓아져 있어 그 안이 재가 된대도 그것으로 그칠 뿐 인근에 연소될 위험이 없었다.

구경꾼들은 영사관이 탄다고 해서만이 아닐 것이었다. 원한과 더불어 불이 번질 위험성이 없다는 데 마음 놓고 한마디씩 지껄였다. 그리고 불은 구경꾼들의 말대로 담장 밖으로 번질 겨를도 없이 그 안에서 꺼져 버리고 말았다. 마련해 두고 있던 소방기구가 위력을 발휘한 것이다. 한 도막의 좋은 불구경을 통쾌한 마음과 함께 조선사람 구경꾼들에게 제공했을 따름이었다.

"싱겁게 꺼졌네."

울분과 원한이 컸던 탓으로 쉽게 꺼진 불을 탓하는 사람도 있었다.

"불이 어떻게 났을까?"

"바람이 없었응이 말입지."

"갇히어 있는 사람들은 어떻게 했으까?"

구금된 사람의 가족뿐만이 아니었다. 동지들도 그것이 걱정이었다. 혹 이런 기회에 탈옥이라도 했으면 싶은 막연한 기대도 없지 않았다.

정수도 한마디 볼멘소리를 뇌면서 영국덕이로 돌아갔다.

"붙겠으면 막 번져 왜놈우 거리두 쓸어버릴 게지."

영사관 근처에 일본사람들이 살고 있기 때문이었다.

5

"정수야."

하학하고 병원으로 돌아와 제 방에 들어섰을 때였다. 만석이 뒤를 따랐다는 듯이 뛰어들었다.

"어떻게 된 일이야?"

"아바지 잽혀갔다."

"무시기라구?"

"영사관에서 잡아갔다."

정수는 둥그렇게 뜨여진 눈을 껌벅껌벅하지 않을 수 없었다.

지극히 온건한 현도 아저씨였다. 장사밖에 다른 데 관심이라곤 전혀 없는 아저씨가 영사관에 잡혀가다니. 아들 만석이를 보통학교에 자진해 넣고 있지 않은가? 그런 현도 아저씨가 잡혀갔다고 한다.

"무시래?"

"영사관에 불으 났다는 기다."

"너이 아버지가?"

정수는 다시금 놀랐다. 놀란 것은 현도 아저씨가 당치도 않은 혐의를 받고 있다는 사실 때문에서만이 아니었다.

역시 불은 놓은 것이었던가? 이런 생각이 꽉 가슴을 찌른 탓이었다. 그러나 정수는 침착하려고 했다. 무슨 사태든 경솔하게 판단해서는 안 된다.

여기서 살고 있는 동안 주인태서껀 드나드는 어른들의 신중한 언동에서 부지불식간에 받은 감화라기 할 것이었다. 더구나 만석이는 정수보다 어리다. 어린 만석이의 당황한 말을 듣고 쉽게 움직여서는 안 된다는 생각이었다.

그러나 그것보다도 이기형 순사 암살 사건의 진상을 알고 있기 때문이었다.

이 순사의 입을 영원히 틀어막는 것과 함께 국민회를 뿌리째 뽑아 버리기 위해 꾸며진 연극이었음을 정수는 역시 주인태를 통해 알고 있었다.

이 일석이죠(一石二鳥)의 권모술수가 우선 성공하고 있는 셈이었다.

영사관 청사에서 일어난 불을 '부정선인'을 잡는 평계로 삼지 말라는 법이 없겠다고 정수는 추리했다.

침착해진 얼굴로 되물었다.

"불이 붙은 기 앙이구 놓은 기라구 하디?"

"야, 너는 신성(선)이다. 이 안에서 모루고 있구나. 야당(단)이다."

"어떻기?"

"독립군이 놓은 불이라구 오늘 새박부텀 닥치는 대루 잡아들이구 있다. 거리가 무시무시하다."

"그래 으응?"

정수의 머릿속에 획 떠오르는 것이 있었다.

아버지가 기분이 좋을 때면 들려주던 이야기였다.

"……동복산이 어찌두 밉쌀스럽던지 베르구 베르다가……."

송덕비 제막식이 있는 날 밤에 비각에 불을 질렀다는 사연이었다. 그 이야기에 가슴이 뛰던 기억, 더구나 새로 지은 비가 옆에서 본 피살 시체 때문에 계사처에서 혼구멍이 나던 일도 생생하게 떠올랐다.

'이번 것은 진짤지 모른다.'

그러자, 영사관의 높은 벽돌담장을 넘어 들어가 몰래, 불을 지르고 도망쳤을 사람의 모습과 행동이 머릿속에 환히 그려졌다.

그 모습은 문득 윤준희의 모습으로 고정되고 말았다.

'옳다, 윤 선생일 게다.'

어젯밤, 생각에 잠겨 있는데 들어와서 주인태가 정한 시간에 오지 않았음을 걱정하던 그의 얼굴과 망을 보고 들어왔을 때의 주인태의 심각한 태도.

불을 보러 언덕에 올라갔을 때의 주인태의 묵중한 표정. 더구나 불구경을 하고 돌아오니 주인태는 '간다'는 간단한 글자를 적은 쪽지를 남겨 놓고 가버린 뒤가 아니었던가?

'이분들이 한 일임에 틀림이 없다.'

정수는 획 가슴에서 불이 일어남을 깨달으면서 만석이를 보고 말했다.

"가보자."

"어디루?"

"너의 집에."

"우리 집에?"

만석이 망설이더니 겸연쩍게 말을 이었다.

"우리 지에미(어머니)가 니 있는 데 가서 있으라구 해서 왔어."

"여기 와 있으라구? 그거는 어째서?"

주인태나 다른 사람들과는 표준어로 대화를 하나 만석이나 친척에게는 사투리를 쓰는 게 정수의 버릇이었다.

"숨어 있으라는 뜻인 모양이다."

"숨어 있으라구?"

"우리 지에미 생각이야."

만세 사건 때 학교 창문을 박차고 뛰어나왔다가 발포로 쫓기는 통에 뒹굴어 머리를 깼다. 그때도 큰일 날 뻔했는데 이번엔 아버지가 잡혀갔다. 아들의 신변이 까닭 없이 불안해진 어머니의 아들을 사랑하는 마음일 것이었다.

그것보다도 그처럼 거리의 공기가 무시무시한 모양이었다. 그리고 그것도 사실이었다.

이번 방화 사건은 그쪽에서 보면 연극이 아닌 진짜 범행인 데다가 감히 일장기가 펄럭거리는 신성한 대일본제국 총영사관을 모욕했다는 점에서 일경의 부아를 돋우어 준 것이 사실이었다.

그 불 지른 범인과 연루자를 색출 체포한다는 한계를 넘어 복수심도 작용하고 있었다.

독립운동의 일선에 나서 본 일도 없는 온건한 사람들, 군자금 같은 것을 낼 형편이 못 되는 빈민들, 평소에 밀정의 눈에 거슬리기만 했다면 우선 잡혀가 고문을 당하거나 가택수색을 받는 형편이었다.

그러나 정수의 흥분한 마음으로도 만석이의 말이 우습게 들리지 않을 수 없었다.

"하하하."

정수는 저도 모르게 크게 웃었다. 그리고 말했다.

"이 머저리."

'머저리?'

정수의 웃음소리와 말에 만석이는 와락 열등감이 느껴졌다. 더구나 병원 구내에 들어온 지는 오래다. 서성거리다가 정수가 하학하고 돌아오는 걸 보고 그 뒤를 따라 들어갔었다.

그게 열등감을 더욱 불러일으켰다.

열등감에 반발하는 듯 만석이는 목소리가 신경질을 띠었다.

"가자."

"어디루."

"우리 집에."

"하하, 너는 여기 가만히 있어."

"너하구 같이 가겠다."

"고영이 너어 지에미한테 나르 욕으 멕이지 말구."

따라 나오는 만석이를 억지로 의자에 앉히고 나와 문을 쾅 닫아 버렸다.

초상 치른 집 같으리라 생각했으나 만석이네 집 안은 그렇지 않았다.

"정수니? 우리 아아 못 봤니?"

만석이 모친이 웃으면서 맞아 주었다.

이상하게 생각하면서 정수는 말했다.

"만석이 내 방에 있소꼬망. 그런데 아주방이는?"

"나왔다."

"나왔어요?"

"정수냐?"

방 안에서 현도 아저씨의 목소리가 들렸다.

"얼마나 고생했습니까?"

방에 들어가 인사 겸 물었다.

"뭐 별루 고생이 없었다."

현도는 요를 깔고 누웠다가 일어나 앉아 담배를 피우면서 말했다.

"영사관 불 지른 혐의 땜에 그랬다무서요?"

"그래."

"그런데 쉽게……."

"나오게 된 것으는 범인을 잡은 모앵이더라."

"잡혔다구요?"

"그러지 않았으면 이렇게 얼피덩 내보냈겠니?"

정수는 누굴까, 궁금했다.

"이름이 무시기랍데까?"

"따끈이는 모르겠다마는 조두용(趙斗容)이르 알지? 친하지? 하구 순사가 묻구 욱다지르는 거 보니 조두용이라는 사람인 모앵이두구나."

'윤준희는 아니다.'

순간 정수는 안도의 숨 같은 것이 쉬어졌다. 그러나 그가 아니라고 생각하니 허전한 생각도 들었다.

그러면서도 '조두용? 조두용?' 입 속에서 거듭 뇌어 보았다.

정수의 기억 속에 없는 이름이었다.

'주 선생의 친구는 아닌 모양이지?'

주인태의 친구는 거의 이름을 알고 있기 때문이었다.

"그 외의 잡혀갔던 사람 다 나왔습니까?"

"그렇지두 않은 모앵이드라. 그러나 나같이 장사나 하구 무해무득한 사람들은 나온 줄로 안다."

"평소에 주목받던 사람은 남아 있겠군요?"

어젯밤에 갔다고는 하나 혹 주인태도 검거 바람에 휩쓸리지 않았을까, 걱정되었기 때문에 물은 것이다.

"그랬을 기다."

"저 가겠습니다."

"어째 놀지 않구."

"병원 일도 있고, 가서 만석이를 보내야겠습니다."

"만석이 너한테 갔다지? 머저리 같은 게, 뉘귀 저르 잡아가겠다구……."

하더니 현도는,

"그럼 가서 그놈 아르 얼피덩 보내 다구."

비겁한 아들이 못마땅한 모양이었다.

"너 아바지 나왔다."

병원에 돌아와 방에 들어가니 만석이 침대에 벌렁 자빠져 있다가 놀라 일어났다.

"아바지가 나왔어?"

"불 놓은 사람 잡혔단다."

"그래?"

"너 아버지, 얼피덩 오라더라."

만석이 방에서 뛰어나간 뒤였다.

정수가 천천히 병원 제약실에 나가려고 흰 위생복을 입고 있는데 노크 소리가 들렸다.

"들어오시오"

들어선 사람은 윤준희였다.

"윤 선생님."

방화자가 윤준희였을 거라고 생각했던 일이 생생해지면서 무척 반가웠다. 그러나 윤준희의 표정은 여느 때처럼 굳어 있었다.

그런 표정으로 묻는다.

"주 선생 계시오?"

"어젯밤에 떠났습니다."

"어젯밤에?"

"예, 불구경을 하고 돌아오니 벌써 갔습디다."

"그런가?"

"간다고 쪽지를 써놓고……."

"그랬소? 그랬다면……."

윤준희의 굳었던 얼굴이 약간 풀리는 듯했다.

"선생님, 조두용이라는 분 아십니까?"

윤준희의 표정이 다시금 엄숙하게 변했다.

"그건 왜 그러지?"

이렇게만 말했을 뿐,

"친구들과 함께 왔는데."

방을 쓰겠다는 뜻을 표했다.

"들어오시도록 하세요."

들어온 사람은 셋이었다. 모두 처음 보는 사람들이었다. 윤준희보다 두서너 살 아래였으나 역시 신중한 표정들이었다.

'무슨 의논일까?'

정수는 생각했다. 그러나 구태여 알고 싶지 않았다. 알 필요가 없는 것이다. 그렇게 습관이 되어 있었다.

그래서 방만 내맡기고 정수는 제약실로 가버렸다.

거금 15만 원

1

며칠 전에 눈이 내렸다. 큰 눈은 아니었다. 그러나 내린 눈이 녹지 않고 있었다.

날씨가 맵짠 때문이었다. 소한(小寒) 무렵이었다. 추위가 쭉 계속하고 있었다. 내린 눈이 그냥 얼어붙고 있었다.

여기는 동량리(東良里) 어구, 명동과 용정과의 중간 지점 — 회령에서 용정으로 들어오는 길목이다. 용정까지는 15리의 거리밖에 되지 않았다.

동량리 어구 일대에도 눈이 깔린 대로 얼어붙고 있었다.

오른쪽은 낮고 밋밋한 구릉, 왼쪽은 버들 방천. 구릉과 버들 방천으로 조그만 골짜기를 만들고 있는 곳이었다. 이곳을 지나면 넓은 지대가 펼쳐진다.

구릉과 버들 방천 사이에 길이 나 있었다. 회령에서 용정으로 들어오는 길, 여기도 교통기관은 마차밖에 없었다.

얼어붙은 눈이 마차 바퀴로 다져져 번들번들 빙판 같았다. 걷는 사람은 미끄러지지 않게 조심하지 않아서는 안 되었다. 그런 길을 말을 탄 일행이 오고 있었다.

어둠이 짙게 덮여 있었다.

어둠 속에서도 말은 한 필만이 아님을 알 수 있었다. 두 필이었다. 앞 말에는 사람이 타고 있었다. 다른 말에는 짐을 싣고 있었다. 짐 실은 말 옆에는 마부가 따라 걷고 있었다.

말 탄 사람은 순사의 정복을 입고 총을 어깨에 가로 메고 있었다. 짐 실은 말 뒤에도 총을 멘 순사가 둘이 걸어오고 있었다.

또 한 사람. 두툼하게 솜 넣은 두루마기에 개털 모자를 눈만 내놓고 내려쓰고 있었다. 사복한 경관인지도 모를 일이었다. 일본사람이었다.

말 탄 순사는,

"나니오, 보야 보야스루까? 하야꾸!(왜, 꾸물꾸물하는가? 얼른얼른······)"

머리를 돌려 마부에게 말했다. 가시 돋친 목소리였다.

회령에서 꼭두새벽에 떠나 쉬지 않고 오는 길, 말도 지치고 마부도 지쳤다. 그래서 느린 걸음. 그러나

딱, 딱.

마부가 채찍으로 말을 연거푸 갈겼다. 말이 움찔했다. 놀란 것은 말만이 아니었다. 마부와 더불어 피로한 순사들도 정신을 차렸다.

정복 순사 한 사람이 동료 순사를 보았다.

"마다 이찌리한다네(아직 15리나 있군)."

역시 일본인이었다.

"소오데스(그렇소)."

조선 순사가 응수해 주었다. 그리고 또 아무 말도 없이 일행은 용정을 향해 피로한 걸음을 옮겨 놓고 있었다. 골짜기에 접어들었을 때였다.

탕 탕 탕 탕.

구릉에서와 버들 방천에서 4, 5발의 총소리가 골짜기에 울렸다. 총소리와 동시에 말 위의 일본 순사가 굴러 떨어졌다. 개털 모자 쓴 사람도 쓰러졌다.

둘은 그 자리에서 절명했다.

"앗!"

뒤를 따르던 순사들이 손에 총을 댈 겨를이 없었다. 5명의 장정들이 현장에 뛰어 내렸기 때문이었다.

"손들엇!"

세 사람의 장정이 각각 한 사람씩 맡아 가슴에 권총을 들이댔다. 벌벌 떨면서 두 순사와 마부는 손을 들었다.

권총을 든 채 두 사람이 말에 실은 짐을 검사했다.

"어김없지요?"

"그렇소"

"목숨만 살려 줍쇼 삯을 받고 말을 빌려 주고 따라온 것밖에 죄가 없습메다."

마부만이 아니었다.

"목숨만 살려 주시오 금후엔 이 노릇 않겠습니다."

조선 순사만도 아니었다.

"다스게데 구다사이(살려 주시오)."

일본 순사도 목숨을 빌었다.

"어쩔까요?"

일본 순사의 가슴에 권총을 대고 있던 사람이 짐 검사하는 쪽을 향해 물었다.

"목숨이 필요한 게 아니오."

"왜놈 새끼데두요?"

"이놈 아는 개새낍니다."

조선 순사를 맡은 사람의 말이었다.

"마부 아저씨와 함께 버드나무에 비끄러매 두오."

"마부 아저씨는 그렇지마는 개새끼들까지?"

"반항 않는 두 목숨 죽인 것도 피치 못할 일이었거든, 또 반항하지 않는 세 목숨 앗을 건 없소."

"그래도……."

그러면서도 세 사람은 튼튼한 밧줄로 두 순사와 마부를 버드나무에 칭칭 동여맸다. 그리고는 서쪽을 향해 4명은 짐을 실은 말을 그대로 끌고 사라졌다.

총소리가 나서부터 현장을 뜨기까지 불과 십여 분 사이, 그렇게 민첩한 행동이었다.

1920년 1월 3일 밤 여덟시 반 무렵에 생긴 일이었다.

'용정 조선은행 15만 원(圓) 사건'이다.

2

사건의 주동자는 윤준희였다.

주인태로부터 용정의 군자금모집 책임을 맡기 전부터 철혈광복단(鐵血光復團)을 조직하고 무기 구입에 대한 방법을 연구하고 있었다.

대량의 무기를 사기 위해서는 거액의 자금이 필요하다. 한 푼 두 푼 모으는 군자금으로는 안타깝지 않을 수 없다는 것이 그의 소신이었다.

그러나 그 거액의 돈을 어떻게 구할 것인가?

용정에는 조선은행 출장소가 있었다. 은행에는 돈이 많다. 은행을 습격할까? 그것도 한 방법이었다. 그러나 성공여부가 문제였다.

동지는 넷, 임국정(林國楨), 한상호(韓相浩), 최봉설(崔鳳卨), 박웅세(朴雄世)였다. 20대의 피 뛰는 청년들이었다.

만나면 은행을 어떻게 습격할까를 의논했다. 그러나 그러지 않아도 될 수 있는 방법이 발견됐다.

임국정의 친구가 조선은행 회령지점에 근무하고 있었다. 전홍섭(全弘燮)이었다.

용정출장소의 유통자금은 회령지점에서 공급하고 있다. 가끔 막대한 현찰을 회령에서 용정으로 수송해 온다.

회령과 용성, 용징과 회령 시이의 우편물은 며칠에 한 번씩 행랑 부대[行囊]에 넣어 말 잔등에 싣고 무장경관 호위로 체송하고 있는 실정이다. 그러나 조선은행의 현찰 운반 때는 여느 우편물의 경우보다 경비가 무척 삼엄했다.

전홍섭으로부터 들은 이야기는 이런 것이었다.

"그걸 도중에서 빼앗자."

전홍섭도 동지들의 뜻을 받아들여 적극 협조하기로 했다. 그러나 현찰 운반은 극비로 행해지는 일이었다.

언제 어느 결에 어떻게 하는지 은행 안에서도 알 수 없었다. 더구나 조선사람 행원 전홍섭으로서는 등잔 밑이 어두운 셈으로 알아내기 쉬운 일이 아니었다.

그럼에도 마침내 알고야 말았다.

'1월 3일, 15만 원을 보낼 예정으로 있다. 후에 다시 알리겠다.'

이런 연락을 해왔다. 벌써 동지들은 회령과 용정 사이의 길목을 자세히 조사해 놓고 있었다.

그뿐이 아니었다. 회령에서 오는 우편물을 실은 말이 어떤 경비하에 몇 시쯤, 어디로 지나가느냐도 조사해 두고 있었다.

조사한 자료를 가지고 가끔 모여 작전을 짜고 있었다. 5명 전원이 모이는 때도 있었고 한둘이 빠지는 때도 있었다.

모이는 장소가 정수 방인 때도 있었다.

영사관 방화 사건이 있은 이튿날에 정수 방에 모인 사람은 윤준희 외에 임국정과 한상호, 최봉설이었다.

"동량리 어구가 제일 좋겠습니다."

최봉설의 말이었다.

"거기? 글쎄."

임국정은 반대였다.

"그건 왜 그럴까요?"

윤준희가 최봉설에게 신중하게 물었다.

"그 길목이 은근해요. 더군다나 언덕과 버들 방천에 은신하고 있다가 한껍에 내리밀면 독 안에 든 쥐가 될 겝니다."

최봉설의 설명이었다.

"거기가 은근하기는 하지마는 용정에 너무 가깝지 않은가요?"

윤준희의 되물음이었다.

"다른 데 좋은 곳이 없는 건 아니지마는 모두 해지기 전에 지나가게 되니까 불리하오."

가장 나이 어린 한상호는 묵묵히 입을 다물고 최봉설의 말을 듣고만 있었다.

"알겠소"

그러나 윤준희는 즉석에서 거사의 장소를 결정짓지 않았다. 그리고 화제를 영사관 방화 사건으로 돌렸다.

"조두용이라지요?"

임국정이 물었다.

"그렇다오"

윤준희의 대답이었다.

"통 모를 사람인데, 형님 아시오?"

"나두 모르오"

그리고 윤준희는 은근하고 정중한 목소리로 변했다.

"방화 사건은 통쾌하긴 하오. 고덕수(高德秀)가 현시달이를 죽이려는 것과 마찬가지로……. 그러나 개인으로 하는 행동은 분풀이로는 이를 데 없고 그분들의 애국지심이야 청사에 빛나는 것이지마는 한 사람이 한 집에 불을 놓거나, 개새끼라고 그 개새끼 하나 죽였다고 일이 끝나는 게 아니오. 집이 타 없어지면 그보다도 더 좋은 집을 지을 게요. 두고 보시오다마는 영사관은 이번 불로 더 크고 굉장한 집으로 새로 지어질 것이오. 현시달이 없어지면 이름만 다른 현시달이 그 자리에 올라앉을 것이오. 개는 얼마든지 있는 게고, 강아지를 잘 멕여서 얼마든지 키우고 있는 것이오……."

윤준희는 자신의 말에 스스로 감동하고 있는 듯했다. 그러나 여전히 가라앉은 목소리로 이어 나갔다.

"……그것만이 아니오. 한 사람이 불쑥하는 의거가 있을 때마다 범인을 잡는다는 핑계로 왜놈들은 평소에 꺼림칙했던 사람을 마구 잡아들여 혹독하게 다루는 게요. 이번에는 장사하는 사람들꺼정 닥치는 대로 잡아 연 모양이오. 이거 우리가 깊이 생각해야 될 일이오……. 요컨대 우리 겨레가 단합 일치해서 모두 손에 손에 총칼을 쥐고 돌진해서 한반도 삼천리금수강산에서 왜적을 씨도 없이 몰아내는 것밖에 없는 것이오."

"형님 말씀이 옳습니다."

임국정의 감격어린 목소리였다.

나자구(羅子溝)의 군관학교에서 교육과 군사훈련을 받을 때 교관이며 선생들이 하던 말과 통하는 것이 있었기 때문이었다. 더욱이 끝의 말이…….

"우리의 일이 얼마나 중하다는 걸 다시 명심해야겠습니다."

최봉설도 얼굴에 굳은 결의를 나타내고 있었다.

한상호도 윤준희의 말이 수긍이 안 되는 것은 아니었다. 그러나 원수처럼 미웠던 현시달 경부 암살미수 사건이 있었을 때, 감격과 더불어 애석했던 석 달 전의 일이 까닭 없이 회상되면서 여전히 입을 꾹 다물고 있었다.

―정수가 중요한 의논일 거라고 생각했으나 알 필요도 없다고 뇌었던 방에서의 이야기는 이런 것이었다.

그러나 그때만도 전홍섭으로부터 구체적인 날짜가 알려오지 않고 있었다.

그러다가 1월 3일을 알려온 것은 그해(1919년)도 저무는 11월 20일경의 일이었다.

그 무렵 다섯 동지는 명동교회의 김하규(金河奎) 장로 댁에 묵고 있었다. 김 장로는 최봉설의 장인이었다. 안전한 은신처였다. 거기서 거사 장소를 결정했다.

동량리 어구. 최봉설의 주장대로 결정지어진 것이다.

거삿날은 하루하루 다가왔다. 그러나 회령의 전홍섭으로부터는 다시 연락이 없었다. 그런대로 다섯 동지는 함께 현장에 가서 거사할 실제 연습을 하기로 했다.

하루는 연습을 하고 돌아오니 기다리던 전홍섭으로부터의 연락이 와 있었다.

'1월 3일은 확실하다. 그러나 이번 지폐는 신권(新卷)이다. 각 다발의 일련번호를 은행에서 알고 있으니 사용하기 어려울 거다. 다음 기회로 미루도록……'

그러나 이미 팽팽하게 차 있는 다섯 사람의 가슴이었다.

신중론도 있었다.

"그러나 여기서 쓸 것이 아니다. 해삼위에 갖고 가서 체코 군인에게 총 값으로 주는 것이다."

거사하기로 했다. 거사 당일이었다. 명동에서 동량리 어구는 15리의 거리밖에 되지 않았다.

미리 조사해 알고 있는 동량리 어구. 통과 시간보다 훨씬 앞서 다섯은 현장에 도착해 각각 구릉과 버들 방천에 꼭 은신하고 있었다.

숨 가쁘고 긴장된 시간이 흐른 뒤-.

-거사는 이렇게 해 성공했다.

말에서 떨어진 일경은 낭가도모[長友] 순사였고 개털 모자를 쓴 사람은 세 명의 무장순사의 호위를 받으나 다름없어 절대 안전이라고 믿고 따라섰던 용정으로 가는 상인이었다.

짐을 검사하던 사람은 윤준희와 임국정이고, 나머지는 최, 박, 한, 세 동지였다.

3

탕 탕 탕.

따 따 따 땃 다…….

잠에 고요히 잠긴 와룡동(臥龍洞), 맵짠 새벽하늘에 둔중하고 날카로운 총소리가 들렸다.

아버지의 제사를 지내고 잠이 든 지 얼마 되지 않은 최동규는 요란한 총소리에 깨지 않을 수 없었다. 눈이 뜨여지자, 저도 모르게 자리에 일어나 앉으니 밖이 몹시 어수선했다.

'마적이 앙인가?'

일어섰다.

문을 열어 보려다가—얼핏 비봉촌에서 겪은 마적 습격 때의 일이 생각나면서 주춤했다.

"이기 무슨 소림둥?"

옆에서 자던 아내도 잠이 깬 모양이었다. 그러나 겁에 질려 남편처럼 일어나지 못했다. 이불을 끌어 뒤집어쓰면서 떨리는 목소리였다.

"글쎄."

그러자 또,

탕, 탕.

이번에는 사이가 뜬 두어 방의 총소리였다.

동규는 그만 섰던 자리에서 주저앉고 말았다.

'여기서두 마적이?'

이런 생각을 하면서—.

동규도 마침내 비봉촌을 뜨고야 말았다.

정세룡이를 시초로, 마당쇠 아버지가 밤중에 몰래 도주했고, 황 선생과 쩡낭쇠 아버지가 윤치관이를 따라 노령으로 갔고, 창윤이, 진식이, 군삼이들이 뒤를 이어 솔가해 비봉촌에서 사라지고 말았다.

한번 간 사람은 다시 오지 않았고, 그렇다고 새 사람들이 찾아들지도 않았다. 혹 있다손 치더라도 쉬임 참인 듯이 얼마 살지 않고는 더 살기 좋은 곳을 찾아간다고 비봉촌을 아낌없이 버렸다.

마침내 토박이로 남아 있는 것은 동규네 외에 한두 집밖에 없었다.

나이 한 살 두 살 먹어 갈수록 동규는 고추친구가 없는 비봉촌에서 외로움을 느끼지 않을 수 없었다. 아버지 최삼봉 영감이 향장으로 있는 동안은 그런대로 견딜 만했다. 그러나 동복산 일족이 영 길림으로 떠나가 버린 뒤에는 최삼봉 영감도 믿던 언덕이 무너진 셈이었다. 거기에 벌써 나이가 많았다.

향장의 자리를 내놓지 않을 수 없었다. 한번 그 자리에서 물러나자, 언제 그렇게 극성이었고 배짱이 있었더냐 싶게 팍 늙어 버렸다. 그리고 쭉 병석에 눕고 말았다.

아들 가족들을 애먹이다가 세상을 떠난 것이 5년 전. 대상(大祥)을 치르고 큰마음을 먹고 떠나 처가 편의 마련으로 이곳 와룡동에 온 것이 2년 전의 일이었다.

와룡동은 국자가에서는 서남쪽이요, 용정에서는 동북에 위치한 중간 지점의 동네. 백여 가구가 모두 조선사람이었다. 전에는 창동중학교(昌東中學校)도 있었던 곳이었다.

명동과 더불어 지사들이 적지 않게 살고 있는 곳이기도 했다. 그런 와룡동이었다. 조선사람만의 동네라 우선 속상하는 일이 별로 없었다. 처가 편에서 오래 살고 있는 곳이라 새로 이사해 왔으면서도 서먹하거나, 서글프지도 않았다. 용정과 국자가도 가깝고……. 학교가 다시 열린다니 아이들의 교육도 문제없을 것이었다.

동규는 비로소 살 만한 곳에 안착했다고 흐뭇했다.

더욱 좋은 것은 동네가 한마음 한뜻인 점이었다. 그 마음 그 생각이 오직 조선사람이라고 주장하고 그걸 깨닫게 하는 한 가지 일에 뭉쳐 있었다.

'첨부터 이 동네서 살았더라문?'

동규는 비봉촌에서 시달림을 받던 일이 회상되면서 몇 번이나 이런 말을 놔었는지 모를 일이었다. 입적하라, 흑복변발을 하라, 살인자를 잡아 오너라, 못 잡으면 곡식을 모아 오너라……

지난밤 아버지의 기일 제사를 드리면서도 이런 생각을 했다.

'첨부텀 여기서 살았다문 아버지도 그렇기는 앙이 됐을 기야.'

최삼봉이를 얼되놈으로 만든 원인인 대표입적(代表入籍) 문제 같은 것이 여기서는 있을 수 없는 일이기 때문이었다.

그 밖에도 비봉촌에서 처리해 가지고 온 것으로 부족하나 그런대로 다루기에 알맞은 농토와 식구가 기거할 수 있는 집도 마련할 수 있었다. 농사도 비봉촌 못지않게 잘됐다.

─이렇듯 동규의 마음에 드는 고장이었다.

그렇던 와룡동에 마적이 든 모양이었다.

대도시인 국자가와 용정 사이의 툭 트인 벌판에 자리 잡은 이곳인지라 마적은 꿈에도 생각지 않았다.

그러나 꼭두새벽의 총소리와 웅성거림, 비봉촌에서 놀란 가슴이 옛 상처가 도지듯이 두근거리지 않을 수 없었다.

그때 구두쇠 신 서방과 머저리 노 서방이 덤벙대다가 적탄에 맞아 죽던 일이 또 떠올랐다.

동규는 아내의 말이 아니라도 숨을 죽이고 앉아 있지 않을 수 없었다. 웅성거림과 함께 사람이 뛰는 소리가 들려 왔다. 그 소리는 동규네 마당을 향해 가까워지고 있었다.

딸의 일이 걱정이 되었다. 그러나 더 깊이 걱정할 겨를이 없었다.

"문 벳겨!"

중국말이었다.

"안 벳기겠나?"

벗겨 주지 않을 수 없었다. 그러나 들어선 것은 개털 모자를 쓰고 청룡도를 든 마적이 아니었다.

중국 육군과 정복을 한 영사관 순사였다.

"식구가 몇이오?"

영사관 순사의 물음. 조선사람이었다.

동규는 가족 수를 댔다. 그리고,

"야는 딸이구."

벌떡 일어나 앉아 벌벌 떨고 있는 열다섯 살인 순남이부터, 그 아래 사내아이 둘을 차례로 가리키는데,

"맏딸이오?"

조선 순사가 되물었다.

"옛꼬망."

"거짓말."

"야 우에 아들으 하나 났던 거 두 살 때 홍역으루 쥑였습메다."

"누가 두 살 때 죽은 애 이얘길 하라던가?"

하고 조선 순사는 눈을 부라리면서 말했다.

"요 며칠 새 누구 와서 숨어 있지 않아?"

"없습메다."

"들렀다가 간 일도 없고?"

"그런 일이 없습메다."

"거짓말하면 잡아갈 테니까."

순사는 육군과 함께 방 안에 들어와 장롱 뒤를 총으로 꾹꾹 쑤셔 보

기도 하고 횃댓보를 들어 보기도 하고 물독 안을 손을 넣어 저어 보기도 했다.

"만약 사람 감췄던 게 들켜나기만 하면 그놈하구 같이 벌을 받을 줄 알아야 해."

그리고는 나가 버렸다. 이웃으로 가는 모양이었다. 그리고 와룡동 백여 호를 한 집도 빼놓지 않고 수색한 모양이었다.

동네를 사면으로 포위해 일체 출입을 금하고……

"이거는 어떻기 된 기야?"

무슨 사건이 났음에 틀림이 없다고 생각했으나 영사관 순사와 중국 육군이 함께 집뒤짐을 한다는 사실을 동규로서는 이해할 수 없었다.

"왜순경 하구 육군 아아 하구 같이……"

동규는 머리가 갸우뚱해지지 않을 수 없었다.

4

"칙쇼 마다얏다나(새끼들 또 했구나)."

동량리 어구의 15만 원 피탈 사건의 보고를 들은 일본 영사관 경찰부는 이를 갈았다.

현 경부 암살미수 사건, 영사관 청사의 방화 사건의 뒤를 잇는 사건이기 때문이었다. 더구나 이 사건은 거액의 현금이 강탈되었다는 사실 하나만으로도 눈이 뒤집힐 일이었다.

그럴 것이 조선은행으로 체송되어 오는 현금은 그대로 간도 일본인에게 피[血液]이기 때문이었다.

거기에 사건현장이 용정에서 1리 반(일본 이수로)의 가까운 거리밖에 되지 않은 지점이다. 바로 용정의 방문 앞에서 일어난 사건이라는 점에서 일경의 간담이 서늘하지 않을 수 없었고 이를 가는 분노가 치솟지 않을 수도 없었다.

그리고 만세 사건을 빌미로 국민회를 산속으로 몰아넣는 데 성공했고, 현 경부 암살미수 사건과 영사관 방화 사건의 두 차례를 통해 엔간한 분자까지도 모조리 혼구멍을 내주었다고 생각했는데 아직도 어느 구석에 남아 있어 그런 끔찍스러운 일을 저질렀을까? 이것이 경찰부를 또 우울하게 만든 까닭이었다.

그뿐이 아니었다. 15만 원의 거금은 용정 일본인의 피여서, 그것을 잃었다는 사실 자체도 그만큼의 실혈(失血)이 되는 셈이지마는 그것보다도 그 돈이 노령으로 반출되어 체코군으로부터 무기를 사들이게 될 경우를 생각하면 무시무시한 일이 아닐 수 없었다.

경찰부뿐이 아니었다. 전 영사관이 발끈 뒤집혔다.

"산에 있는 부정선인들에게 한 자루에 십 원씩 하는 체코 총, 15만 원 어치가 공급되어 보아라."

영사관이고 경찰부고 배겨 낼 수 없을 것이다. 간도에서만이 아닐 거다. 승승장구로 그냥 밀고 나간다면 조선 안에서도 애를 먹을 것이다.

경찰부가 범인 체포에 눈을 뒤집고 있는 것은 물론이었다.

총영사도 정치적으로 범인 수사와 체포에 따르는 경찰부의 권한과 일체 행동에 대해 강력한 뒷받침을 해주었다.

"……동량리 어구는 귀하가 관할하는 구역이다. 거기서 강도단의 손으로 대일본제국의 경찰관 한 명과 양민 한 명이 피살되었고 역시 경관 두 명과 양민 한 명이 결박지우는 폭행을 당했을 뿐 아니라 15만 원이라는 거액의 현금이 강도단의 손에 의해 강탈당했다. 이 사실만도 귀하가 책임을 지고 가해자인 강도 도당을 체포해야 될 일이지마는 피살자와 피해자는 우편물을 호송하는 공공임무를 띤 정복 경찰관과 그 임무를 수행하는 양민들이었다……."

스스기[鈴木要太郎] 총영사는 연길 도윤에게 이런 뜻의 엄중 항의를 하는 동시에,

"당장 범인을 체포해 인도해 달라."

고 강력히 요구하고,

"……범행으로 보아 범인들은 극악무도, 잔인무쌍한 자들이다. 어디서 또 어떤 엄청난 범행을 저지를지 모른다. 그렇게 된다면 그것은 귀국민에게도 공포며 불안이 아닐 수 없을 것이다. 더구나 범행이 대담무쌍한 점, 일당 다섯 명이 모두 무기를 소지했다는 점으로 보아 조선 독립을 빙자하고 유랑하면서 난동을 부리는 부정선인배라고 짐작이 되는 바 없지 않으니, 그렇다면 그것은 작년 3월 13일의 사건 처리에서 귀하의 협력이 부족했음을 말하는 것으로 이번에는 성의를 다해 주기 바란다."

해놓고,

"어떻든 공포와 불안을 제거하기 위해 범인의 체포는 시각을 다툰다. 귀하의 병력에 우리의 경찰력을 합세해 범인 체포에 만전을 기하도록 하자."

이런 뜻의 말로 결론을 맺었다.

만세 사건 때부터 벌써 덜미를 잡히고 있는 중국 측 당국이었다.

연길 도윤은 윤준희들 5인의 거사의 진의가 십분 이해되고 일령(日領)의 뱃속이 환히 들여다보였으나, 외교적인 정식 절차를 밟는 항의와 제의에는 어쩔 수 없었다. 거절했기로 만만히 물러설 까닭도 없었다.

맹부덕 군단장에게 토병(土兵)을 출동시키도록 명령했다.

이렇게 해서 일·중 군경의 합세로 범인 색출과 체포에 나서게 된 것이다.

5

"이건 동만주청년회(東滿洲靑年會) 계통일 게외다."

북간도 일대의 독립운동단체의 계보(系譜)와 움직임을 손바닥에 놓고 보는 듯하는 현시달 경부는 계급은 위이나 새로 와서 여기 사정에 서투른 스에마쯔(末松) 경시에게 자신 있게 말했다.

"왜 그러냐 하면……."

버들 방천에 비끄러매인 것뿐으로 목숨을 살린 두 순사와 마부로부터 들은 범인들의 인상으로 미루어 그렇게 단정한 것이었다. 20대의 젊은이란 것, 행동이 민첩하다는 것 때문만이 아니었다. 별로 말이 없었다는 점이 우선 그렇게 단정한 근거였다. 다른 계통이라면 일장의 불꽃이 튀는 연설을 했을 것이다. 말이 없는 것은 햇내기를 뜻하는 것이 된다.

그러나 그것보다도 그렇게 큰돈을 빼앗아 가면서 목격자를 나무에 비끄러만 매두었다는 점이 서투른 일이고 그 점이 역시 햇내기의 특색이 아닐 수 없었다고 주장했다.

"나루호도(옳은 말이오)."

현시달로부터 간도의 사정에 대해서는 배우는 처지에 있는 스에마쯔는 머리를 끄덕였다.

동만주청년회 계통의 줄을 밟아 수사를 펴기로 했다.

조직된 지 얼마 되지 않은 단체였다. 그러나 청년들을 광범하게 포용하고 있었다. 각지에 지부를 두고 회원의 교양에 주력하고 있는 단체였다.

가끔 변론회도 열고 시국강연회도 개최했다. 등사로 간단한 월보(月報) 같은 것도 발행하고…….

겉으로는 온건한 듯하나, 낮잡아 볼 것이 아니라고 현시달은 벌써부터 점찍고 있었다.

"더 자라기 전에 순을 따버리자."

현시달이 동만주청년회 계통으로 수사의 각도를 돌린 것은 또 이런 속심도 있는 탓이었다. 오히려 그것이 주목적인지도 모를 일이었다. 만세 사건이 국민회를 산속으로 들여보냈듯이……. 어떻든 일중 합세의 수사가 강력히 전개됐다.

중국 토병이 노령으로의 길목이나 영마루에서 통행인을 검문했다.

한편 일경 측은 범인들의 자취를 더듬는다면서 평강포(平崗堡)를 습격했다. 그러나 허탕이었다.

그날 밤 윤준희들이 평강에 간 것은 사실이있다.

평강은 용정에서 서남으로 십 리쯤 되는 곳, 해란강에 연한 순 농촌이다.

거사 후, 박웅세를 연락상 명동에 가 있게 하고 윤, 임, 최, 한, 넷이 지름길로 평강에 갔다. 거기서 말을 버리고 지폐를 나눠 각각 보따리를 만들어 가지고 혼춘 방면으로 걸음을 옮겼던 것이다.

그날 밤에 잠깐 들렀다가 곧장 떠났으므로 이튿날 군경이 들이닥쳤기로 허탕이 아닐 수 없었다.

"곤 칙쇼(짐승 같은 놈들)."

걸음발이 늦어 잡지 못했다는 사실에 악이 더욱 오른 일경들은 닥치는 대로 평강의 농민 30~40명을 잡아 한 밧줄에 매어 마차에 싣고 돌아갔다.

영마루와 길목에서 붙잡혀 영사관으로 끌려간 남녀 농부들이 역시 수십 명에 달했다.

두세 차례 가택수색을 받은 국민회의 지방 간부도 있었고, 고분고분치 않은 부인네가 구타당한 일도 한두 가지가 아니었다.

일종의 발악이었다. 잔인무도한……

그러나 발악은 여기서 그친 것이 아니었다. 1월 6일 저녁 무렵엔 토병과 일경이 합류한 백 명 가까운 부대가 총을 놓으면서 명동을 습격, 수색을 했다.

평소에 노리고 있었던 명동이었다. 그리고 사실, 윤준희들이 마지막으로 거사의 날을 기다리면서 숨어 지냈던 곳이다.

그뿐이 아니다. 박웅세가 연락 차 남아 있기로 한 곳이다. 그러나 원체 비밀을 엄수한 그들이었다. 군경은 물론 친척이나 친지들도 아는 사람이 없었다. 아무리 뒤지기로 역시 허탕이 아닐 수 없었다.

허탕임을 알면서도 전면적으로 수색을 한 것은 역시 이 기회에, 알려지지 않은 '부정선인'을 색출해 내려는 데 목적이 있는 탓이었다.

여기서도 수십 명이 잡혀 갔다. 혐의자라는 명목이었다. 그리고는 와룡동이었다. 명동에서의 수색이 있은 지 나흘 만인 1월 10일이었다.

—이런 경위를 모르는 최동규는 그저 어리둥절하지 않을 수 없었다.

6

"육군 아아들이 한 50명 됐지?"

"그렇구말구."

"영사관 순사는 얼마나 될까?"

"그것두 그쯤 될 기야."

"그리문 백 명이나……"

여기서도 백 명의 대부대였던 것이다.

"무슨 사건이 났능가?"

동규뿐 아니라 여느 아낙네들도 사건의 진상을 아직은 알지 못하고 있었다.

"백 멩이나 접어들었응이 졸연한 일이 앙인 모영입지?"

한 아낙네가 은근하게 말했다.

"우리 쥔(主人)이 용저엉 가서 듣구 왔다는데, 은행에 오는 돈으 잃어 베린 모영입데."

"돈으? 얼매나 되는데?"

"은해앵에 오는 돈이라잼메? 많을 끼앰둥."

"그럴 깁메. 그러기다가 육군하구 순사하구 백 멩이나 와서 뒤지잼메."

"돈두 많겠지마내두 순사르 둘이나 쥐기구 앗아빼(빼앗아) 갔다구 합두구만……."

"우리 와룡동에 무시래 사람으 쥐기구 돈으 앗아빼 가는 사람이 있겠다구 그렇기 뒤지개질하는지 모르겠음……."

아낙네들은 단순한 강도로 생각하고, 와룡동에는 그런 불량한 사람이 없을 것이라고 생각했으나, 사실은 동리의 한 사람인 최봉설이 바로 와룡동 출신임은 모르고 있는 것이었다.

역시 동지들의 비밀 엄수가 철저했기 때문이었다.

동네 사람들뿐이 아니었다. 최 동지의 가족들도 몰랐다. 집을 나가 나자구의 무관학교에 가서 훈련을 받은 지 오래 되었기 때문이었다.

가족들뿐 아니었다. 백여 병력을 투입한 일·중 합동수사반도, 범인의 한 사람이 최봉설이고, 와룡동이 그의 출신지라고 해서 이 동네를 전면 수사 대상으로 삼은 것은 아니었다.

평소에 부정분자들이 많았고 청년회도 활발히 움직이고 있다고 점을 찍고 있었으므로 명동과 더불어 이 기회에 순을 자르려고 했을 따름이었다. 그러나 여기서도 십여 명을 한 줄에 옭아매 갔다.

"앙이, 부령집 도렝이(도련님)르 데려가당이, 그 부체 같은 사람으……."

"약발이 애비는 어떻습메? 떡함지르 직했지 배고파 넘어져 두 손으 가지가지 않는 사람이 앙임둥."

"북술이는 어떻가구?"

"체예딸 아이(아가씨)가 사람으 둘씩이나 쥐기구 돈을 빼앗아 갔겠음?"

중·일 군경 합동수색대가 남겨 놓고 간 공포 분위기 속에서 아낙네들은 쉬쉬하면서도 이렇게 이야기의 꽃을 피우고 있었다. 그리고 그런 공포 분위기와 화젯거리도 차츰 사라져 가고 있을 열흘 뒤의 일이었다.

짧은 겨울해도 기울 무렵이었다.

"아바지, 대새(큰일) 났소꼬망……"

동규가 마당 구석의 수수바자 두른 측간(廁間 : 변소)에서 소피를 보고 괴춤을 여미면서 나서는데 물동이를 이고 들어오던 딸 순남이의 당황한 목소리였다.

"무시기 큰일잉야?"

"외갓집에 또 왔소꼬망."

"무시기?"

"영사관 순사하구 육군 아이들이 와서, 아매 가슴에 총을 들이대구 아주방이 어디메 갔능가, 대라구 하문서리……"

"응?"

채 듣기 전에 동규는 가슴이 철렁함을 깨달았다. 순남이 아주방이라는 사람은 처남뻘 되는 청년이었다. 집을 나간 지 일 년이 넘었다. 들리는 말엔 왕청 산속에서 독립군으로 활약한다는 이야기였으나 그게 사실이 아니더라도 어디 돈벌이로 돌아다니지 않을 것임이 뻔한 노릇이었다.

그처럼 열렬한 성미요, 과격한 청년이었다.

'그러문 경문이가 그 사건에?'

통쾌한 듯하면서도 끔찍스러운 일이었다. 끔찍스러운 것은 사람을 둘이나 죽였으니, 잡히면 사형(死刑)을 면치 못하겠기 때문이었다.

그뿐이 아니었다. 독립군의 친척이나 인척으로서 은근히 받을 박해도 두렵지 않을 수 없었다.

'여기두 마음으 놓구 살 데가 아잉가?'

서글픈 생각도 치밀고 있는데 정주방에서 순남이 어미가 뛰어나왔다. 채 신지도 못한 짚신을 끌면서 순남이 어미는 삽짝 밖으로 나갔다.

동규도 따라나서지 않을 수 없었다.

"귀래는 집에 있소"

황겁하게 걸음을 옮겨 놓던 순남이 어미가 뒤를 돌아보면서 하는 말이었다.

"어째서?"

"조심스럽소꽝이."

"에미는 조심스럽잰가?"

"나는 안깐이 아임둥?"

"안깐이 무슨 소용이 있음? 아매 가슴에 총으 디리댔다문서리?"

"그래두, 귀래는 집에 모른 체하구 배게 있소꽝이."

못내 떨고 있는 동규가 아닌가.

"그러문 에미두 조심으 합세."

그리고 못 이기는 체하고 집 안으로 돌아섰다.

동규 처가 친정집에 들어섰을 땐 군경수사대가 가버린 뒤인 듯, 무거운 분위기만 감돌고 있을 뿐, 장총을 든 육군도, 권총을 찬 영사관 순사도 보이지 않았다.

"아재애."

어느 결에 동규 처가 들어오는 걸 본 듯 다섯 살배기 조카아이(큰오빠의 아들)가 달려 나와 손목을 잡더니 아앙 울음을 터뜨리고 있었다.

"어째 우니?"

"갸 가슴에두 총으 디리댓담메."

풀죽은 친정어머니의 말이었다.

조카아이는 고모인 동규 처를 제 어미보다 더 따른다. 총이 가슴에 대어졌을 때부터의 공포심이 평소 따르는 고모님을 보자 폭발된 것일 게다.

"이런 어린아아한테두?"

동규 처는 뱃속에서부터 분통이 치미는 것을 깨달으면서 친정조카를 안았다.

"울지 마라. 울기는?"

그러나 자신도 눈이 뜨거워짐을 어쩔 수 없었다.

육군 셋과 영사관 순사 둘이었다고 했다.

아마, 열흘 전에 잡아간 와룡동 사람으로부터 김경문(金京文)이 독립군으로 활약하고 있다는 사실을 밝혀 낸 모양이었다.

그자임에 틀림이 없다. 군경 합동수사대가 두 번째 달려든 것은 이 때문인 듯했다.

"……자꾸 어디메 가 있느야구 하기에……."

모른다고 뻗댔더니 육군이 총을 가슴에 들이대더라고 동규의 장모가 말했다.

영사관 순사도 말하더라는 것이었다. 독립군 노릇 하는 걸 아는데 잡아떼기냐고 그런 거 모른다고 했더니, 그럼 십여 일 전에 와서 며칠 묵고 간 걸 아는데, 어디로 갔느냐고 눈을 부라리더라는 것이었다. 나도 보고 싶은데 왔으면야 얼마나 반가웠겠느냐고 했더니 이 노친네두 만만치 않네, 죽고 싶어 그러는 게지 하고 나서, 이번엔 총을 어린애 가슴에 옮겨 대더라는 것이었다.

"이놈, 네 삼춘 왔다 갔지?"

7

그날 지명수배로 수색의 대상이 된 것은 김경문이네뿐이 아니었다. 그 밖에도 두 집이 그런 경우를 당했다.

"잽혀간 사람들으 디리 쪽체서, 와룡동 뉘 집에 뉘기 어떻구, 뉘기 어디루 갔구, 그런 거 다 조사르 해가지고 하나하나 이를 잡듯이 하자는 모양입지."

"그렇다문 심심하문 달게들 기 아임둥."

"조사르 하는 대루."

"도산해(소란해) 어떻기 살겠음?"

"꿈자리두 뒤숭숭할 기구."

청년들뿐이 아니었다. 청년들을 가족으로 가진 집안에서뿐이 아니었다. 청년들이 어디 다른 곳에 가 있는 가족들뿐만도 아니었다. 그런 가족관계가 없는 아낙네들도 불안하기론 매한가지였다.

그러나 심심하면 덤벼들리라던 군경 합동수사대도 그 후엔 거의 찾아오지 않았고 양력으로 2월 초순 음력설을 며칠 남겨 놓지 않았을 무렵에는 잡혀갔던 사람들이 하나 둘 풀려나고 있다는 소식이 들려 왔다. 명동에서도 그랬다 하고 평강에서도 그랬다는 것이다. 그러나 와룡동 사람들만은 하나도 돌아오지 않았다.

"그 사람들이 잽히웠능가?"

"그러기다가, 마구 잡아갔든 사람으 놔주지."
"그런데 우리 와룡동 사람들으는 하나투 나오지 않으니 벨스럽잼메?"
"차차 나오겠지."
"차차가 무시김메. 아무래도 되게 걸린 모앵입꼬망."
"글쎄 말입메."
주민들의 불안은 여전했다. 그리고 그 불안을 불러일으키게 한 원인이 있었다.

8

평강에서 말을 버리고 지폐를 각각 나누어 진 윤준희들 동지 넷은 혼춘을 거쳐 무사히 노령으로 들어갔다. 숨을 돌리자 해삼위로 직행했다.
신한촌에 거처를 정하고 곧장 무기 구입에 착수했다. 그러나 동량리 어구에서의 거사에는 물샐틈없는 준비를 했던 동지들이었으나, 성공한 뒤, 특히 무기 구입의 절차나 사무적인 준비엔 소홀했었다. 그저 돈을 가지고 해삼위로 가기만 하면 되려니 생각했던 것일까? 그러나 연줄을 잡는 일이 쉽지 않음을 현지에 와서야 알고 있을 때였다.
거처하는 집에서 동지 한 사람을 만났다. 혼춘에서 살던 사람이라고 했다. 독립운동을 하다가 일경의 주목이 심해 여기 온 지 일 년이 넘는다고 했다. 엄인섭(嚴仁燮)이라고 했다.
여기서도 독립지사들을 규합해 운동을 전개하고 있다고 했다. 여기서는 간도보다 일하기 훨씬 자유롭다고도 했다.

몇 차례 무기 구입의 알선도 했다고 했다. 적지 않은 수량의 무기를 구입해 북로군정서 국민회 독립군에 밀송하는 일도 해왔노라고 했다.

김좌진 장군의 감사장까지 보여주었다.

입이 무거운 윤준희들 네 동지였으나, 무기 구입을 알선해 줄 것을 쉽게 부탁했다.

즐겁게 나서겠노라고 엄인섭은 대답했다.

그리고 동지들의 거처에서 물러나 간밤 자정이 넘어서였다.

연일의 노심초사와 밀린 피곤으로 넷이 함께 깊은 잠에 잠겨 있을 때였다.

"문 열엇!"

먼저 깬 것은 최봉설이었다. 그러나 채 동지들을 깨울 겨를도 없이 문이 열리면서 권총을 꼬나든 일본 헌병이 들어섰다.

최봉설은 손을 들고 일어섰다.

그 순간 헌병을 발길로 차 쓰러뜨리고 밖으로 뛰어나갔다.

달밤이었다. 밖엔 1소대의 일본 병정이 여관을 포위하고 있었다. 최봉설을 향해 집중 사격이 가해졌다.

총탄에 상처를 입어 가면서도 최봉설은 포위망을 뚫고 탈출에 성공했다. 그러나 윤준희, 임국정, 한상호는 그 자리에서 체포되지 않을 수 없었다.

1월 하순경의 일이었다.

조사 결과 김경문이 때에는 알려지지 않았던 사실, 임국정은 와룡동의 창동중학교 출신이었다. 한상호도 와룡동소학교를 졸업한 후 명동중학교를 거쳐 모교인 와룡동소학교에서 교편을 잡은 일이 있었다는 사실이 판명됐다.

―와룡동 사람들이 얼른 석방되지 않은 까닭이 이것이었다.

―3권에서 계속

낱말 풀이
제2권(3부, 4부)

고량　　高粱, 볏과의 한해살이풀. 수수의 하나로 주로 중국 만주에서 재배한다.
서나지　'사내아이'의 방언.
호상도감　초상 치르는 데에 관한 일을 책임지고 맡아 하는 직임. 또는 그 일을 하는 사람.
상두꾼　상여꾼. 상여를 메는 사람.
선손　선수(先手). 남이 하기 전에 앞질러 하는 행동.
여불비　예를 다 갖추지 못하였다는 뜻으로, 편지의 끝에 쓰는 말.
음전　말이나 행동이 곱고 우아하다. 또는 얌전하고 점잖다.
연선　沿線, 선로를 따라서 있는 땅.
초례　전통적으로 치르는 혼례식.
전작　술자리에 참여하기 전에 이미 딴 자리에서 마신 술.
표연히　쩍 나타나거나 떠나는 모양이 거침없이.
나꿔채다　'낚아채다'의 북한어.
매소부　매춘부.
휘양　추울 때 머리에 쓰던 모자의 하나. 남바위와 비슷하나 뒤가 훨씬 길고 볼끼를 달아 목덜미와 뺨까지 싸게 만들었다.
약담배　'양귀비'의 방언.
필목　필로 된 무명, 광목, 당목 따위를 통틀어 이르는 말.
아구리　'아가리'의 북한어.
진정　陳情, 실정이나 사정을 진술하다.
치죄　허물을 가려내어 벌을 주다.
풍기다　일정하게 갈라서 배당하다.
지낙　'저녁'의 방언.
팩하다　갑자기 성을 내다.
매운재　진한 잿물을 내릴 수 있는 독한 재.
루바시카　블라우스와 비슷한 러시아의 남성용 겉저고리.

두박	콩깻묵.
화전	火箭. 불을 붙여 쏘던 화살.
훈화	교훈이나 훈시를 함. 또는 그런 말.
호부재	豪富者. 세력이 있는 큰 부자.
욱실욱실하다	'욱시글욱시글하다(여럿이 한데 많이 모여 매우 들끓다)'의 준말.
한목	한꺼번에 몰아서 함을 나타내는 말.
호기	꺼드럭거리는 기운.
쿠리	'쿨리(육체노동에 종사하는 하층의 중국인·인도인 노동자)'의 북한어.
만만디	慢慢的. 행동이 굼뜨거나 일의 진척이 느림을 이르는 말.
곡호수	曲號手. 조선시대에, 군대에서 나팔을 불던 병정.
웅글진	소리가 울려 나오면서 굵은 데가 있다.
분진하다	매우 기운차게 앞으로 나아가다.
맡	그 길로 바로.
휘춘휘춘하다	얇은 널빤지나 긴 나무 따위가 휘어지며 자꾸 탄력성 있게 흔들리다.
용빙	傭聘. 사람을 쓰려고 맞아들이다.
망지소조	너무 당황하거나 급하여 어찌할 줄을 모르고 갈팡질팡하다.
상거	서로 떨어짐.
펭하다	'멍하다'의 방언.
애무하다	'애매하다'의 잘못.
해바라져	어울리지 아니하게 넓게 바라지다.
차례지다	일정한 차례나 기준에 따라 몫으로 배당되다.
제끼다	'젖히다'의 북한어.
버르집다	파서 헤치거나 크게 벌려 놓다.
문면	문장이나 편지에 나타난 대강의 내용.
유인된	등사된.
인산	因山. 상왕, 왕, 왕세자, 왕세손과 그 비(妃)들의 장례.
애란	아일랜드.
훈도	訓導. 일제 강점기에 초등학교의 교원(教員)을 이르던 말.
하회	어떤 일이 있은 다음에 벌어지는 일의 형태나 결과.
회소	소생.
최촉하다	재촉하다.
가료	치료.
개름하다	귀여우면서도 조금 긴 듯하다.

스노모노 식초로 조미한 요리.
근직하다 사람됨이 신중하고 정직하다.
개노릇 앞잡이 노릇을 낮잡아 이르는 말.
회장자 會葬者. 장례를 지내는 자리에 참여한 사람.
취체하다 규칙, 법령, 명령 따위를 지키도록 통제하다.
행랑 부대 行囊. 행낭. 무엇을 넣어서 보내는 큰 주머니.
체송하다 차례로 여러 곳을 거쳐서 전하여 보내다.
청사 역사상의 기록.